Alliance
de sang

ARIEL
TACHNA

Alliance de sang

ARIEL TACHNA

Dreamspinner Press

Publié par
DREAMSPINNER PRESS

5032 Capital Circle SW, Suite 2, PMB# 279, Tallahassee, FL 32305-7886 USA
http://www.dreamspinnerpress.com/

Édition imprimée en français : 978-1-63476-246-5
Première édition française en version papier : mars 2015
Édition e-book en français : 978-1-61372-856-7
Première édition française : mars 2013
Seconde édition : octobre 2014

Édité aux États-Unis d'Amérique.

À Dawn, la première de mes sœurs d'adoption, qui s'est prise d'amitié pour moi alors que je n'avais personne d'autre et qui m'a encouragée à écrire quand personne d'autre ne s'en souciait. Elle a lu tout ce que j'avais écrit, même quand elle n'était pas d'accord avec moi sur le contenu.

À Glynda, sans qui je n'aurais jamais repris ce voyage dans l'écriture. Elle est la seule à pouvoir sortir 689 pages de deux pages initiales.

À Emmet et George qui détestent déjeuner avec moi, réfléchir avec moi (ils m'appellent la tueuse en série) et en général me font croire que je peux le faire. Soutenez-moi bébés !

À Nancy, qui a passé un nombre incalculable d'heures à me tenir la main, alors qu'on se creusait les méninges, qu'on révisait, qu'on relisait et par ailleurs, qu'on polissait cette histoire. Sans elle, elle n'aurait jamais été écrite.

À mes autres sœurs d'adoption, Holly, Connie, Cat, Carol, Madeleine, Gwen et Julianne, qui lisent et relisent

NOTE DE L'AUTEUR

Certaines histoires proviennent d'une vaste expérience, réelle ou issue des pages des livres. Et certaines histoires viennent d'une source de créativité inconnue pour laquelle il n'existe aucune explication.

Je peux fièrement déclarer que je n'ai jamais lu une histoire de vampires. Pas Anne Rice, pas Laurell K. Hamilton, pas Bram Stoker. Ce qui s'en approchait le plus était un monologue que j'ai lu en cinquième appelé 'Robe de Soie Blanche'. Alors, quand une amie me défia d'écrire une histoire surnaturelle, j'ai haussé les épaules et accepté, en pensant que ce serait une variante sur des sorcières du Vieux Salem. Ce sont mes amours surnaturelles. Et alors je suis allée me coucher et je me suis réveillée le matin suivant avec trois images incroyablement vives. Une rencontre dans un cimetière à minuit, une bataille rangée où des amants étaient réunis et une autre scène de cimetière à l'aube. Ces trois images ne voulaient pas me quitter. Peu importe que j'étais en train d'écrire deux autres histoires en même temps, tout en travaillant à plein temps. Elles s'en moquaient. Elles voulaient simplement être écrites. Alors, j'ai écrit et je l'ai proposée à mon ami et premier lecteur, Emmet qui me l'a rendue et m'a dit que bien que c'était une histoire importante, je devais fournir une scène plus intéressante au début si je ne voulais pas endormir mon lecteur. Il avait raison, bien sûr. Il a la pénible habitude d'avoir toujours raison. Alors, j'ai recommencé et quelques jours plus tard, j'avais écrit les quatre premiers chapitres. À ce moment-là, j'en suis arrivée à la conclusion que je ne cherchais pas à écrire un roman mais une série.

Je suis une de ces personnes qui croient au processus de recherches. Alors que je cherchais un lieu pour situer mon histoire, j'ai choisi Paris parce que c'était la seule capitale que je connaissais assez bien pour la décrire. Je ne savais rien sur les vampires, cependant, j'ai donc envoyé mon histoire à une amie qui dévore de la fiction vampirique et lui ai demandé où je devais aller pour avoir plus d'informations. Elle a lu ce que j'avais écrit et m'a dit que je n'étais pas autorisée à lire ou regarder les autres fictions vampiriques, car mes vampires étaient, d'après elle, uniques et qu'elle ne voulait pas que cela se perde, donc même après avoir vécu et respiré du vampire pendant trois ans, je n'ai toujours pas lu d'histoire de vampires qui ne soit pas de mon cru.

N'importe quelle personne ayant parlé avec moi de l'écriture sait que ma définition d'une nouvelle courte est biaisée. Pour moi, tout ce qui est en dessous de 20 000 mots est court et beaucoup de mes romans font 200 000 mots et plus, donc personne dans mon cercle d'écrivains n'a été surpris quand cinq chapitres se sont transformés en dix ni même quand dix sont devenus vingt. Et tant que l'idée initiale était conservée, peu importe la longueur du texte. J'avais une histoire à raconter, donc je l'ai écrite de la façon dont je la ressentais. La partie la plus difficile est arrivée lorsque j'ai essayé de trouver un éditeur parce que ma nouvelle était trop longue pour ne faire qu'un seul tome à publier, bien que dans ma tête, ce n'était clairement qu'une seule histoire. Je me suis retrouvée au point de départ, à essayer de trouver des étapes logiques et des moyens de fournir des points de ruptures pour les différents volumes. Avec beaucoup d'aide et un peu de réécriture, *Alliance de Sang* était née. *Contrat de Sang* était déjà terminé au moment où j'étais prête à approcher un éditeur. En dépit du fait qu'il faisait presque le double de longueur par rapport à *Alliance*, qui avait été le point de scission logique. *Conflits de Sang* et *Indemnités de Sang* étaient planifiés à ce moment-là pour le plus grand plaisir de mes potes en écriture. Ils connaissaient quelles relations ambivalentes j'avais avec les planifications. Bien entendu, ils avaient raison. J'avais déjà ajouté deux chapitres à *Conflits*, non planifiés et passé les deux chapitres suivants à quatre. Et l'écriture continuait, encore et encore.

Certains romans, ou même certaines séries, racontent l'histoire d'une personne, ou d'un couple. La mienne concerne plus d'une centaine de personnages et chacun d'eux est réel pour moi, même ceux qui apparaissent et disparaissent pratiquement avant d'avoir eu la chance de respirer. Le nombre de personnage centraux est un peu plus petit mais, même alors, c'est un groupe pivot et ils ont tous un moment à partager avec nous. Cela rend la chronologie de la série quelque peu trompeuse, chaque jour étant rempli d'activités parce que quand un des personnages se repose à la maison après son travail, quelqu'un d'autre est dehors, en ville, à combattre un sorcier et ses sbires. Les individus peuvent se reposer mais, l'histoire elle-même ne le fait jamais.

J'espère que les personnages vous deviendront aussi chers à vous, mes nouveaux lecteurs, qu'ils l'ont été pour mes premiers lecteurs. *Contrat de sang* est terminé et sera publié, la date prévue est novembre 2008. *Conflit de sang* et *Indemnités de Sang* en sont au stade de la finalisation d'écriture, avec une sortie prévue respectivement en mai et novembre 2009.

Mai, 2008

I

PARIS S'ÉTALAIT à ses pieds, les lumières de la ville étincelaient comme des diamants sur un velours noir. S'il plissait les yeux, il pouvait discerner les différents monuments, individuellement : Notre-Dame et ses clochers jumeaux, le Sacré Cœur blanc brillant au-dessus de la butte Montmartre, la Tour Eiffel qui domine la ville. Avec un soupir, le sorcier aux cheveux blancs se détourna de la fenêtre cintrée aux fioritures de pierres sculptées. Ses yeux scannèrent le bureau, passèrent sur les boiseries foncées familières interrompues seulement par une carte scintillante et des étagères encastrées, alignées avec les marques de son rang et de sa puissance : le médaillon indiquait sa position de commandant général de la Milice de la Sorcellerie, la plaque avec le nom de tous les dirigeants antérieurs de l'Association Nationale de Sorcellerie ; des photos de lui avec le Président, le Premier Ministre et différents chefs d'État.

Il se concentra sur la carte, regardant la progression des lumières qui montraient l'avancée d'une patrouille à travers le cinquième arrondissement. Un claquement des doigts changea les paramètres, qui revinrent en arrière pour qu'il puisse surveiller la ville entière. Il fronça les sourcils à la vue d'une patrouille immobile proche de l'Arc de Triomphe, espérant qu'ils n'avaient pas été pris en embuscade par les sorciers rebelles de Serrier mais, avant qu'il puisse appeler le soldat de garde dans la salle des cartes en taille réelle, un coup retentit à sa porte. Il l'ouvrit d'un geste et attendit que ses capitaines le rejoignent.

— Bellaiche est d'accord pour nous rencontrer, leur dit le Général Marcel Chavinier quand ils furent assis, prenant la lettre qu'il avait reçu du chef de la Cour des Vampires Parisiens. Demain soir à minuit, au cimetière du Père Lachaise. Un des nôtres et un des leurs. Si nous venons plus nombreux, ils verront cela comme une déclaration de guerre.

1

Il lâcha cette bombe et attendit. Il connaissait les deux hommes en face de lui de l'autre côté du bureau. Il les connaissait car ils n'étaient guère plus que des enfants lorsque pour la première fois Alain, puis Thierry étaient arrivés à l'ANS pour apprendre le métier de sorcier.

— Par l'enfer c'est hors de question, explosa Thierry Dumont.

Marcel sourit presque. La réaction de Thierry était tout à fait prévisible. Maintenant si Alain Magnier était tout aussi prévisible, ils seraient en mesure de dresser quelques plans.

— Nous n'enverrons pas un seul sorcier pour rencontrer un vampire. Et si le vampire n'était pas seul ? Et s'il attaquait ? Et si…?

Le vieux diplomate, devenu général, écouta les divagations de Thierry et attendit que l'autre homme l'arrête.

— Je vais le faire, l'interrompit Alain, son meilleur ami et compagnon d'arme. C'est un geste de bonne foi. Ils en font un en n'envoyant qu'un seul vampire. Nous devons en faire un en retour en n'envoyant qu'un seul sorcier. De plus, outre Marcel et toi, je suis probablement le plus puissant de tous ceux en qui nous pourrions avoir suffisamment confiance pour l'envoyer. Il faudrait plus qu'un vampire pour me submerger. Tu sais qu'ils sont notre meilleur espoir, Thierry. Laisse-moi le faire. Nous allons décider d'une durée et si je ne suis pas de retour au moment convenu, tu pourras alerter la cavalerie et me sauver. C'est une chance que nous devons tenter.

Il y avait une autre raison pour laquelle il devait y aller plutôt que Thierry, mais étant donné la réaction de son ami à chaque fois qu'ils abordaient le sujet, il valait mieux la taire. Thierry avait encore une chance de bonheur. Alain avait perdu cette chance deux ans auparavant.

Si l'un d'eux devait aller à cette rencontre avec les vampires, il valait mieux que cela soit lui plutôt que son ami.

Alain connaissait le risque que Marcel avait pris en contactant le chef des vampires. Admettre qu'ils n'étaient pas assez forts pour battre seuls Pascal Serrier, le puissant sorcier noir qui avait commencé cette guerre, avait demandé beaucoup de courage. Cela les laisserait également incroyablement vulnérables si Jean Bellaiche ne se rangeait pas de leur côté. Pas seulement parce que ce combat déterminerait la future constitution de leur société, mais cela bouleverserait également l'équilibre du monde. Malheureusement l'opinion publique divergeait au sujet de la cause du déséquilibre magique. Des sorciers et des gouvernements mondiaux en discutaient sans cesse. De l'avis d'Alain, la cause était claire, mais tout le monde n'étais pas d'accord. Même ceux qui partageaient son avis ne pouvaient pas se mettre d'accord pour une solution. Mais une chose était claire. Sans sorcier pour garder cette énergie sous contrôle, tout le monde succomberait au chaos. Alain le savait. Marcel le savait. Thierry le savait. Alain espérait, pour leur sécurité, que les vampires étaient aussi au courant. S'ils n'étaient pas en mesure d'avoir un avantage dans la guerre, le nombre des victimes augmenteraient rapidement des deux côtés. Ils avaient besoin de renfort avant qu'il n'y ait plus personne à sauver.

Thierry murmura des malédictions entre ses dents, l'air autour de lui étincelant avec le pouvoir invoqué par ses émotions.

— Calme-toi, Thierry, ordonna Marcel.

Il savait que les murs du bureau tiendraient si la magie de Thierry lui échappait, mais le jeune homme avait besoin d'apprendre à mieux se contrôler.

— Je suis d'accord avec Alain, donc, à moins que tu n'y ailles à sa place, tu dois m'aider à trouver comment le garder sain et sauf.

— Mauvaise idée, déclara Alain avant que Thierry puisse répliquer. Ton caractère est trop imprévisible. Tu perdrais ton sang-froid au premier affront imaginaire et nous serions dans la même situation, voire pire. Fais-moi confiance pour gérer ça.

— Je te fais confiance. C'est de Bellaiche et de ses semblables dont je me méfie, rétorqua Thierry. Si tu ne donnes pas signe de vie une demi-heure après la rencontre, je viendrai te chercher, baguette à la main.

Alain accepta la condition de Thierry. Cela pourrait s'avérer utile d'avoir un plan de secours. Les vampires n'avaient jamais montré aucun signe d'implication dans le conflit entre les sorciers, mais ce n'était pas une raison pour prendre des risques inutiles. Après tout, ils étaient sur le point de demander aux vampires de s'impliquer. Serrier était raciste, pas stupide. S'il n'avait pas déjà eu l'idée d'approcher certaines des autres races magiques, il le ferait bientôt, en supposant qu'il arrive à surpasser son mépris profondément enraciné pour ceux qu'il considérait comme des inférieurs. Ils ne pouvaient pas se permettre de supposer qu'il ne le ferait pas.

ALAIN RÉFLÉCHIT longuement et avec le plus grand soin à tous les aspects de ses préparatifs. Il était prêt à donner aux vampires une chance de prouver leur bonne volonté, mais il en avait trop vu depuis que la guerre avait commencé pour naïvement les croire et leur faire confiance. S'il devait aller seul à cette rencontre, il serait aussi bien préparé que la magie et la modernité le lui permettait. Il s'habilla simplement d'un pantalon de laine noire et d'un chandail à col roulé noir. S'il avait eu l'idée de se regarder, il aurait vu que les couleurs sombres mettaient parfaitement en valeur ses cheveux blonds roux et sa peau légèrement dorée. Pourtant, il avait arrêté de se soucier de l'impact que pouvait avoir son apparence il y avait deux ans. Seul l'aspect pratique primait. Le long manteau qu'il utilisait pour l'hiver le garderait au chaud dans la fraîche nuit d'octobre et il était facile à ôter s'il devait combattre. Son pantalon et son pull étaient assez larges pour ne pas entraver ses mouvements, mais trop près du corps pour donner une prise à un ennemi. Son téléphone portable était rangé dans un étui à sa ceinture. Ce n'était pas nécessaire dans un combat, mais s'il n'appelait pas, Thierry en déduirait automatiquement qu'il y avait un problème. Il maîtrisait depuis longtemps l'art de la magie sans baguette, étant l'un des seuls sorciers ayant consacré du temps et l'énergie nécessaire pour arriver à ce niveau, mais il emmènerait quand même sa baguette. La laisser dans sa poche ou la sortir à l'air libre pourrait aider à convaincre le vampire que ses intentions étaient honorables. En dehors de l'ANS, peu de gens savaient que les sorciers pouvaient faire de la magie sans baguette.

Il était prêt à partir lorsque quelqu'un frappa à sa porte. Il tendit la main et avec sa magie sentit l'aura de Thierry dehors. D'un geste du poignet, il libéra les protections de sa porte pour laisser son ami entrer.

— Que fais-tu ici ? demanda Alain alors qu'il mettait son manteau sur ses épaules.

— Je viens avec toi, répondit Thierry

— Tu nous feras tuer tous les deux si tu viens, rétorqua Alain.

— Pas à la rencontre, précisa Thierry, mais jusqu'au métro. Je trouverai un bar pas très loin qui soit encore ouvert et de cette façon, s'il y a des problèmes, je serai là plus vite.

Alain accepta et les deux amis partirent pour Anvers, l'arrêt de métro le plus proche, restaurant les protections de l'appartement d'Alain avant de partir. Leur trajet se déroula sans encombre jusqu'à la ligne numéro deux en direction du cimetière du Père Lachaise. Alain et Thierry étaient partis suffisamment tôt pour leur permettre de trouver un bar ouvert pour Thierry.

— Je t'appelle dans une demi-heure, promit Alain alors qu'il quittait Thierry assis dans le petit café, en bas de la rue, près de l'entrée du cimetière.

Arrivé au cimetière, Alain étendit ses sens magiques et physiques pour sonder l'endroit. Sa magie ne détecta ni aura ni présence, mais il savait qu'il valait mieux ne pas croire qu'il était seul. Pour ce qu'il en savait, les vampires avaient peut-être trouvé un moyen de masquer leur présence à ceux qui voulaient les chasser. Le vent sifflait autour de lui, bloquant tous les petits

4

sons qu'il aurait pu entendre et qui lui auraient indiqué si le vampire était déjà arrivé. Les ombres des monuments et des arbres empêchaient ses yeux de percer l'obscurité. Décidant de ne pas prendre de risque, Alain tira sa baguette pour ouvrir la porte. Si le vampire était arrivé, il ne voulait pas révéler son avantage de pouvoir faire de la magie sans baguette. C'était un atout qu'il avait dans sa manche et qu'il pourrait utiliser rapidement en cas de besoin. La porte s'ouvrit sans bruit, un avantage supplémentaire du sort qu'il avait utilisé. Il se glissa à l'intérieur et referma la porte derrière lui, la laissant déverrouillée, un obstacle de moins pour Thierry s'il devait arriver en urgence ou si Alain lui-même devait partir rapidement.

— Jetez votre baguette, dit une voix désincarnée dans l'obscurité.

Alain tourna sur lui-même, cherchant son interlocuteur. La voix était douce comme du velours avec un accent anglais distinct.

Alain fit ce que la voix lui demandait, jeta sa baguette et recula d'un pas.

— Je suis désarmé à présent, dit Alain. Sortez que je puisse vous voir.

Un mouvement dans l'ombre attira son regard et il se tourna pour faire face au vampire. Alain savait que les membres des diverses races magiques avaient toutes les tailles et toutes les formes, il n'avait donc pas d'idée préconçue sur ce à quoi le vampire pourrait ressembler, ni même si ce serait un homme ou une femme, mais il ne s'attendait pas à ce qu'il vit. Des cheveux sombres encadraient un visage couleur de miel avec des yeux sombres et une peau glabre. Il avait la taille d'Alain et comme lui, était vêtu de noir. Le vampire cependant, ne portait ni manteau ni veste pour se protéger du froid, un rappel brutal pour Alain de la nature même de son homologue. Il savait que les vampires ne vieillissaient plus physiquement une fois créés, donc la créature pouvait paraître avoir vingt ans, comme celui qui se tenait devant lui, alors qu'il avait des centaines d'années. Il avait été transformé à l'aube de l'âge adulte. Il paraissait assez vieux pour être adulte, mais encore assez jeune pour sembler innocent. Alain se rappela qu'il était un vampire et qu'en tant que tel, il n'était plus innocent depuis qu'il avait été créé.

II

LE VAMPIRE jugea le sorcier du regard. Les cheveux étaient courts, clairs, d'un blond sable, tirant peut-être vers le roux ; c'était impossible à dire avec cette faible lumière, même avec une vision surnaturelle. Un visage fort, avec des yeux clairs, encore une fois, il était impossible de vérifier exactement la nuance. La mâchoire était solide, indiquant une détermination et un caractère forts. C'était un bon visage. Il était beau. Mais le vampire ne savait que trop bien que les apparences pouvaient être trompeuses. Après tout, on le comparait lui-même si souvent à un ange, pour découvrir rapidement qu'il n'était qu'un diable déguisé. Le sorcier paraissait grand mais la longueur de son manteau cachait le reste de son corps, l'empêchant de se faire une idée concrète. Pourtant, la baguette par terre était encourageante. Le sorcier n'était pas obligé d'accepter.

— Comment vous appelez-vous ? demanda le sorcier.

— Ce serait peut-être plus sûr de ne pas utiliser de nom, répliqua le vampire.

Quand Jean lui avait demandé d'aller à cette rencontre pour représenter les vampires, le chef de la Cour lui en avait expliqué la nécessité, mais avait pris la précaution de le mettre en garde. L'homme devant lui était clairement un sorcier, mais il restait à déterminer s'il pratiquait la magie blanche ou noire. Serrier distillait sa propagande avec soin, mais Jean n'était pas le chef de la Cour des Vampires Parisiens depuis plus de trois cents ans sans maîtriser le jeu des Cours.[1]

— Si vous souhaitez gardez l'anonymat, c'est votre choix. Je m'appelle Alain, dit le sorcier.

---

[1] NDT en français dans le texte.

— Vous prenez des risques inutiles, le réprimanda le vampire alors même qu'il avait déjà mémorisé le nom.

Il voulait demander le reste mais il s'arrêta de lui-même avant que les mots lui échappent. *Anonyme* se rappela-t-il.

— Considérez cela comme un geste de bonne volonté, répliqua Alain. Vous savez pourquoi je suis ici, je présume.

— Vous voulez notre aide. C'était clairement indiqué dans le message. Ce que Chavinier n'a pas expliqué, c'était pourquoi nous devrions nous impliquer, répondit le vampire.

— Si un côté ne s'impose pas, cela risque de bouleverser l'équilibre de la nature toute entière. Le pays sera détruit ainsi que le monde entier si nous ne pouvons pas l'arrêter, déclara sincèrement Alain.

— Mais pourquoi devrions-nous choisir votre camp ? Qu'avez-vous à nous offrir ?

Alain se creusa le cerveau afin de faire une offre qui pourrait tenter le mort-vivant. Il réalisa malheureusement qu'il ne connaissait que les stéréotypes. Il ne connaissait même pas assez les faits pour faire une offre qui ne soit pas offensante.

— Que voulez-vous ?

Le vampire se mit à rire amèrement.

— C'est une question tendancieuse, dit-il.

— Je ne peux pas faire de proposition si je ne connais pas vos désirs, le contra Alain.

Les crocs du vampire attrapèrent la lumière alors que ses lèvres se tordaient en un simulacre de sourire.

— Que recherchent les vampires ? Dois-je vous parler de notre désir constant de nous nourrir du sang chaud de ceux qui nous entourent ? Dois-je vous décrire la sensation fascinante de maintenir une forme vivante contre moi, sachant que, selon mes envies, cette vie pourrait s'éteindre ? Peut-être aimeriez-vous entendre les choses obscènes que mes proies m'ont offertes de faire si seulement j'épargnais leurs vies ? Que désire un vampire ? demanda-t-il, en s'approchant d'Alain jusqu'à se tenir devant le sorcier, ses yeux surveillant le visage de l'homme, attendant, anticipant même, le dégoût, la peur, la haine.

Il avait vu cela si souvent.

Alain se tendit, préparant un simple sort de répulsion entre ses lèvres.

— Marcher de nouveau au soleil. Apprécier une pinte de bière avec ses amis. Mener une vie normale, finit le vampire.

Il était impressionné que le sorcier – Alain – n'ait pas reculé, ni montré aucun signe de dégoût à ses mots. Il le regarda fixement dans les yeux, des yeux bleus, remarqua-t-il en aparté, à la recherche d'une réaction de l'homme à ses paroles.

— Vous demandez quelque chose au-delà de ce que les sorciers peuvent offrir. Demandez quelque chose que je pourrais exaucer et nous en discuterons.

Le vampire ne le crut pas, mais les instructions de Jean étaient claires. Ceci et ceci seulement serait le prix de leur participation, quelque chose que les sorciers pourraient leur accorder s'ils le voulaient, s'ils étaient, en effet, des sorciers de la Milice et non des sorciers rebelles.

— Pour avoir notre mot à dire dans l'avenir. Pour être traités comme l'égal des sorciers. Nous sommes différents, c'est un fait, mais pas moins importants.

— Que voulez-vous dire ? demanda Alain, la confusion entachant son beau visage.

— Nous sommes traités comme des ordures, cracha le vampire, la colère tordant ses traits classiques. Pire même qu'un être non-magique. Nous sommes persécutés, chassés si notre véritable nature est découverte. Il y a des lois pour protéger les non-magiques de la discrimination. Nous voulons la même protection.

Alain fit une pause. Il se rendit compte que le vampire avait raison. Ils étaient perçus par beaucoup comme des êtres inférieurs, valant moins que les humains, moins dignes de protection quand, en fait, leur grand âge offrait plus de sagesse. Cela semblait pour Alain, leur accorder assez peu en retour pour qu'ils les aident à gagner une guerre.

— Je ne fais pas les lois mais j'ajouterai ma voix à votre cause.

— Et vos dirigeants ? demanda le vampire. Est-ce que Chavinier fera sa part ?

— C'est un long processus, lui rappela Alain. Ce n'est pas quelque chose que nous pouvons nous engager à changer. Nous ne pouvons que soumettre un projet de loi et le soutenir à l'Assemblée et au Sénat.

Le vampire le regarda, sceptique. Il se tourna comme pour partir. Jean n'était pas le seul à connaître quelque chose à propos du jeu des Cours, du jeu des apparences, de la lutte pour le pouvoir afin de maintenir constamment sa place au sein de la hiérarchie vampirique qui régissait tous les aspects de l'existence des vampires.

— Comment puis-je prouver ma sincérité ? laissa échapper Alain, ne voulant pas que l'alliance échoue avant même d'avoir commencé.

Le vampire se retourna, regarda Alain d'un air spéculatif. Il y avait un moyen, bien sûr, pour lui de lire le cœur de cet homme, mais la plupart d'entre eux ne voudraient pas se soumettre volontairement au baiser d'un vampire. Pourtant, si le sorcier acceptait, il saurait à coup sûr.

— Laissez-moi vous goûter.

Alain fut choqué. Le goûter ? Qu'est-ce que cela signifiait ?

— Quoi ? demanda-t-il.

— Un vampire peut lire dans le cœur de sa proie quand il goûte son sang. Je n'ai pas besoin de beaucoup. Juste quelques gouttes. Laissez-moi goûter la véracité de votre offre.

Alain hocha la tête d'un air gêné, ses yeux attirés par le visage du Cupidon qui cachait des crocs acérés. Le vampire était plus fort que lui, pas de doute là-dessus, et s'il choisissait de profiter de lui, Alain n'était pas sûr de pouvoir l'arrêter. Gêné, il baissa le col de son pull pour dénuder son cou.

— Votre poignet sera suffisant, dit le vampire, d'un ton sarcastique.

Soulagé du sursis, Alain remonta sa manche et offrit son poignet, se tendant sous la douleur à venir.

Le vampire caressa son poignet d'un long doigt, prenant soin de ne pas griffer la peau avec ses ongles acérés.

— Détendez-vous. Cela fera moins mal.

Puis il attira le poignet d'Alain à sa bouche.

Alain sentit d'abord les lèvres du vampire, lisses et étonnamment chaudes pour un être non-vivant. Puis, les lèvres reculèrent, laissant les dents du vampire entrer en contact avec la peau sensible. Pas de crocs encore, juste des dents. Dans un autre contexte, cela aurait pu être une tendre caresse. Malgré lui, Alain ressentit une vague d'attirance pour cette belle créature qui lui tenait le bras. La vision de cette tête noire se courbant pour toucher son poignet était scandaleusement érotique dans sa simplicité. Puis les crocs perforèrent sa peau, provoquant un frisson de pur plaisir à travers lui. Il n'avait jamais fait partie de ceux qui mélangeaient le plaisir et la douleur, mais la connexion établie entre son poignet, les dents du vampire et sa langue était positivement sexuelle en dépit de la douleur initiale. Alain frissonna, essayant de garder le contrôle.

Le vampire sentit la connexion se mettre en place dès que ses crocs pénétrèrent la peau du sorcier. Il la sentait dans une certaine mesure à chaque fois qu'il se nourrissait, mais elle n'avait jamais été aussi intense. Il pouvait sentir la magie du sorcier circuler à travers son corps et dans son propre sang. Il résista à l'envie de se nourrir sérieusement. Quelques gouttes de sang du sorcier l'avaient déjà plus excité que lorsqu'il se nourrissait vraiment sur un homme ordinaire. Que cela pourrait-il faire de boire à sa faim sur un sorcier ? Le vampire était une créature impulsive, peu habitué à se refuser ce qu'il voulait. Le sorcier était cependant différent de ses proies habituelles. S'il cédait à son désir, le sorcier voudrait probablement l'arrêter, voire même lui faire du mal. Et l'alliance que Jean l'avait envoyé forger s'effondrerait. Il retira ses crocs, fit courir sa langue sur les perforations pour arrêter le saignement et capturer les précieuses dernières gouttes de sang. Puis il se força à relever la tête.

Alain fixa le visage du vampire, visiblement rougi, même dans les ténèbres, des gouttes de sang encore accrochées à ses crocs. Cela aurait dû être repoussant. Au lieu de cela, il avait trouvé ça indescriptiblement érotique. Son pouls palpitait encore de cette caresse finale, de l'intimité de la langue du vampire caressant sa peau abîmée. Il se demanda si le vampire pouvait sentir son cœur battre la chamade. Leurs yeux se rencontrèrent et se soutinrent pendant un long moment de tension, où le bleu et le brun s'affrontèrent, un moment où Alain ne savait pas si le vampire voulait fuir ou le mordre à nouveau, alors que lui se demandait s'il voulait fuir ou goûter son propre sang sur les lèvres rubis du vampire.

— Il n'y a pas de mensonge en vous, dit finalement le vampire, d'une voix artificiellement neutre. Je dirai à Jean de conclure le pacte et de rejoindre votre camp.

— Je vais rapporter les termes à Marcel. Je sais qu'il les honorera.

Le vampire hocha la tête et se tourna pour partir.

— Attendez ! le rappela Alain, Voulez-vous me rencontrer à nouveau demain afin que je vous dise si Marcel accepte ?

Le vampire ne se retourna pas, mais il hocha la tête pour donner son accord. Il fit un autre pas avant que la voix d'Alain l'arrête à nouveau.

— Dites-moi votre nom. Après ce que nous avons partagé, me le donner serait la moindre des choses.

Le vampire ne se retourna toujours pas. Il n'osait pas, mais sa voix perça l'obscurité.

— Orlando.

III

ALORS MÊME que son nom flottait encore dans l'air brumeux, Orlando disparut sans faire plus que soulever quelques feuilles mortes lors de son passage. Alain fixa l'endroit où il s'était tenu, tournant et retournant encore et encore son prénom dans sa tête. Orlando.

Orlando.

Ce n'était pas un prénom commun, ni même moderne. Alain s'interrogea sur les origines d'Orlando, ses ancêtres. D'où venait-il et dans quelles circonstances était-il devenu un vampire ? Son accent suggérait un héritage britannique mais le reste demeurait un mystère.

Une brise fraîche agitait les quelques feuilles, encore accrochées aux branches autrement nues, ce son et le froid faisant frissonner Alain. Il regarda autour de lui. Les monuments de pierre, de marbre, de métal et de béton projetaient des ombres sinistres. Le vent s'était levé, faisant tourbillonner les feuilles tombées autour de ses pieds et des pierres tombales. Alain frissonna à nouveau alors qu'il se rendait compte qu'il avait complètement ignoré la météo et son environnement pendant qu'il parlait à Orlando. Il rejoua leur conversation dans sa tête, essayant de trouver un soupçon de ruse dans les paroles ou les actions du vampire. Il y avait eu beaucoup d'amertume, de cynisme voire même de colère, mais Alain n'avait senti aucune tromperie. Et la réponse d'Orlando, qu'il voulait mener une vie normale, déchirait le cœur d'Alain, celui-là même qu'il avait cru détruit deux ans plus tôt. La douleur contenue dans ses mots était trop réelle pour être ignorée.

C'était sûrement ce qui l'avait motivé à faire une offre pour aider les vampires. Il ne pouvait pas les retransformer en ce qu'ils étaient autrefois. Il ne savait pas si même une telle magie existait. Il pourrait, toutefois, les aider à mener une vie la moins difficile possible. Alain était presque sûr qu'il pourrait convaincre Marcel de la justesse de la cause vampire et où Marcel décidait d'aller, les autres suivraient inévitablement. Même avant la guerre et la Milice, Marcel avait déjà ce niveau d'influence. Les vampires auraient les mêmes droits si Alain avait son mot à dire à ce sujet.

Son esprit s'éloigna du reste de la conversation, mais l'image de la tête d'Orlando se courbant vers son poignet ne le quittait pas. Le vampire avait fait exactement ce qu'il avait promis, ne prenant qu'un peu de sang, plutôt que d'essayer de se nourrir sur lui. Cet acte, à lui seul, avait convaincu Alain qu'Orlando ne s'était pas joué de lui quant à pouvoir lire dans son cœur. L'incroyable sensation des crocs du vampire sur son poignet l'emporta à nouveau, envoyant un frisson d'un genre différent sur sa peau. Debout, loin de la présence d'Orlando, Alain ne pouvait pas croire à ce qu'il avait fait, à ce qu'il avait laissé le vampire faire, mais sa réaction suite à la morsure – il s'obligea à utiliser le mot – le força à admettre qu'il avait apprécié, que cela l'avait même excité comme rien d'autre ne l'avait fait dans son passé mouvementé.

Un bruit derrière lui le fit sursauter, il leva les mains, prêt à jeter un sort approprié, quel qu'il soit. Il les laissa retomber à ses côtés quand il vit Thierry, là, debout, baguette à la main.

— Est-ce que tu vas bien ? demanda Thierry.

— Je vais bien, le rassura Alain. Il est parti. Tu peux ranger ta baguette.

Thierry abaissa sa baguette, mais ne la rangea pas.

— Alors, pourquoi n'as-tu pas téléphoné ?

— Je réfléchissais, répondit lentement Alain.

— Tu réfléchissais ? répéta Thierry, incrédule. Viens, il fait froid ici. Allons dans un endroit chaud afin que tu puisses me raconter comment s'est passée la rencontre.

Alain se dirigea vers la porte, encore dans un état second avec tout ce qui s'était passé avec Orlando lorsque Thierry l'arrêta.

— Tu n'oublies pas quelque chose ? demanda Thierry.

Alain regarda l'endroit que Thierry montrait. Sa baguette était toujours sur le sol, là où il l'avait laissée tomber à la demande d'Orlando. Avec tout ce qui avait suivi, cela lui était complètement sorti de la tête. Alain revint sur ses pas et la ramassa, la glissant dans la poche de son manteau conçue spécialement à cet effet.

— Allons-y, dit Alain d'un ton bourru, ne voulant plus penser à sa rencontre troublante avec le vampire.

Il savait qu'il aurait à l'expliquer, au moins en partie, à Thierry et plus encore à Marcel, mais il espérait garder la partie la plus... personnelle pour lui-même.

Machinalement, Alain suivit Thierry jusqu'à la station de métro qui les ramènerait jusqu'à la maison. Ils étaient tous les deux seuls sur le quai et lorsque le train arriva quelques minutes plus tard, les seuls dans le compartiment.

— Qu'a-t-il dit ? voulut savoir Thierry quand ils furent installés pour le trajet de retour vers le domicile d'Alain.

— Il a accepté moyennant un prix, répondit Alain.

— Quel prix ? demanda prudemment Thierry.

— Que nous présentions des lois qui protégeront les vampires de la discrimination. Ils sont moins bien protégés que les gens non-magiques quand il s'agit de ce genre de choses. Je n'y avais jamais pensé jusqu'à ce qu'Orlando le mentionne mais c'est vrai. Ce n'est pas du tout juste.

— Orlando ? le taquina Thierry.

Alain rougit légèrement mais il essaya de contrôler sa réaction.

— C'est son nom. Je lui ai dit que je rapporterais ses demandes à Marcel.

Thierry le jugea du regard. Puis, il saisit le col du pull d'Alain.

— T'a-t-il mordu ?

— Quoi ? demanda Alain d'un ton irrité, repoussant Thierry.

— Tu es trop susceptible. Tu ne l'as pas laissé te mordre, n'est-ce pas ?

Alain faillit mentir à son meilleur ami. Il voulait mentir. Il voulait garder ce petit détail pour lui et Orlando seulement. Sauf qu'il était sûr que le vampire le dirait à Bellaiche comme preuve de la sincérité d'Alain et Alain n'avait jamais menti de sa vie à Thierry. Sans un mot, il tira sur la manche de son pull, révélant les deux minuscules incisions là où les crocs d'Orlando avaient pénétré sa peau. Alors qu'il regardait les marques, Alain sentit un nouvel élan de désir. Il le réprima impitoyablement. Il avait fait un geste de bonne foi. C'était tout ce que représentait son geste.

Le cri de Thierry retentit dans le compartiment vide lorsqu'il vit les marques.

— Espèce d'idiot ! Qu'est-ce qui t'a pris de le laisser te mordre ? Pourquoi ne l'as-tu pas arrêté ?

— Je l'ai proposé, dit doucement Alain, se résignant à l'inquisition qui allait sûrement suivre.

— Tu as quoi ?

Cette exclamation était encore plus explosive que la première.

— Pourquoi voudrais-tu faire une chose aussi stupide... ?

Les mots lui manquaient.

— Nous devons aller chez un médecin.

Alain soupira.

— Il ne s'est pas nourri sur moi. Il a juste pris quelques gouttes. Assez pour s'assurer que je disais la vérité.

— Explique-toi, exigea Thierry, certain que son ami avait été dupé par le vampire.

— Les vampires peuvent lire dans le cœur de leurs proies. En lui laissant goûter mon sang, je l'ai convaincu que j'étais vraiment qui et ce que je prétendais être.

— Il t'a dit ça ? demanda Thierry

Alain hocha la tête.

— Et tu l'as cru ?

Alain pouvait voir Thierry se mettre en colère à nouveau.

— Cela n'a même pas duré une minute, Thierry. Il n'a pas essayé de prendre plus que ce qu'il avait dit avoir besoin. Il n'a pas essayé de me forcer en quoi que ce soit. Il est celui qui a opté pour mon poignet plutôt que mon cou. Et quand il a terminé, il a accepté de faire part des termes du contrat à Bellaiche. Tout ce que nous savons à leur propos, ce sont des stéréotypes et des contes de bonnes femmes. Sils deviennent nos alliés, il est temps pour nous d'en savoir plus. La vérité, cette fois, pas celle des légendes et des mauvais films. C'est une bonne stratégie et rien d'autre.

Alain espérait que l'argument allait convaincre Thierry même si rien d'autre ne pouvait le faire. Thierry était beaucoup de choses, impétueux et impulsif parfois, mais c'était aussi un stratège rusé.

— Très bien, convint Thierry. Nous verrons ce que nous pourrons apprendre. Nous pouvons demander à Marcel d'envoyer un autre messager lorsque nous serons prêts à les rencontrer à nouveau pour parler de nos plans.

— Ce ne sera pas nécessaire, dit Alain, s'attendant à une nouvelle explosion. J'ai rendez-vous demain soir avec Orlando pour lui faire part de ce que Marcel dira à propos de leurs conditions. Et non, tu ne viendras pas non plus avec moi. Il ne m'a pas fait de mal ce soir, alors qu'il en avait la possibilité. Il ne m'en fera certainement pas demain.

Thierry ne pouvait pas imaginer ce que ce vampire avait dit ou fait pour convaincre Alain qu'il était inoffensif. D'après son expérience, il n'était pas possible qu'une telle chose soit inoffensive. Il ne pouvait rien faire concernant l'attitude d'Alain, mais il n'était pas aussi enclin à faire confiance aux vampires. Pas sans plus de preuves. Il voulait juste s'assurer qu'Alain ne ferait rien de trop stupide ni de trop dangereux. Il ne voulait pas avoir à se battre dans cette guerre sans son meilleur ami à ses côtés.

— Tu es un imbécile, Alain. Tu sais ça, n'est-ce pas ? dit Thierry affectueusement alors qu'ils quittaient le métro.

— C'est ce que tu n'arrêtes pas de me dire, répondit Alain avec un rire bref. Je ne peux pas faire cela tout seul, Thierry. Je ne te demande pas de leur faire confiance mais je te demande de me faire confiance. Aide-moi à faire ce travail.

Oh, putain ! pensa Thierry. Il ne pouvait pas résister à Alain quand il faisait ce genre de demandes sincères. Pas depuis le jour de leur rencontre, trente ans auparavant. Et cela n'avait jamais cessé de le mettre dans le pétrin.

— Très bien, accepta Thierry à contrecœur. Mais seulement parce que tu me le demandes.

Alain eut un petit rire et jeta un bras plein de reconnaissance autour des épaules de son meilleur ami. Il pouvait toujours compter sur Thierry.

IV

ORLANDO SE tenait dans l'ombre derrière une borne imposante et observa Alain. Il s'attendait à ce que le sorcier parte rapidement. Un cimetière n'était pas l'endroit le plus rassurant où se trouver au milieu de la nuit. Mais au contraire, Alain resta là, semblant perplexe, voire même un peu abasourdi. Orlando comprenait ce sentiment. Il le ressentait aussi. Dans ses plus de deux cents années d'existence en tant que vampire, il n'avait jamais rien ressenti de comparable à ce qu'il avait goûté dans le sang d'Alain. Se nourrir de la force vitale d'autrui faisait partie intégrante de son existence depuis que son créateur l'avait transformé, il y avait si longtemps, mais cela avait toujours été qu'une partie fonctionnelle de son existence, en dépit de ce qu'il avait laissé entendre à Alain. Orlando se nourrissait parce qu'il le devait, non pas parce que ça la lui procurait du plaisir. Jusqu'à présent. Déguster même quelques gorgées du sang d'Alain avait été exaltant. Une bouchée, rien de plus. Même pas suffisante pour être considérée comme un casse-croûte. C'était le plaisir dont Jean lui avait déjà parlé, celui qui pouvait exister entre un vampire et sa proie. Comme le sexe, mais en mieux, avait dit l'ancien vampire. Orlando ne l'avait pas cru, ne pouvant imaginer qu'un tel niveau de plaisir puisse exister. Jusqu'à maintenant.

Les yeux d'Orlando se plissèrent lorsqu'il vit l'autre sorcier arriver. Donc, Alain n'était pas venu complètement seul. Orlando ne pouvait pas vraiment l'en blâmer. Pourtant, Alain était venu seul dans le cimetière. Il regarda les deux sorciers, se demandant ce qu'ils représentaient l'un pour l'autre. Ils parlaient avec une telle familiarité qu'Orlando ressentit une pointe de jalousie. Ses crocs s'allongèrent. Il voulait grogner contre l'autre sorcier, remonter la manche du pull d'Alain pour démontrer à l'autre qu'il lui appartenait. Mais il se força à rester dans l'ombre, malgré son désir d'être celui avec qui Alain partage cette familiarité. *Tu es un vampire*, se morigéna-t-il. *Personne ne veut de toi.*

Lorsque les deux sorciers furent partis, Orlando fit de même, repartant vers l'appartement de Jean où il savait que le Chef de la Cour l'attendait pour son rapport. Il réfléchit à la puissance contenue dans le sang du sorcier alors qu'il marchait. Il ne s'était pas nourri ce jour-là, mais il s'était bien nourri la veille. Cela aurait dû le faire patienter un jour de plus, mais Orlando avait faim alors qu'il marchait vers la maison de Jean. Pas pour n'importe qui. Il n'était pas du tout tenté par un passant ordinaire qui déambulait dans la rue. Il avait une faim spécifique. Pour le sorcier blond qui n'avait pas reculé devant lui, qui n'avait pas été dégoûté par lui. Qui avait écouté ses désirs les plus secrets et ne s'était pas moqué de lui. Qui était prêt à ajouter sa voix à la cause des vampires. Qui avait offert son sang à Orlando comme preuve de sa bonne foi. Il avait faim d'Alain.

Il faudrait qu'il demande à Jean ce qu'il savait au sujet du sang des sorciers. Après lui avoir expliqué le reste.

Jean le rencontra à la porte.

— Alors ? demanda-t-il, sa préoccupation se répercutant dans sa voix et dans son visage.

Tout dans les manières qu'Orlando projetait, reflétait son agitation intérieure. Jean voulait l'alliance pour tout le bien qu'elle pouvait offrir à son peuple, mais Orlando était plus important. Le jeune vampire était devenu un frère pour lui depuis qu'il l'avait sauvé de l'enfer.

— À mon avis ? répliqua Orlando. Conclue l'alliance.

— Juste comme ça ? commenta Jean, laissant ses préoccupations personnelles derrière lui pour le moment.

Il saurait obtenir la vérité d'Orlando bien assez tôt.

— Pourquoi ?

— Il a accepté les termes du contrat, sans négocier. La seule clause restrictive est que les lois doivent être soumises au Parlement. Mais nous le savions déjà, répliqua Orlando. Nous avions simplement besoin de mettre ce projet en route. Il est prêt à nous en fournir les moyens.

— Et tu le crois ?

— En effet, déclara Orlando avec emphase. Il m'a laissé goûter son sang. C'est un sorcier de la Milice et sa parole était en jeu.

— Combien en as-tu bu ? demanda Jean avec urgence.

— Quelques gorgées. Pourquoi ?

— Le sang des sorciers est un poison, expliqua Jean.

17

— Du poison ? demanda Orlando, surpris. Cela ne ressemble certainement pas à du poison. C'était plus satisfaisant que du sang normal.

Jean réfléchit à la nouvelle pendant quelques instants.

— Plus satisfaisant, à quel point ? demanda-t-il finalement.

— Pour le peu que j'en ai bu, je me suis senti repu, comme si j'avais vidé un homme normal. Je pouvais le sentir s'écouler en moi, sentir sa magie pulser dans mes veines. La sensation de la magie a disparue à présent mais tant que cela a duré, je me suis senti plus puissant que jamais.

Jean était à nouveau silencieux.

— Nous devons trouver la vérité sur les sorciers. Ton expérience est contraire à tout ce que je pensais savoir. Viens, nous avons du travail à faire avant de sceller le pacte.

— Nous avons une journée, le prévint Orlando. J'ai accepté de le rencontrer de nouveau à minuit.

— Tu as fait quoi ? s'exclama Jean.

— Il est venu seul ; il s'est désarmé volontairement ; il m'a laissé goûter son sang. Il ne va pas changer de comportement, même si Chavinier rejette nos conditions. Je serai relativement en sécurité.

— Très bien, dit Jean, mais il décida de garder un œil sur Orlando durant la nuit suivante.

Il ne savait pas pourquoi Orlando était si confiant, même avec la preuve du sang du sorcier. Il avait envoyé Orlando parce qu'il était le vampire le moins confiant qu'il connaissait, ne s'ouvrant qu'à son chef. Peut-être le sorcier avait-il trouvé un moyen de tromper le vampire avec le goût de son sang.

— Mettons-nous au travail. Nous avons quelques recherches à faire. Je veux savoir quels autres effets son sang va avoir sur toi.

Orlando accepta et suivit Jean vers la bibliothèque.

DE L'AUTRE côté de Paris, Alain tournait et se retournait dans son lit solitaire. Il s'était endormi aussitôt que sa tête s'était posée sur l'oreiller, mais son sommeil n'était pas réparateur. Des visions hantaient ses rêves. Au début, c'était simplement l'image d'Orlando se penchant sur son poignet qu'Alain voyait, un souvenir qu'il revivait dans la sécurité des rêves. Puis les images se modifiaient, devenant des fantasmes plutôt que des souvenirs. Des fantasmes humides et érotiques de crocs et de chair, de sang donné et reçu, de cheveux couleur chocolat et d'yeux sombres qui incitaient au péché.

Dans ses rêves, Alain n'avait pas arrêté Orlando après quelques gorgées. Il avait laissé le vampire festoyer avec son sang, en s'appuyant contre lui jusqu'à ce qu'Orlando rayonne de puissance. Le don qui aurait dû drainer Alain, le laissait, au contraire, en pleine santé, comme si en partageant son pouvoir, le sien augmentait. Orlando relevait la tête du poignet d'Alain, les crocs sanglants, étincelant comme il l'avait fait au cimetière, mais au lieu de rester où il était ou de le repousser, Alain s'approchait de lui, penchait la tête pour goûter son propre sang sur les lèvres d'Orlando. Les crocs d'Orlando frôlaient sa langue, rappelant à Alain que ce n'était pas un baiser ordinaire avec un homme ordinaire, mais ce n'était pas suffisant pour l'arrêter. Il voulait en avoir plus pour pouvoir se rapprocher. Il était attiré vers Orlando comme un papillon vers une flamme, et même en connaissant le destin du papillon près d'une flamme, il ne ralentissait pas son allure. Alain tendait la main pour toucher les boucles soyeuses, la peau lisse, fraîche comme du marbre à son contact, mais qui se réchauffait à chaque seconde qui passait car le sang d'Alain brûlait dans ses veines, lui donnant la vie, lui donnant sa chaleur. Orlando mettait fin au baiser, inclinant la tête d'Alain en arrière afin de poser sa bouche sur son cou.

Alain s'éveilla, les mains tremblantes suite à son rêve. Qu'il désire Orlando ne le surprenait pas. Il avait fini par accepter sa bisexualité des années auparavant, avant son mariage avec Edwige, avant la naissance d'Henri. Ce qui le dérangeait dans cette équation, c'était que la nature d'Orlando ne le repoussait pas. Cela aurait dû le déranger, il était tout à fait conscient que l'objet actuel de son attention était un vampire, une créature de la nuit qui ne subsistait que par le sang des autres. Alain ne se faisait aucune illusion : tout le sang dont Orlando avait besoin pour survivre n'était pas aussi librement consenti que celui qu'il lui avait offert cette nuit. Orlando l'avait sous-entendu lui-même lorsqu'il avait parlé de ses proies et qu'il épargnait leurs vies. Savoir ça aurait dû le faire fuir aussi loin que possible de tout ce qui était lié à ce vampire aux cheveux sombres. Il aurait dû avoir l'estomac retourné de dégoût avec ce qu'Orlando faisait pour survivre et du fait qu'il s'était lui-même offert au vampire. Mais en faisant courir ses doigts sur les petites marques sur son poignet, il savait que si Orlando le lui demandait encore, il l'offrirait tout aussi librement que la première fois. Quelque chose à propos du sentiment d'être connecté avec Orlando avait intrigué Alain, tout comme l'attitude du vampire quant à son état.

Il frissonna à cette nouvelle facette de lui-même. En dehors de son intérêt pour les deux sexes, il avait toujours eu des goûts relativement normaux. Il n'était jamais tombé dans le bizarre. Le sexe simple avait toujours été suffisant pour satisfaire ses désirs. Rien avec Orlando ne serait simple parce que tout ce qui le concernait ferait presque invariablement appel au sang. Le sang d'Alain. Et c'était quelque chose qu'Alain avait toujours des difficultés à envisager. Pouvait-il vraiment faire une habitude d'offrir son poignet ou plus pour nourrir Orlando ? Était-il vraiment en train de considérer cette option, pas seulement une fois, mais régulièrement ? Orlando avait laissé entendre qu'il utilisait le sexe comme stratagème pour attirer ses victimes, la proximité physique de l'acte permettant à Orlando de se servir de ses crocs, peut-être même sans que ses victimes en soient conscientes, du moins au départ. Alain n'avait jamais été du genre à partager ses amants avec d'autres personnes. S'il demandait cela à Orlando, il devait être prêt à subvenir aux besoins du vampire en échange.

— Tu délires complètement, murmura-t-il. Qu'est ce qui te fait penser qu'il te voudrait même si tu t'offrais ?

Il ne pouvait pas renier sa propre réaction face à la morsure du vampire, mais rien n'avait indiqué qu'Orlando avait ressenti quelque chose de plus qu'envers n'importe quelle personne dont il se nourrissait. S'intéressait-il même aux hommes ? Alain lui avait donné l'occasion idéale pour se rapprocher dans le cimetière, mais Orlando ne l'avait pas saisie. Cela signifiait-il qu'il était seulement intéressé par les femmes ? Ou simplement qu'il n'était pas intéressé par Alain ?

Il n'avait aucun moyen de répondre à toutes ses questions et il était clair qu'elles n'allaient sûrement pas le laisser dormir. Il se traîna hors du lit et se dirigea vers la douche, espérant que l'eau chaude allait lui éclaircir les idées. Peut-être qu'après, il pourrait alors penser assez clairement pour formuler son rapport à Marcel.

Une heure plus tard, habillé et aussi cohérent qu'il était susceptible de l'être, Alain quitta son appartement pour la maison de Marcel. Lorsqu'il arriva, Marcel venait de s'installer pour le petit déjeuner.

— Je m'attendais à te voir plus tard, commenta le vieil homme. Au quartier général de la Milice.

— Je ne pouvais pas dormir, dit Alain. J'ai pensé qu'au moins de cette façon, nous pourrions commencer à planifier notre stratégie.

— Avons-nous une stratégie à planifier ? demanda sèchement Marcel.

— Les vampires sont prêts à devenir nos alliés. Leur seule condition est que nous travaillons à leur donner une place juste et équitable dans notre monde. Je suppose que je n'avais jamais pensé à leur vie, Marcel, mais ils n'ont aucune protection au cas où ceux qui sont autour d'eux décident de les exécuter à cause de ce qu'ils sont. Nous ne permettons pas aux non-magiques d'instaurer de la discrimination envers qui que ce soit, pourtant nous permettons la discrimination envers les vampires à volonté. Ce n'est pas juste.

— Et donc, ce sont leurs termes ? demanda Marcel.

— C'est demander assez peu s'ils nous aident à gagner cette guerre. Quelques projets de lois peuvent les protéger et les traiter avec la dignité que nous méritons tous.

— J'ai toujours pensé que c'était vrai, rappela Marcel à Alain. Peut-être que leur rôle dans cette guerre sera suffisant pour convaincre les autres d'apporter des changements pour que cela devienne une réalité.

— Alors, tu ne penses pas qu'ils sont mauvais ? demanda Alain

— Je suis sûr qu'il existe de mauvais vampires tout comme nous avons de mauvais sorciers, commenta Marcel. Mais ils étaient autrefois des hommes et des femmes ordinaires, avec des personnalités individuelles. Je ne pense pas que de devenir vampire ait changé ce qu'ils étaient, seulement leur manière d'exister. Tu demandes ça pour une raison, dit Marcel.

Ce n'était pas une question. Les questions d'Alain avaient été trop pointues, trop spécifiques. Il avait quelque chose en tête, une raison d'être venu ici, comme il le faisait lorsqu'il était enfant, plutôt qu'au quartier général de la Milice comme c'était devenu son habitude depuis ces deux dernières années.

Ne sachant pas si c'était sage ou non, Alain remonta sa manche, montrant son poignet à Marcel.

— Le vampire que j'ai rencontré a dit qu'il pouvait lire dans mon cœur en goûtant mon sang. Il en a seulement pris un peu mais Thierry semble penser qu'il a pu m'influencer par sa morsure.

Marcel laissa passer quelques minutes dans un silence songeur.

— Je ne sais pas. J'ai entendu des histoires sur les vampires depuis des années, mais ce sont seulement des histoires. Je n'ai jamais rien vu prouvant leur véracité. Je pense que nous devons découvrir la vérité concernant nos nouveaux alliés.

Alain tenta de décider ce qu'il allait révéler à Marcel. Fallait-il parler au vieil homme de ses rêves ? Peut-être lui demander son avis ? Avant qu'il puisse décider, Marcel posa une main sur son épaule.

— Tu es bien pensif, mon ami. Raconte-moi ce qui te tracasse.

— Je n'arrête pas de penser à lui, dit Alain.

Ses paroles s'adressaient maintenant à son ami, son mentor, non à son général.

— Lui ?

— Orlando. Le vampire. J'ai rêvé de lui la nuit dernière. Je n'ai jamais ressenti quelque chose comme ça avant.

— Et tu te demandes si c'est parce qu'il est un vampire, dit Marcel. Peut-être, mais ce n'est pas de la magie vampire. C'est le frisson de l'inconnu. Du moins, d'après ce que j'en sais. Si les vampires pouvaient contrôler les gens à travers l'échange de sang, ne penses-tu pas que cela aurait changé quelque chose à leur situation actuelle ?

Alain devait admettre la logique de cet argument.

— Je n'ai aucun doute que c'est un individu fascinant. Les vampires le sont en général et oui, j'en ai connu quelques-uns de mon temps, mais il ne s'est pas approprié ton esprit ni ton cœur par aucun autre pouvoir que celui de ses propres charmes, assura Marcel à Alain. Maintenant si j'ai rassuré ton esprit sur ce problème, nous devons décider quand et où aura lieu la prochaine rencontre et ce que nous voulons dire.

— Je dirai ce que tu voudras que je dise, mais tu devras te décider avant ce soir. Orlando a accepté de me rencontrer à nouveau à minuit pour sceller le pacte, dit Alain.

Marcel leva un sourcil de surprise.

— Alors nous devons décider rapidement de ce que nous voulons exactement demander à nos nouveaux alliés, dit-il simplement.

ORLANDO ET Jean passèrent la journée à la recherche de faits qu'ils pourraient utiliser, les rideaux épais et les volets fermés empêchant la lumière mortelle du soleil d'entrer dans la bibliothèque de Jean. Alors que le soleil se couchait, ils repoussèrent les derniers livres.

— Qu'as-tu trouvé ? demanda Orlando.

— Des légendes et des contes de bonnes femmes, dit Jean, frustré.

— Je n'ai pas trouvé mieux, dit Orlando. Où pouvons-nous chercher à présent ?

— Il y a bien une personne à qui nous pourrions demander. Je dirige les vampires parce que cette haute autorité m'a choisi pour ne pas s'impliquer dans le monde. Pourtant, si quelqu'un sait quoi que ce soit, ce sera Lombard. Nous devrions lui rendre visite et j'espère qu'il sera prêt à nous parler, dit Jean.

— Christophe Lombard ? demanda Orlando. Je ne savais pas qu'il était toujours en vie. On dit...

— On dit beaucoup de choses. Tu es encore jeune Orlando, du point de vue d'un vampire. Lombard était un vieil homme lorsqu'il est devenu un vampire et il est un vampire depuis des millénaires. Il ne quitte sa maison que pour se nourrir et même alors, seulement si c'est nécessaire. D'après ce que j'ai entendu dire, il a un serviteur de confiance qui chasse pour lui la plupart du temps. Nous verrons s'il acceptera de nous dire ce qu'il sait. Sinon nous devrons l'expérimenter par nous-mêmes, déclara Jean.

Orlando hocha la tête, assez nerveux à l'idée de rencontrer un aussi vieux vampire. Il était habitué à Jean maintenant, ne pensant plus au grand âge de son ami, mais Lombard avait au moins deux fois l'âge de Jean. Pourtant, si Jean disait que c'était le seul moyen d'avoir les informations dont ils avaient besoin, il irait et espérerait que Lombard ne sentirait pas sa nervosité.

Dès qu'il fit entièrement sombre, les deux vampires quittèrent l'antre de Jean. Il leur restait cinq heures jusqu'à ce qu'Orlando rencontre de nouveau Alain. Cinq heures à supporter le plus redoutable vampire de toute l'existence dans son antre.

Ils frappèrent à la porte du sanctuaire de Lombard et furent accueillis par un vampire qu'Orlando ne connaissait pas. Jean, cependant, salua la femme par son prénom.

— Comment allez-vous ce soir, Mireille ? demanda-t-il alors qu'elle les faisait entrer à l'intérieur.

— Je vais assez bien, même si Monsieur a été... grincheux dernièrement. Peut-être pourriez-vous lui remonter le moral ? répondit Mireille.

— Nous allons certainement essayer, promit Jean, en entrant dans la pièce indiquée.

Orlando le suivit à l'intérieur. La pièce était déserte, seul un canapé de style victorien recouvert d'un brocart bleu et de quelques chaises de même finition remplissaient l'espace caverneux, un feu brûlait dans la cheminée. Jean s'assit sur une des chaises, faisant signe à Orlando de faire de même.

— Maintenant nous attendons, dit Jean quand Orlando se percha en équilibre précaire sur une chaise grêle. Quand il sera prêt, s'il le décide, il se joindra à nous.

— J'espère que nous n'aurons pas à attendre trop longtemps, dit Orlando. J'ai un rendez-vous à honorer et je ne veux pas être en retard.

— Et ce rendez-vous est-il si important qu'il vous éloignerait de ma compagnie ? résonna une voix profonde depuis l'obscurité.

Jean sauta sur ses pieds, comme un jeune soldat grondé pour être en dehors de la ligne par un supérieur. Orlando se leva également mais plus lentement.

— En quoi, mon rendez-vous vous concerne-t-il ? le défia Orlando, bravade instinctive qui le faisait parler inconsidérément.

Jean siffla après lui mais Orlando refusa de faire marche arrière.

— Vous avez de l'esprit, petit, dit Lombard, sortant de l'ombre et Orlando commença à comprendre pourquoi Jean lui conférait autant de respect.

Lombard les dominait tous les deux, se dressant au-dessus d'eux, mesurant facilement plus de deux mètres. Son apparence en imposait malgré la pénombre. Orlando eut la pensée fugace qu'à son époque, Lombard avait dû passer pour un véritable géant. Il ne lui fallut qu'un instant pour réaliser une chose certaine : personne ne voudrait se frotter à lui trop longtemps.

— Pardonnez-moi, l'ancien, dit Orlando. J'ai parlé hâtivement.

— N'abandonnez pas votre résistance si rapidement, dit Lombard. Cela fait des années que personne n'a osé me défier. Cela devient fastidieux à la longue d'être craint de tout le monde. Maintenant, qu'est-ce qui vous amène, Jean ? demanda-t-il. Et avec un jeune à peine sorti de l'enfance pour escorte ?

— Nous avons passé la journée à rechercher des informations sur les effets du sang des sorciers sur les vampires, mais tout ce que nous avons trouvé ce sont des contes sur comment le sang des sorciers brûlait un vampire ou l'empoisonnait. Aucune de ces histoires ne peut être prouvée. Il est important que nous sachions la vérité, expliqua Jean.

— La vérité concernant le sang des sorciers, répéta gravement Lombard. J'ai lu les mêmes contes que vous avez trouvés, dans ma bibliothèque. Je n'ai jamais connu de vampire ayant bu le sang d'un sorcier. Les récits disent que leur sang est un poison, qu'il nous brûle de l'intérieur si nous le buvons et à l'extérieur s'il se déverse sur notre peau. Les contes disent que cela nous enlèvera notre volonté et nous pliera à leur pouvoir. Mais j'imagine que j'ai entendu une histoire que vous ne connaissez pas puisqu'elle n'est dans aucun livre. Je venais d'être fraîchement créé à l'époque, ayant encore du mal à comprendre ce qui m'était arrivé, alors peut-être que j'ai mal compris les événements qui ont suivi. Mon créateur m'a emmené dans un cimetière et là, parmi les pierres tombales se trouvait un tas de cendres. Il le pointa du doigt et me dit que c'était ce qui arrivait aux vampires qui se nourrissaient trop profondément du sang d'un sorcier. J'ai demandé ce qu'il voulait dire par là, mais il m'a seulement dit que le vampire avait oublié qu'il ne pouvait pas faire face seul au soleil. À l'époque, j'avais pensé que le sang avait détruit le vampire, le brûlant de l'intérieur, ou avait volé son esprit pour qu'il oublie ses limites. Mais je me suis souvent demandé depuis, ce que le vampire faisait sur la tombe de sa proie et pourquoi voulait-il continuer de se nourrir s'il sentait que ce sang allait le détruire. Je me suis aussi demandé pourquoi un sorcier avec une puissance telle que celui-là aurait permis à un vampire de le saigner à mort.

Orlando voulait poser des questions sur l'identité du sorcier, sentant que c'était important, mais il ne dit rien, laissant plutôt Jean parler.

— Comment l'expliqueriez-vous alors ?

— Ce ne sont que des suppositions, vous comprenez, mais je me demande s'il y avait plus dans l'histoire que ce qu'il m'avait dit. Si en fait, le vampire n'avait pas saigné le sorcier à mort, mais était plutôt venu se recueillir sur la tombe de son bien-aimé et qu'affligé par sa perte, il avait choisi de faire face au soleil plutôt que de continuer seul.

— Et le commentaire comme quoi il avait oublié qu'il ne pouvait pas faire face seul au soleil ? demanda Orlando. Comment pouvait-il faire face au soleil même avec le sorcier ?

— Je ne sais pas, répliqua Lombard. À moins que la magie du sorcier se transmette avec le sang et persiste pendant un certain temps dans le vampire.

— Orlando ? invita Jean.

— J'ai senti la magie quand j'ai goûté son sang, déclara Orlando. Je savais que c'était de la magie blanche et cette sensation est restée pendant un certain temps, mais pas plus de dix minutes.

— Combien de sang aviez-vous pris ? demanda Lombard.

— Seulement quelques gouttes, répliqua Orlando.

— Et pourtant la magie s'est attardée dans vos veines aussi longtemps. Combien de temps aurait-elle duré si vous aviez bu davantage ? suggéra Lombard.

— Suffisamment longtemps pour voir le soleil se lever et y survivre ? demanda Jean, sceptique. Je trouve difficile à croire que cela serait possible et que personne ne le sache.

— Si le prix de cet échange est la mort du vampire quand le sorcier meurt, la connaissance aurait pu être supprimée afin de sauvegarder notre espèce de l'extinction. Je ne sais pas si c'est vrai, mais c'est la seule autre explication qui pourrait correspondre à ce que j'ai vu et à ce que l'on m'a raconté, dit Lombard. Vous en avez eu un petit aperçu, ajouta-t-il en se tournant vers Orlando. Qu'êtes-vous prêt à accepter pour en avoir plus, petit ?

— Presque n'importe quoi, admit Orlando, s'attirant un regard surpris de Jean.

— Après l'avoir goûté seulement une fois ? s'exclama Jean.

Il s'était tellement préoccupé à se soucier des effets du sang sur l'état physique d'Orlando qu'il avait oublié les problèmes de son ami.

Orlando hocha la tête.

— Un de ses amis est arrivé après la fin de notre rencontre. J'étais caché derrière un monument afin qu'ils ne puissent pas me voir. Ils ne se sont même pas touchés, mais simplement la façon dont ils se parlaient m'a donné envie d'attaquer l'autre homme, pour lui prouver que je m'étais nourri sur son ami, pour lui dire que je l'avais réclamé comme mien. Je ne veux pas le prendre par la force, mais je ferai tout pour le convaincre de me laisser le goûter à nouveau.

— Tu vois, dit Lombard à Jean, pourquoi cela aurait pu être perçu comme dangereux. Maintenant dites-moi pourquoi un vampire n'a pris qu'un avant-goût de ce mortel apparemment si délicieux.

Jean expliqua le message de Chavinier et sa demande d'alliance entre les sorciers et les vampires.

— Alors, nous nous retrouvons encore une fois mêlés aux affaires des humains, dit doucement Lombard.

— Encore ? demanda Orlando.

— Une fois déjà, les sorciers ont demandé notre aide, dans une lutte similaire. Nous la leur avons accordée et avons été décimés dans le processus. Mais alors nous n'avions pas essayé de boire leur sang. Peut-être cela nous aurait-il fourni une certaine protection. Peut-être, aussi, nous ont-ils oubliés autant que nous avons tout oublié d'eux, dit Lombard. Je suis las. Laissez-moi à présent.

Il se leva et recula dans l'ombre.

— Dites-moi une dernière chose avant de partir, osa Orlando, toujours persuadé que l'identité du sorcier était trop importante pour la laisser passer.

— Oui ?

La voix de Lombard venant de l'obscurité.

— Quel était le nom du sorcier ?

— Merlin.

Puis, Lombard disparut, se fondant dans les ombres avec lesquelles il était venu. Orlando et Jean suivirent son exemple et partirent. À proximité, les cloches de Notre-Dame sonnèrent dix fois.

Jean pouvait voir qu'Orlando était impatient de l'écoulement lent du temps mais il n'y avait rien que l'un d'entre eux puisse faire pour l'accélérer.

— Trouve quelqu'un d'humain ou d'animal, lui conseilla Jean. Ne va pas à cette réunion affamée. Tu n'as pas besoin de la tentation.

Orlando ne répondit pas, mais il savait qu'il ne tiendrait pas compte des conseils de Jean et qu'il irait tel qu'il était. Il n'y avait qu'une seule saveur qui l'intéressait à présent, et c'était celle d'Alain. C'était du suicide, peut-être, mais Orlando attendrait qu'Alain se refuse à lui avant de chercher d'autres proies.

V

LES OMBRES dissimulaient les motifs des jardins du palais alors que la patrouille se déplaçait en silence dans le parc, glissant entre les arbres. À mesure qu'ils approchaient du Grand Canal, Versailles elle-même semblait briller d'or à cette distance. Les fontaines étaient silencieuses, toutes les embarcations étaient amarrées, seuls les oiseaux s'agitaient dans les arbres alors qu'ils s'installaient pour la nuit.

Puis même ce bruit s'arrêta.

Le capitaine de la patrouille fit signe aux autres de s'arrêter, ne se fiant pas au silence soudain. Une rafale de vent fut leur seul avertissement.

Des cris fendirent l'air alors que des sorts volaient rapides et furieux à travers la vallée sombre, les corps se tordaient et se contorsionnaient des insultes magiques que la chair n'était pas destinée à supporter. La patrouille de la Milice se dispersa, essayant d'échapper aux tirs pour se regrouper mais ils étaient inférieurs en nombre et en armes, succombant l'un après l'autre, tombant sur le sol, inconscients ou morts selon la personne qui avait jeté le sort qui les avait abattus.

Une sorcière réussit à envoyer un appel au secours, accroupie derrière une haie, dans l'espoir de passer inaperçue assez longtemps pour signaler l'attaque de ce qui aurait dû être une simple patrouille de routine. Une lumière vive étincela au-dessus d'elle. Un hurlement déchira l'air, arrêté avant même qu'elle puisse seulement se rendre compte qu'elle l'avait poussé dans un dernier souffle.

ORLANDO ATTENDAIT avec impatience que minuit arrive. Il se força à s'asseoir dans un café et à boire un expresso qu'il ne voulait pas et ne pouvait apprécier, mais qui lui donnait au moins l'apparence d'un Parisien ordinaire sorti pour la soirée. Alors qu'il était assis là, il médita sur tout ce qu'il avait appris de Lombard et de ce que cela pourrait signifier pour leur situation actuelle. Orlando était sidéré alors qu'il examinait les implications de l'histoire de Lombard. Capable de faire face au soleil. C'était les mots du vieux vampire. Était-ce la vérité ? Était-il possible que la magie contenue dans le sang d'un sorcier puisse protéger un vampire contre les effets néfastes du soleil ? Et si tel était le cas, quels autres effets cela pouvait-il avoir ? Serait-il en mesure de déguster son café à nouveau plutôt que de le boire de mémoire ? Serait-il capable de sentir à nouveau le goût d'une bouffée de cigarette plutôt que de simplement inhaler la fumée ? Le sang d'un sorcier pourrait-il rendre sa vie partiellement normale ?

L'envie jaillit dans le cœur d'Orlando. Devenir un vampire n'avait pas été son choix. Si, dans une certaine mesure, il pouvait revenir à la vie qu'il avait connue avant, il prendrait ce risque. Si Alain acceptait de le laisser faire. Orlando considéra trouver un autre sorcier si Alain refusait, mais chaque fibre de son être rejeta cette idée bien qu'il ne puisse pas s'expliquer pourquoi. Il lui suffisait d'aborder la question avec tact, de la présenter en termes de stratégie. Un vampire qui pouvait se battre de jour comme de nuit serait un allié plus précieux que quelqu'un limité par le rythme du soleil.

Orlando regarda sa montre. Onze heures et demie. Il était temps de partir. Il lança quelques euros sur la table et laissa sa tasse à moitié pleine. Le café n'avait plus aucun intérêt pour lui. Tout ce qu'il avait à l'esprit était la rencontre à venir.

ALAIN S'ATTENDAIT à ce que Thierry insiste pour l'accompagner le plus près possible du cimetière comme il l'avait fait la nuit précédente, mais Thierry ne dit rien à ce sujet de la journée et ne se présenta pas à sa porte cette nuit-là. Alain était surpris de son absence mais supposa que Marcel avait donné une affectation à Thierry pour le tenir occupé pendant toute la nuit. Alain ne croyait pas que le sorcier était le plus adapté pour convenir à la fondation de l'alliance ou à ses termes, de sorte qu'il avait passé tout l'après-midi aux côtés de Marcel, essayant de trouver la moindre information sur les traditions ou les légendes liées aux vampires, mais ils n'avaient rien trouvé de fiable en dehors de la sensibilité des vampires à la lumière et de leur besoin de sang pour survivre. Tout le reste n'était que contes de fées et histoires d'horreur écrites par des gens superstitieux, avec des mises en garde. Alain n'avait jamais fait attention aux idées préconçues avant, mais ses conversations avec Orlando et avec Marcel lui avaient ôté les œillères qu'il avait devant les yeux. Orlando avait dit la vérité quand il parlait de persécution et de discrimination. Il semblait que personne n'aimait les vampires. *Sauf toi*, lui rappela sa voix intérieure.

C'était l'autre grande révélation du jour, bien qu'Alain ne sache pas plus ce que cela voulait dire que lors de sa première rencontre avec Orlando. Il était attiré par un vampire. Sérieusement, sexuellement, il était attiré par un membre des mort-vivants. C'était encore une pensée inquiétante, mais si le fiasco de son mariage lui avait enseigné quelque chose, c'était d'écouter son cœur.

Il ne savait même pas si les vampires pouvaient ne serait-ce que ressentir une attirance ou un désir en dehors de ceux du sang, mais alors qu'il montait dans le métro pour rejoindre Orlando, il savait qu'il lui offrirait son poignet s'il le lui demandait. Même si cela signifiait laisser Orlando sentir le désir que son sang contiendrait.

Alain entra dans le cimetière encore moins sur ses gardes qu'il ne l'avait été la nuit précédente. Même si Orlando apportait de mauvaises nouvelles, il ne croyait pas que le vampire l'attaquerait. Il marchait donc avec désinvolture, sa baguette pointée vers le sol. Quand il aperçut Orlando qui se prélassait sur l'une des pierres tombales, il laissa immédiatement tomber sa baguette.

— Bonsoir, dit-il doucement, tout à coup peu sûr de lui.

— Bonsoir, répondit Orlando, descendant doucement de son perchoir. Avez-vous obtenu une réponse ?

— En effet. Et vous ? Bellaiche est-il d'accord ?

— Oui. Et Chavinier ?

— Oui, dit maladroitement Alain.

La conversation semblait si guindée et c'était comme si en cinq minutes, ils s'étaient dit tout ce qu'ils avaient à dire. Alain remonta sa manche.

— Je suppose que vous voulez goûter à nouveau mon sang pour savoir si je dis la vérité. Ainsi, vous pourrez convaincre Bellaiche.

Avec un empressement réticent, il offrit son poignet retourné pour les crocs d'Orlando.

Ce dernier se contenta de fixer avec étonnement pendant un instant le poignet offert. Il pouvait voir les marques qui restaient de leur premier baiser. Alain savait ce qui allait arriver, il avait déjà été mordu et il avait suffisamment confiance en Orlando pour dénuder son poignet et le présenter aux crocs du vampire à nouveau sans qu'il n'ait même à le demander.

Personne n'avait eu confiance en lui de cette façon depuis qu'il avait été créé. Il fit un pas en avant.

— Oui, bien sûr, vous avez raison, accepta-t-il, en portant le poignet d'Alain à ses lèvres.

Il ne pensait même pas à sa faim alors qu'il s'attardait sur la peau d'Alain. Sa faim n'était pas pertinente. Alain avait fait cette offre et Orlando refusait totalement d'en abuser. Aussi doucement qu'il put le faire, il perça la peau d'Alain et laissa deux gouttes de sang tomber sur sa langue avant de se retirer, léchant les plaies de sa langue pour les guérir.

Comme il l'avait fait la nuit précédente, Alain se prépara à ressentir la sensation des crocs d'Orlando pénétrer sa peau. Comme la veille, il sentit les lèvres d'Orlando se déplacer sur sa peau avant que ses crocs la perce. Puis les crocs étaient là, glissant sur sa peau et la pénétrant presque avec tendresse. Ils avaient à peine pénétré, envoyant un mélange capiteux de douleur et de passion dans le dos d'Alain, lui promettant des délices indicibles s'il était prêt à céder et à laisser Orlando faire ce qu'il voulait. Alain céda à la tentation, consentant à laisser Orlando prendre tout ce qu'il voulait. Puis, la langue d'Orlando scella la plaie. Alain voulut tendre la main et ramener la tête du vampire vers son poignet, pour l'encourager à en prendre plus, pour prolonger la connexion. Il s'obligea à se rappeler que ce qui était une expérience incroyablement érotique pour lui n'était qu'une simple fonction ordinaire pour Orlando.

Orlando savoura le sang sur sa langue alors qu'il relevait la tête, de la manière dont il avait vu d'autres savourer un bon vin. Il laissa la magie d'Alain chanter dans ses veines, le reliant pour quelques instants aux sentiments du sorcier. Comme auparavant, il sut la vérité dans les mots d'Alain à propos de l'accord avec Chavinier. Comme précédemment, il reconnut la pureté de l'âme d'Alain, mais il remarqua également une nouvelle teinte dans la saveur. Il faillit ne pas la reconnaître. Puis il comprit. Du désir. Le désir d'Alain. Pour lui.

Dans ces maigres gouttes de sang, Orlando goûta à l'acceptation pour la première fois. Alain ne le regardait pas en ne voyant qu'un vampire. Alain le regardait et voyait Orlando Saint-Clair. Il se demanda s'il devait avoir peur. La dernière fois que quelqu'un l'avait regardé de cette façon, cette personne l'avait transformé de force en vampire. Il secoua la tête pour chasser ces pensées. Le désir était semblable, mais Alain n'était pas du genre à forcer un enfant innocent à venir dans son lit pour le changer en vampire et l'y maintenir. Alain n'avait pas ce genre de méchanceté en lui, Orlando le savait.

— J'ai rencontré quelqu'un aujourd'hui, dit-il essayant de trouver un moyen de poursuivre la conversation, pour garder Alain près de lui. Quelqu'un qui, d'après ce que je savais, n'existait même pas.

Profondément caché dans l'ombre près de la porte du cimetière, Thierry leva les yeux au ciel. Cela lui avait demandé toute sa volonté pour ne pas arrêter Alain quand il avait offert son poignet au vampire, mais le mort-vivant avait à peine touché le poignet d'Alain avant de le relâcher, si bien que Thierry était resté là où il était. Il pouvait voir pourquoi Alain trouvait le vampire séduisant, mais la pensée de crocs près de sa peau était suffisante pour lui donner des frissons. Et pas dans le bon sens. Il était infiniment reconnaissant à Marcel d'avoir assigné cette tâche à Alain.

La sonnerie d'un téléphone portable arrêta Alain et Orlando avant qu'ils puissent continuer leur conversation. D'un geste du poignet, la baguette d'Alain fut de nouveau dans sa main et il partit à la recherche de la source du bruit, prêt à se défendre ainsi qu'Orlando contre l'intrus.

Orlando se retourna lui aussi, prêt à se défendre. S'il s'agissait d'un sorcier, il ne savait pas combien d'aide il pourrait apporter, mais il était déterminé à lui tenir tête. La vue de la baguette volant dans la main d'Alain le choqua presque autant que l'interruption. Il lui apparut qu'il y avait plus à apprendre sur cet homme qu'l n'y paraissait. Cette révélation ne changea rien, malgré la réalité de la nature du sorcier, seulement la prise de conscience de sa puissance.

— Merde ! dit une voix venant de l'obscurité.

Alain soupira et baissa sa baguette.

— Bon sang ! Que crois-tu faire ici Thierry ? demanda-t-il en direction du son.

Thierry se montra.

— Par l'enfer ! Je sais ce que je ne suis pas en train de faire. Je ne combats pas dans cette guerre que nous sommes censés essayer de gagner. Je ne défends pas d'innocents ni même nos amis. Pendant que tous les deux vous échangez des ragots de vos journées, des sorciers sont en train de mourir !

— Où ? demanda Alain sans avoir besoin d'en entendre davantage.

La seule chose qui pouvait bouleverser Thierry à ce point était une bataille perdue d'avance contre Serrier et ses sbires.

— Versailles, dit Thierry impassiblement.

— Aleth ?

— Morte, répliqua Thierry. Je ne saurais jamais si nous aurions pu arranger les choses entre nous. Alors que nous sommes ici à déconner, ma femme était là-bas à se battre et mourir. Je croyais que cette alliance...

Il cracha le mot.

— ... était supposée nous aider. Au lieu de ça, cela m'a attiré loin de la ligne de front.

Il se tourna vers Orlando.

— Comment diable allez-vous rendre cela meilleur ?

Avant qu'Orlando puisse répondre, une autre voix sortit de l'obscurité.

— Même si nous ne pouvons pas empêcher la mort d'intervenir, Orlando n'échangeait pas de ragots. Il était sur le point de dire à votre ami ce que nous avons appris aujourd'hui. Cela pourrait s'avérer très utile.

Les trois hommes se tournèrent pour faire face au dernier arrivé, mais seul Orlando reconnut le vampire aux cheveux noirs.

— Que fais-tu ici Jean ? demanda-t-il.

— À peu près la même chose que celui-là, dit Jean en montrant Thierry. Je garde un œil sur la situation.

Orlando soupira.

— Jean Bellaiche, voici Alain, le sorcier dont je t'ai parlé.

— Alain Magnier, dit Alain en hochant la tête.

Il ne tendit pas sa main. Il ne pouvait pas, pas à un autre vampire, pas si tôt après avoir offert son poignet à Orlando.

— Et voici Thierry Dumont, ajouta Alain, un ami et un compagnon d'armes.

Thierry grogna à l'introduction.

— Alors, qu'avez-vous appris ? demanda Alain.

Orlando regarda Jean qui lui fit signe de continuer. Le chef n'avait jamais vu le jeune vampire aussi plein d'assurance depuis qu'il avait rencontré son sorcier. Si Orlando voulait gérer cela, Jean le laisserait volontiers faire.

— Ce n'est peut-être rien, admit Orlando, mais nous sommes allés voir le plus vieux vampire de Paris, peut-être du monde. Il nous a raconté une histoire qui lui était arrivée il y a si longtemps qu'elle n'est même pas écrite dans nos récits. Et dans l'une des interprétations de cette histoire, un vampire qui boit le sang d'un sorcier est immunisé contre les rayons du soleil.

— Cela fait beaucoup de qualificatifs, observa Thierry.

— En effet, convint Orlando mais il n'y a pas de moyen de le vérifier à moins d'essayer. Le vampire qui a bu le sang du sorcier est mort tout comme celui qui a raconté l'histoire à Lombard.

— Ce vampire, demanda Alain, avait-il choisi un sorcier au hasard ?

— Nous ne le savons pas, dit Jean. Tout ce que nous savons, c'est qu'il a bu le sang d'un sorcier.

— Savez-vous qui ? demanda Alain.

Orlando et Jean échangèrent un regard.

— Merlin, dit Orlando.

Alain secoua la tête.

— Le plus puissant sorcier de tous les temps. Vous vous rendez compte que même si le sang de Merlin a rendu cela possible, aucun d'entre nous ne peut comparer ses pouvoirs aux siens. Il ne pourrait y avoir aucun effet avec notre sang.

— J'ai pu sentir votre magie s'attarder en moi quand j'ai goûté votre sang la nuit dernière, et plus encore ce soir. Cela me donne l'espoir que cela puisse fonctionner. Maintenant, il ne reste qu'à essayer, dit Orlando.

— C'est du suicide si cela ne fonctionne pas ! s'exclama Alain, incapable de supporter l'idée de perdre Orlando si tôt.

— Je n'ai pas l'intention de marcher droit dans la lumière du soleil, rétorqua Orlando. Je connais mes propres limites. Si je peux repousser ces limites après avoir bu votre sang, alors je les repousserai un peu plus pour voir jusqu'où vont les nouvelles.

— Et qu'est-ce qui vous fait penser que vous pouvez boire le sang d'Alain ? demanda Thierry d'un ton protecteur.

— Offrez-vous de prendre sa place ? le contra Orlando. Parce que vous êtes les deux seuls sorciers ici.

— Cela ne sera pas nécessaire, l'interrompit Alain.

Il ne voulait pas du poignet de Thierry près de la bouche d'Orlando.

— Je vais le faire. Mais nous ne pouvons pas le faire ici.

— Non, nous ne pouvons pas, convint Orlando. L'endroit le plus sûr serait mon appartement. Je sais exactement où le soleil passe à travers les fenêtres. J'ai appris à l'éviter depuis longtemps.

— Je viens aussi, insista Thierry.

— Je pense que ce n'est que justice, convint Jean. Je regarderai aussi depuis l'ombre. De cette manière, chaque partie aura un témoin impartial de ce qui se passe.

— Je ne pense pas que l'un de vous puisse être qualifié d'objectif, observa Orlando.

— Peut-être pas, concéda Jean. Mais au moins, nous serons impliqués.

34

— Pouvons-nous y allez dans ce cas ? suggéra Orlando. Nous pourrons en reparler lorsque nous serons à l'intérieur.

Alain se plaça immédiatement à côté d'Orlando, prêt à le suivre, mais voulant aussi lui parler. Il pencha sa tête près du vampire alors qu'ils commençaient la courte marche pour sortir du cimetière vers son appartement, ne voulant pas partager ses pensées avec Thierry ou Jean.

— Vous avez dit que vous pouviez sentir ma magie. Qu'est-ce qu'on ressent ? demanda-t-il.

— Des picotements au début, dit Orlando, comme des bulles dans de l'eau minérale alors que votre sang se déplaçait en moi. Ensuite, cela s'est enroulé autour de moi, comme une couverture.

Il marqua une longue pause avant d'ajouter :

— Ou un amant.

Alain frissonna à ces mots. Un amant. C'était ce qu'il voulait être pour Orlando. Si sa magie pouvait faire avancer les choses, il partagerait tout ce qu'il pouvait se permettre de perdre.

— Combien de temps cela a-t-il duré ? voulut savoir Alain.

— Dix minutes à peu près, répondit Orlando.

— Ce n'était pas très long dit Alain déçu.

— Non, reconnut Orlando, mais je n'avais pas pris beaucoup de sang non plus. La première fois, ce n'était seulement que quelques gorgées. Cette fois-ci, c'était encore moins, et pourtant l'effet persiste. Si je devais en prendre plus – pas assez pour vous blesser, juste assez pour me renforcer – l'effet pourrait durer plus longtemps. Nous devrons faire des essais quant aux limites. Je sais que le temps est l'essence même de notre expérience. Plus tôt nous aurons des réponses, plus vite nous pourrons commencer à inverser le cours de cette guerre. Nous vous aiderons comme nous le pourrons, indépendamment des résultats des expériences, mais les batailles ne suivent pas le rythme du soleil. Nous serions de biens meilleurs alliés si nous n'avions pas de limites.

— Il y aura des sorciers qui résisteront à partager leur sang, commenta Alain.

— Et il y aura des vampires qui refuseront de le boire, répliqua Orlando. Nous traiterons avec cela lorsque nous aurons quelque chose de concret à leur dire. Commençons déjà par convaincre votre ami Thierry que le plan a un certain mérite.

Pendant qu'ils parlaient, ils descendirent l'avenue Gambetta vers la rue Désirée. Orlando déverrouilla la porte de la cour, conduisit les trois autres à l'intérieur et monta les trois volées d'escalier étroit jusqu'à son appartement.

C'était un peu plus grand qu'un studio d'étudiant, une chambre, une salle de bain, une petite cuisine et un séjour, rien de spectaculaire, mais un endroit où s'abriter pendant la journée. Seul le salon avait des fenêtres et elles étaient recouvertes de rideaux de velours épais. Orlando tira les rideaux pour révéler des volets fermés. Il les ouvrit, puis referma de nouveau les rideaux.

— Nous les rouvrirons lorsque l'aube viendra et nous serons prêts à faire nos tests, dit-il, mais jusque-là, je préfère les fermer. Nous ne voudrions pas que les voisins se demandent ce que nous faisons au milieu de la nuit.

Thierry prit place sur une des chaises, préférant garder la plus grande distance possible entre lui et les vampires. Jean prit l'autre chaise, laissant le canapé pour Orlando et Alain. Aucun des deux ne semblait se soucier de la proximité, s'asseyant facilement l'un à côté de l'autre.

— Comment exactement envisagez-vous que cela fonctionne ? demanda Jean.

— L'expérience ? demanda Orlando.

— L'alliance, répliqua Jean.

— Il n'y a pas de ligne délimitée, dit Thierry, pas de champs de bataille clairement démarqués. Nous rencontrons les sorciers quand nous le pouvons, nous essayons d'arrêter leurs attaques et de déjouer leurs plans. Ceux que nous pouvons capturer, nous les emprisonnons pour usage de magie noire. Les autres, nous les tuons au combat. Plus il y aura de gens sur le champ de bataille, plus nous pourrons en arrêter. Ce dont nous avons besoin, c'est de faire sortir Serrier, mais jusqu'à présent il nous a échappé.

— Nous serons donc de la chair à canon, remarqua amèrement Orlando.

— Pas nécessairement, dit Alain. Nous essayons de ne pas les engager dans une guerre à grande échelle. Il y a trop de dommages collatéraux. Nous essayons de leur poser des pièges, et quand ils mordent à l'hameçon, nous les capturons. Vous savez comment maîtriser votre proie. Vous pouvez soumettre un sorcier de la même façon.

— Et les sorts des sorciers ? demanda Jean.

— Il y a des contre-sorts que nous pouvons utiliser pour nous protéger ainsi que vous. Nous ne vous demandons pas de les combattre seuls mais à nos côtés, vos dons et les nôtres travailleront ensemble, dit Alain.

— Des dons ? cracha Orlando. Nous n'avons pas de dons. Seulement des malédictions.

— Alors, utilisez-les, dit Thierry. Utilisez tout ce que vous avez parce que Dieu sait qu'ils le feront.

Ils parlèrent et argumentèrent toute au long de la nuit. Quand l'aube approcha, Jean et Orlando commencèrent à se sentir vraiment mal à l'aise, même avec les rideaux sombres mis en place.

— Qu'est-ce qui ne va pas ? demanda Alain.

— C'est une réaction instinctive au lever du soleil, expliqua Orlando. Même en sachant que les rideaux sont fermés et nous protègent, nos corps nous poussent à chercher un abri contre le soleil.

— C'est le moment de commencer alors ? demanda Alain.

— Bientôt, répliqua Orlando. Nous devons laisser le soleil se lever assez pour qu'il brille à travers la fenêtre lorsque vous ouvrirez le rideau. Bien que ce soit douloureux, je peux supporter la lumière indirecte pendant plusieurs minutes sans subir aucun dommage.

Ils restèrent assis dans un silence tendu jusqu'à ce qu'Orlando juge que suffisamment de temps était passé. Il regarda Alain, pas tout à fait sûr de savoir comment demander ce dont il avait besoin. Sentant le malaise du vampire, Alain tendit sa main à Orlando, comme il l'avait fait deux fois auparavant.

— Voilà, dit-il doucement, prenez ce dont vous avez besoin.

Orlando regarda Alain pendant un moment avant de fermer ses mains autour de son bras et de lever le poignet du sorcier vers sa bouche. Il avait une conscience aiguë de la proximité de Jean et de Thierry. Il était sur le point de se nourrir sur Alain, sur le point de prendre la magie du sorcier dans son corps, la chose la plus intime qu'un vampire pouvait faire. Avoir un public l'embarrassait beaucoup.

Jean se leva de son siège et se dirigea vers la cuisine. Quand Thierry ne fit pas de même, la main de Jean l'attrapa par l'épaule et l'obligea à se lever.

— Quoi ? demanda Thierry.

Jean ne répondit pas jusqu'à ce qu'ils soient dans l'autre pièce.

— Auriez-vous des tendances au voyeurisme ? demanda Jean

— De quoi parlez-vous ? répliqua Thierry sur la défensive.

— On ne regarde pas un vampire se nourrir. C'est impoli. Ce serait comme regarder deux personnes avoir des relations sexuelles, dit Jean. Donc à moins que vous n'y teniez absolument, nous allons rester ici pendant quelques minutes.

— Mais... commença à protester Thierry.

— Mais rien. Orlando ne va pas faire de mal à votre ami. Il a trop à perdre pour le faire. Accordez-leur quelques minutes seuls, et alors vous pourrez les surveiller autant que vous voudrez.

Thierry croisa ses bras sur sa poitrine, voulant clairement protester davantage, mais Jean l'ignora.

Dans l'autre pièce, Orlando baissa les yeux sur la peau douce du poignet d'Alain. Le sorcier lui avait donné le poignet indemne plutôt que celui qu'Orlando avait déjà mordu auparavant. Il prit une profonde inspiration et essaya de se préparer lui-même pour se nourrir. Il pouvait sentir les yeux d'Alain sur lui, non pas le regard suppliant comme le faisaient si souvent ses victimes, ni assombri par la peur ou la colère. Les yeux d'Alain étaient brillants du désir auquel Orlando avait goûté plus tôt.

VI

LENTEMENT, TRÈS lentement, Orlando souleva le poignet d'Alain à sa bouche. Ses crocs s'allongèrent alors qu'il pensait à goûter cette peau lisse et au sang chaud qui circulait dessous. Il pressa ses lèvres sur la peau prête à être marquée. Sa marque. Alain porterait sa marque. Sur les deux poignets, pas seulement sur celui-ci. C'était une idée enivrante. Orlando pouvait sentir la peau d'Alain, l'eau de Cologne qu'il portait, la sueur de la journée, le parfum sous-jacent qui lui était unique. Il ne pourrait plus jamais confondre un autre pour Alain, plus maintenant qu'il connaissait l'odeur du sorcier.

À côté de lui, Alain s'inquiéta. Qu'attendait Orlando ? Est-ce que quelque chose n'allait pas ? Le vampire était simplement assis là, berçant le poignet d'Alain entre ses mains, seules ses lèvres reposaient sur sa peau. Le sorcier s'attendait à ce qu'il soit impatient. Il pensait qu'Orlando allait apprécier le goût de son sang. Puis il sentit la langue d'Orlando préparer sa peau et la pression de ses crocs. Il ferma les yeux pour mieux se concentrer sur la sensation du vampire le pénétrant.

Orlando fit une pause alors que ses dents glissaient dans le poignet d'Alain. Il connaissait la brûlure initiale de la poussée et voulait donner une chance à Alain de s'accommoder. Quand il sentit la tension quitter l'homme à ses côtés, il commença à sucer la peau, le sang chaud remplissant sa bouche avec sa saveur cuivrée. Il bougea lentement, ne voulant pas se précipiter pour le moment.

Alain frémit quand Orlando commença à tirer sur sa chair, chaque mouvement l'entraînant un peu plus loin qu'auparavant dans la chaleur du désir d'Alain. Les doigts du sorcier se serrèrent en poing alors qu'il luttait pour se maintenir immobile, pour garder en tête l'illusion que ce n'était que pour l'expérience. Il était heureux que Jean et Thierry soient partis. Thierry aurait certainement pu lire les sentiments d'Alain sur son visage. Il pouvait sentir le rythme de la bouche du vampire faisant écho aux pulsations qui traversaient son corps. Il se força à garder les yeux ouverts pour pouvoir regarder Orlando se nourrir sur sa chair. Chaque fois que le vampire aspirait, il pouvait voir sa gorge avaler le sang. Son désir montait à chaque mouvement des muscles du vampire, à chaque poussée de ses crocs.

Orlando pouvait goûter l'augmentation de la passion d'Alain alors que le sang du sorcier remplissait sa bouche. C'était une saveur enivrante qui envoya un désir correspondant se répandre dans le corps d'Orlando. Il se déplaça un petit peu, se redressant pour pouvoir croiser les yeux d'Alain alors qu'il continuait à prendre sur lui. À le prendre. Le visage d'Alain était un masque d'extase, ses joues rougissaient, ses pupilles se dilataient, son souffle rauque traversait ses lèvres entrouvertes, sa langue lissait ses dents blanches. L'interaction entre eux avait été chargée depuis le départ, mais l'intimité de ce moment avait atteint de nouveaux sommets alors qu'Orlando sentait monter en lui un désir qu'il n'avait pas ressenti depuis des siècles.

Alain sentit les yeux d'Orlando sur lui, mais il ne pouvait pas feindre l'expression de calme détachement qu'il aurait dû montrer. Il était trop pris par l'image de débauche qui se trouvait sous ses yeux. Orlando était l'image même du péché sous forme humaine. Ses yeux noirs brillaient dans la lumière tamisée de la lampe qui se trouvait à proximité ; ses cheveux tombaient sur son front quand il se penchait en avant ; sa bouche ouverte travaillait sur la chair d'Alain comme s'il pouvait le dévorer tout entier. Alain aurait été une victime très consentante.

Les yeux d'Orlando se fermèrent comme il se délectait de la connexion qu'il ressentait avec Alain. Il pouvait sentir sa magie l'envelopper, le couvrir pour le fortifier. En ce moment, il se sentait invincible.

Ce sentiment fut suffisant pour rompre son rythme. Alain lui avait donné son autorisation pour le prendre de cette manière, mais dans un but précis. Le désir qu'Orlando pouvait lire dans le sang d'Alain et sur son visage n'était pas une permission – pas même une permission tacite – pour Orlando de prendre plus qu'il était nécessaire pour l'expérience. Le faire reviendrait à porter atteinte à la confiance qui se construisait entre eux, et Orlando n'avait certainement pas envie de faire ça. Il ne voulait surtout pas qu'Alain soit effrayé de lui faire cette offre à nouveau. Avec précaution, il retira ses crocs du corps du sorcier, faisant courir sa langue sur les marques, plus grandes que celles de son autre poignet à cause de la longueur et de la profondeur de la pénétration. Bien qu'il ait essayé d'être doux, Alain aurait presque certainement des ecchymoses qui mettraient en évidence les incisions.

Tendrement, Orlando nettoya le poignet du sorcier, sa langue léchant la peau délicate. Finalement, il releva la tête et croisa à nouveau les yeux d'Alain.

Ce dernier sentit la fin de la succion et les crocs d'Orlando quitter son corps. Ensuite sa langue apaisante fut à nouveau là, se déplaçant sur sa peau, le taquinant d'une façon qui n'avait rien à voir avec leur expérience. Quand Orlando releva finalement la tête, Alain céda à ce qui s'était construit entre eux depuis la première fois qu'ils s'étaient rencontrés. Il attrapa la tête du vampire et l'attira dans un baiser, goûtant à son propre sang alors que sa langue envahissait la bouche d'Orlando. Alain ne prolongea pas le baiser, mais il devait simplement goûter cette bouche séduisante. Même si cela devait lui rapporter une gifle. Même si cela devait tout gâcher. Il ne pouvait tout simplement pas résister à la tentation.

Le baiser d'Alain prit totalement Orlando par surprise. Il savait que le sorcier le désirait, mais il ne s'attendait pas à le voir agir sous le coup de ses sentiments. Beaucoup de gens avaient regardé Orlando et l'avait désiré, mais personne en dehors du monde des vampires n'était jamais resté une fois après avoir appris sa véritable nature. Alain venait d'expérimenter un baiser du vampire, et pourtant il était toujours prêt à partager un baiser humain tout aussi puissant.

Quand ils se séparèrent, ils avaient tous les deux une respiration lourde. Alain essaya de retrouver un semblant de contrôle, mais il dut batailler pour y parvenir. Il voulait se presser contre Orlando, se noyer dans les sensations que le vampire avait créées. Avant qu'il puisse dire ou faire quoi que ce soit qu'il pourrait regretter plus tard, Thierry se précipita dans le salon.

— Avez-vous fini ? demanda-t-il

— Oui, dit Alain, sans même regarder son ami.

Il n'avait d'yeux que pour Orlando.

— Comment te sens-tu ? demanda-t-il à Orlando. Y-a-il une différence par rapport à la dernière fois ?

Orlando fit une pause, évaluant son état physique.

— Je sens la magie, dit-il, pour répondre aux préoccupations de l'expérience plutôt qu'à son excitation. Comme un filtre entre le monde et moi. Je pense vraiment que cela fonctionne. Qu'en penses-tu ? Je n'en ai pas trop pris, n'est-ce pas ?

— Je vais bien, le rassura Alain et c'était vrai.

Il se sentait plutôt excité par le don, non pas affaibli. C'était une expérience qu'il était prêt à répéter à chaque fois qu'Orlando le voudrait.

— Que faisons-nous à présent ?

— Tu ouvres les rideaux et je vais voir quelle quantité de lumière que je peux supporter, dit Orlando, se sentant nerveux malgré ses bravades un peu plus tôt.

Il connaissait ses propres limites et il était prêt à les repousser pour l'intérêt de cette alliance, mais il voulait que cela fonctionne pour d'autres raisons aussi. Si cela marchait, il aurait une excuse pour se nourrir sur Alain aussi souvent que le sorcier pourrait le supporter. La pensée était incroyablement séduisante.

Jean resta dans l'embrasure.

— Où serais-je en sécurité ? demanda-t-il.

N'ayant pas la protection que le sang d'un sorcier pouvait conférer, Jean ne pouvait se permettre d'être touché par une lumière directe.

— Tu seras bien là-bas, près de la porte, dit Orlando. À cette heure, le soleil n'atteindra pas la pièce de plus d'un mètre.

Jean hocha la tête.

— Veux-tu ouvrir les rideaux ? demanda Orlando à Alain.

Alain se leva et alla à la fenêtre. Il hésita pendant une fraction de seconde avant d'ouvrir les rideaux de quelques centimètres, permettant au soleil de fin d'automne de briller dans la pièce dans un rayon étroit. Il savait que ce qu'ils faisaient était nécessaire, mais il détestait que cela mette Orlando en danger. *Tu dois prendre des risques en temps de guerre*, aurait dit Thierry si Alain avait exprimé ses inquiétudes, et il savait que Thierry aurait eu raison. Mais cela ne rendait pas les choses plus faciles pour faire face à ce qui pourrait arriver si leurs suppositions étaient fausses.

Orlando prit son courage à deux mains et se rapprocha de la parcelle de lumière du soleil. Tous les yeux étaient rivés sur lui alors qu'il s'arrêtait avant d'atteindre l'éclat mortel. Il semblait penser à quelque chose.

— Tu vas bien ? demanda Alain en venant aux côtés d'Orlando.

— Oui, dit Orlando avec un sourire. C'est le plus proche de la fenêtre que j'ai été capable d'accéder pendant la journée. Habituellement, si je me tiens debout ici, j'ai l'impression de brûler et ma peau commence à virer au gris cendre.

Il tendit la main. Elle avait une parfaite teinte olive, la même couleur que lorsqu'ils étaient assis sur le canapé avec les rideaux fermés. Orlando fit un pas de plus vers la fenêtre.

Alain retint sa respiration alors qu'il regardait le vampire se frayer un chemin de plus en plus près de la fenêtre. À chaque pas qu'il faisait, le sourire d'Orlando grandissait. Enfin, il n'était plus qu'à quelques centimètres des rayons du soleil.

— Sois prudent, dit Jean, de la porte.

— C'est incroyable, dit Orlando. Je suis si proche que je peux sentir la chaleur du soleil mais cela ne me brûle pas. Regarde Jean, insista-t-il, en tendant la main. La lumière est sans effet sur moi. Je pense que je pourrais me tenir directement au soleil sans en être affecté.

Alain voulait arrêter Orlando pour le ramener en sécurité, mais il savait que l'intérêt était de voir si les vampires pourraient résister à la lumière du soleil avec l'aide des sorciers.

Se sentant incroyablement audacieux, Orlando tendit un doigt dans la lumière du soleil. Jean tressaillit, s'attendant à voir le doigt partir en cendres, mais rien ne se passa. La peau brilla dans la lumière du soleil, mais ne subit aucune séquelle. Encouragé, Orlando ouvrit son poing laissant toute sa main toucher la réverbération. Quand il vit qu'il n'y avait toujours aucun changement, il s'avança résolument dans la lumière et regarda la lumière du jour pour la première fois depuis plus de deux cents ans. Il sentit ses yeux le piquer, comme s'il allait pleurer alors qu'il se baignait encore dans le soleil après en avoir été privé si longtemps. Quand il se contrôla mieux, il se retourna pour faire face aux autres, le visage rayonnant.

— Ça marche ! dit-il.

Puis il se tourna vers la fenêtre, l'ouvrit en grand et monta sur le petit balcon. Il pencha son visage vers le soleil et sourit. Il ne se moquerait plus de lui. Pas tant qu'Alain serait à ses côtés. Il prît un moment pour regarder le quartier où il résidait depuis des années sans jamais l'avoir vu, sauf sous la lumière des réverbères. Les bâtiments étaient construits dans la pierre calcaire jaune si typique de Paris et ils brillaient dans la lumière du petit matin. C'était l'une des plus belles choses qu'il avait vues depuis des années, en dépit de sa simplicité. Il resta d'innombrables minutes, se prélassant dans la chaleur et la lueur qui étaient perdues pour lui depuis si longtemps. Il avait faim de ce plaisir innocent. Cela le ramena à ses pensées et au café de la nuit dernière. Si le sang des sorciers pouvait rétablir cela pour lui, que pouvait-il restaurer d'autre ?

— Reviens à l'intérieur, dit Alain derrière lui. Nous ne savons pas combien de temps l'effet durera et je ne veux pas te perdre.

Orlando ne voulait pas rentrer, s'accrochant avidement à ce moment, cette expérience, mais il savait qu'Alain avait raison. Alors qu'il reculait de la fenêtre, il partagea un sourire intime avec Alain, essayant de lui exprimer par le regard, toute la gratitude qu'il ressentait d'être en mesure de revoir à nouveau le soleil.

La joie sur le visage d'Orlando quand il revint dans le petit appartement réchauffa le cœur d'Alain. Il ferait n'importe quoi, se rendit-il compte, pour garder ce sourire sur le visage du vampire. Le peu de sang qu'il avait déjà donné n'était rien comparé à son sourire.

— Ça marche, répéta Orlando en regardant Jean.

Il resta là pendant plusieurs minutes.

— Tu n'aurais pas dû rester dans la lumière. Regarde ta peau.

Orlando regarda et vit que sa peau avait en effet commencé à devenir cendrée. Il recula dans l'ombre mais la couleur normale ne revint pas immédiatement.

— Que se passe-t-il ? demanda Alain.

— L'effet se dissipe. Je peux sentir ta magie s'estomper, dit Orlando. C'est ce qui arrive en général à un vampire lorsqu'il s'expose à la lumière du soleil.

— Tu n'es plus au soleil. Pourquoi cela ne s'en va-t-il pas ? demanda Alain, la peur lui serrant le cœur.

— Cela ne disparaîtra pas tant qu'il ne se sera pas nourri à nouveau, dit Jean depuis l'ombre.

Immédiatement Alain remonta sa manche.

Thierry lui attrapa le bras.

— Sûrement pas ! hurla-t-il. Tu lui en as donné bien trop pour l'instant. Je ne vais pas le laisser te vider.

Il déglutit difficilement à cause de la boule qui se trouvait dans sa gorge.

— Si vous devez vous nourrir, faites-le sur moi, dit Thierry d'une voix presque inaudible.

Alain dut se faire violence pour ne pas protester. Il ne voulait partager la connexion qu'il sentait avec Orlando avec personne d'autre. Il pouvait également voir la réticence du vampire. Alors Jean prit la parole.

— C'est une bonne idée. Nous devons savoir si l'effet est universel.

Avec un manque évident d'enthousiasme, Orlando se dirigea vers Thierry. Jean se retira de la pièce, appelant Alain pour qu'il le rejoigne, pour leur laisser un peu d'intimité.

— Buvez simplement ce putain de sang dit Thierry, les empêchant de partir.

La dernière chose qu'il voulait, c'était d'être seul avec un vampire. Orlando leva le poignet de Thierry à ses lèvres et se nourrit aussi

44

machinalement que possible et en ne prenant que ce qu'il fallait pour soulager l'état de sa peau. Il pouvait goûter à la magie de Thierry et il sentit la bonté fondamentale de son cœur, mais il y avait trop de ténèbres pour qu'Orlando veuille s'attarder. De plus, Thierry n'était pas Alain. Le goût n'était pas le même, pas plus que la magie. C'était le sang d'Alain qu'il convoitait, la magie d'Alain qu'il désirait. Il libéra le poignet de Thierry et recula d'un pas pour se rapprocher d'Alain.

— Alors ? demanda Jean.

— Alors, quoi ? répondit Orlando en ayant l'impression qu'il avait souillé la beauté de ce qu'Alain et lui avaient partagé en buvant le sang de Thierry, en particulier avec Alain debout juste là.

— L'effet est-il le même ? demanda Jean

— Non, dit Orlando d'une voix sourde.

VII

— TA PEAU est guérie. En quoi l'effet est-il différent ? demanda Alain, faisant tendrement courir un doigt sur la peau restaurée d'Orlando.

Il avait détesté voir Orlando avec le poignet de Thierry à sa bouche, mais il n'avait pas l'impression de pouvoir prétendre satisfaire l'appétit du vampire pour lui exclusivement. Pas encore.

— Ta magie s'enveloppe autour de moi, comme pour me protéger. Je pouvais goûter à la magie de Thierry, mais elle ne me comble pas comme la tienne le fait, dit Orlando, ayant du mal à expliquer ce sentiment nébuleux.

Alors qu'il parlait, il se rapprocha encore d'Alain, comme si la présence du sorcier pouvait lui fournir la même protection que son sang.

— C'est peut-être parce que tu en as pris trop peu, suggéra Alain.

Les mots d'Orlando atténuèrent sa jalousie et lui donnèrent envie de glisser ses bras autour du vampire, de l'envelopper comme Orlando avait dit que sa magie l'avait fait, mais il résista à la tentation. Ils n'étaient pas seuls et il ne savait pas comment Orlando prendrait un tel geste. Ni comment Thierry et Jean le prendraient. Jean semblait protecteur envers le jeune vampire et Alain n'avait aucun désir de devenir l'objet de la colère de l'autre vampire.

— J'en ai pris moins sur toi dans le cimetière la nuit dernière, mais il a eu le même effet, simplement dans une moindre mesure, répliqua Orlando.

— Peut-être que le sentiment est limité au premier sorcier que tu as goûté, suggéra Jean. Cela pourrait expliquer pourquoi le sang d'Alain a un plus grand effet que celui de Thierry. Peut-être que la magie d'Alain empêche celle Thierry de te protéger.

Orlando réfléchit à cela pendant un instant.

— Cela pourrait être une explication. Peut-être devrais-tu goûter Thierry pour voir, suggéra-t-il.

— Hé, attendez une minute ! protesta Thierry. N'ai-je pas mon mot à dire ?

— Nous devons comprendre tout cela, intervint Alain. Si cela ne marche qu'entre Orlando et moi, cela ne sera d'aucune aide. Allez, Thierry, ce n'est pas si désagréable.

Ses yeux rencontrèrent ceux d'Orlando alors qu'il parlait, espérant que le vampire comprendrait que désagréable serait le dernier mot qu'il utiliserait pour décrire ce qu'ils avaient partagé. Il connaissait Thierry, cependant. S'il commençait à décrire ce qu'il avait réellement ressenti, son ami s'enfuirait si rapidement que tout ce qu'ils verraient serait de la poussière.

Les mots d'Alain le blessèrent jusqu'à ce qu'Orlando voie le visage du sorcier. Il pensa ajouter son plaidoyer à celui d'Alain, mais il avait dans l'idée que cela ne serait pas utile. Thierry ne lui faisait pas suffisamment confiance.

— Oh, d'accord, consentit Thierry à contrecœur, mais vous restez ici tous les deux. Cela ne veut rien dire hormis que je veux que l'alliance fonctionne.

— Tu n'as pas besoin d'en prendre beaucoup, dit Orlando à Jean. Même avec le peu que j'avais pris d'Alain la première fois, je pouvais sentir sa magie autour de moi.

— Fermez les rideaux, dit Jean, afin je puisse entrer dans la pièce.

Alain quitta les côtés d'Orlando assez longtemps pour faire ce que l'aîné des vampires demandait. Quand la pièce ne fut éclairée de nouveau que par la seule lampe près du canapé, il retourna rapidement vers Orlando et attendit de voir ce qui allait se passer ensuite.

Jean s'approcha prudemment de Thierry, comme on s'approcherait d'un animal sauvage. Il tendit la main, attendant que Thierry s'offre. Il n'allait pas risquer que la magie du sorcier soit dirigée contre lui plutôt que de couler en lui.

À contrecœur, Thierry mit son bras dans la main de Jean, grimaçant lorsque Jean ouvrit sa bouche et que ses crocs apparurent. Bien qu'Alain ne l'ait pas dit ouvertement, Thierry était certain qu'il avait apprécié la morsure d'Orlando. Il lui avait offert son poignet dans le cimetière, et pour autant que Thierry le sache, il l'avait fait sans aucune raison. Juste parce qu'il le voulait. Thierry ne pouvait pas voir l'attraction personnellement. Il ne l'avait pas ressentie lorsqu'Orlando l'avait mordu pas plus lorsque quand Jean le fit. Ça faisait mal. C'était tout ce qu'il savait.

Jean pouvait goûter la différence du sang de Thierry par rapport à un être non magique. Cette différence devait provenir de la magie mais il n'y avait aucun des sentiments qu'Orlando avait décrits. Aucune des protections. Aucune magie. Il reconnut la vérité dans les mots de Thierry. Il voulait que l'alliance fonctionne et il donnerait, à contrecœur, son sang si cela pouvait aider. Quelque chose d'autre, cependant, se superposa à ce sentiment, presque une tâche, une douleur sans nom, qui donnait un goût aigre à son sang.

— Rien, dit Jean quand il s'écarta. J'ai pu sentir la magie mais je ne me sens pas différent. Pas comme tu l'as décrit.

— Alors ce n'est pas ça, dit Alain. Que cela pourrait-il être ?

— Serait-ce quelque chose avec votre sang en particulier ? demanda Jean.

— Il n'y a qu'une seule façon de le savoir, répondit lentement Alain.

Il n'avait pas vraiment envie de donner son poignet à Jean, mais après ce qu'il avait dit à Thierry, il ne pouvait pas vraiment protester. Il remonta sa manche sur le bras qu'il avait offert à Orlando au cimetière, et non celui qu'il lui avait offert dans l'appartement. Cela semblait une distinction mineure à faire, mais c'était important pour lui.

Orlando siffla en signe de protestation alors qu'Alain faisait son offre. Alain était son sorcier et il ne partageait pas. Alain posa une main apaisante sur l'épaule d'Orlando pour le calmer.

— Nous devons voir si ça fonctionne, dit-il doucement.

Il n'osa pas offrir d'autres assurances avec Jean et Thierry dans les parages. Certainement pas avant d'avoir parlé à Orlando de ce qui était en train de grandir entre eux.

Conscient de la réaction d'Orlando, Jean essaya de rendre ses actes aussi impersonnels que possible alors qu'il tirait le poignet d'Alain à sa bouche. Même s'il serait embêtant qu'Orlando soit le à pouvoir tirer un quelconque bénéfice du sang du sorcier, Jean espérait presque ne ressentir aucun bienfait supplémentaire du sang d'Alain. Il ne voulait pas entrer en conflit avec son ami.

Alain sentit les crocs de Jean perforer sa peau et la sensation familière de succion alors que Jean tirait son sang, mais il ne sentit rien dans l'immédiat, aucun lien intime comme celui qu'il avait ressenti avec Orlando. Peut-être était-ce dû au changement de cadre, peut-être était-ce parce qu'ils étaient en public. Il ne savait pas, mais cela semblait seulement clinique pour lui.

Comme avec Thierry, Jean put goûter à la magie d'Alain dans son sang, mais il ne sentit pas l'enveloppement qu'Orlando avait décrit. Il pouvait aussi sentir le désir d'Alain pour Orlando. C'était une véritable surprise. Le désir survivait rarement à la révélation de la nature d'un vampire. Il libéra le poignet d'Alain et recula alors que le sorcier se rapprochait d'Orlando. Ce geste s'ajouta à la surprise de Jean. Il avait déjà remarqué qu'Orlando avait tendance à rester au plus près d'Alain qu'il le pouvait. Voir la même réaction chez Alain l'intrigua. Quel que soit la chose qui grandissait entre eux, elle semblait être réciproque. Maintenant qu'il savait qu'il ne pouvait pas bénéficier du sang d'Alain, il ferait tout son possible pour favoriser cette attraction. Orlando était seul et amer depuis trop longtemps. Jean espérait seulement qu'Alain pourrait voir au-delà de l'utilité des vampires pour leur cause et qu'il pourrait apprécier Orlando sous toutes ses facettes.

— Cela ne fonctionne pas non plus. Ce n'est pas aussi simple que nous le pensions, dit Jean.

Il pouvait voir le soulagement sur les visages d'Orlando et d'Alain à son annonce. Même si leur relation ne s'appliquait pas à l'ensemble de la population, Jean allait certainement pousser Orlando à la continuer. Cela lui apportait clairement du plaisir, quelque chose qui manquait dans la vie du jeune vampire depuis aussi longtemps que Jean le connaissait.

— Cela ne peut pas être que nous, dit Alain. Qu'est-ce qui nous échappe ?

— Et si... commença Orlando puis ses mots se perdirent dans le silence.

— Orlando ? demanda Alain.

— Et si cela nécessitait une combinaison particulière entre un sorcier et un vampire ? Que faire s'il y a un sorcier quelque part qui soit parfait pour Jean ? Ou un vampire qui soit parfait pour Thierry ? Ce serait une explication.

Il attendit en silence que quelqu'un contredise son idée. Il savait qu'il n'était pas très malin. Il n'avait pas d'éducation formelle et son créateur n'avait jamais cessé de lui répéter à quel point il était un garçon stupide.

Les trois autres méditèrent la suggestion d'Orlando.

— Cela pourrait expliquer ce que nous savons, mais comment le vérifier ? demanda finalement Alain.

— Je ne sais pas, mais je pense que nous devrions en parler à Marcel avant d'aller plus loin. Quelle que soit la cause, si cela s'étend au-delà de vous deux, ça va demander un bon nombre de nos compatriotes, dit Thierry.

— Il devra venir ici, souligna Jean. Parce que je ne peux pas sortir avant le coucher du soleil, et même si Orlando s'est encore nourri, nous ne savons pas combien de temps l'effet durera. Vingt minutes ne lui permettront pas d'aller très loin et il ne peut pas se nourrir en public pour reconstituer la magie. Cela causerait à coup sûr une émeute.

— C'est assez simple d'appeler Marcel et de lui dire de venir ici après sa conférence de presse de ce matin, dit Alain. Il pourrait avoir des idées auxquelles nous n'avons pas encore pensé, mais je pense qu'Orlando a mis le doigt sur quelque chose.

Orlando ressentit un sentiment inconnu l'envahir. Il lui fallut un moment pour comprendre que c'était de l'orgueil. Son idée était acceptée. Ils ne l'avaient pas rejetée, ni lui, d'un simple geste de la main. Il voulait tendre la main vers Alain pour partager ses sentiments de succès avec le sorcier. Et c'est avec cette pensée qu'il se rendit compte qu'Alain était déjà devenu beaucoup plus pour lui qu'une simple source de sang ou un moyen d'affronter la lumière du soleil.

Alors qu'il était ébranlé par ces nouvelles et fragiles émotions, Alain appela Marcel.

— Il sera là dans quelques minutes, dit Alain quand il termina son appel.

— Est-ce que tu te rends compte de combien ce sera difficile si tu as raison. Qu'allons-nous faire ? Nous mettre en ligne et laisser les vampires entrer, mordant chaque personne jusqu'à ce qu'ils trouvent celui qui leur correspond ? Ils pourraient apprécier la situation, mais pas moi, dit sarcastiquement Thierry.

— As-tu une meilleure suggestion ? demanda Alain dans un ton qu'il réservait en général aux subordonnés irrespectueux.

Thierry haussa un sourcil de surprise, mais ne dit rien.

— Si tu n'en as pas, ne critique pas les idées que nous avons.

Orlando fixa bouche bée les deux sorciers. C'était déjà plus que ce à quoi il s'attendait lorsqu'il avait proposé son idée à Alain et surtout qu'il trouve utile de l'examiner. Il ne s'attendait certainement pas à ce qu'Alain remette en cause son ami pour lui.

— Bien, murmura Thierry. Je veux quelque chose à manger. Y a-t-il un café ou une boulangerie pas loin où je pourrais prendre un petit-déjeuner ?

— Au bout de la rue, répondit Orlando, sur la route du cimetière. Vous pourrez trouver toutes les douceurs que vous voulez là-bas. Je ne sais pas où vous envoyer pour un café cependant, les cafés à proximité n'ont pas de service à emporter.

Thierry hocha la tête.

— Alain, tu viens ?

— Non, je pense que je vais rester ici. Apporte-moi simplement un pain au chocolat, si tu veux bien.

Thierry n'était pas sûr de savoir ce qu'il ressentait à laisser Alain seul avec les deux vampires, mais il devait admettre une chose : Orlando semblait protecteur avec Alain, donc tout devrait bien se passer.

Après tout, il allait juste descendre la rue pour un petit déjeuner. Il ne serait parti que pour dix minutes, tout au plus. Que pourrait-il se passer pendant ce laps de temps ? À peine se fut-il posé la question qu'il regrettait déjà de l'avoir fait. L'appel téléphonique de Marcel cette nuit avait prouvé exactement ce qui pourrait se produire n'importe quand. Il s'efforça à ne pas penser à Aleth. Ce n'était ni le lieu ni le moment pour s'attarder sur son ex-femme et sur ce qui aurait pu se passer. Ce temps viendrait, ou du moins l'espérait-il, mais il devrait attendre un moment plus propice. Décidant qu'il était plus facile de ne pas y penser – à rien de tout ça – il quitta l'appartement pour la pâtisserie, à la recherche d'un petit déjeuner.

VIII

DÈS QUE la porte se referma derrière Thierry, Jean quitta la pièce laissant lui-aussi Alain et Orlando seuls, dans la pénombre, avec une seule lampe pour éclairer l'espace.

— Tu ... tu m'as écouté, dit Orlando, l'esprit toujours bloqué sur la considération d'Alain.

— Pourquoi ne l'aurais-je pas fait ? demanda Alain perplexe.

— Parce que personne à part Jean ne le fait jamais. Je suis jeune et mignon et j'ai été pris dans une mauvaise situation lorsque j'ai été créé donc je dois être stupide. C'est ce que pensent tous les vampires. Tous les autres ne voient en moi qu'un vampire et que pourrait-il savoir d'autre sur moi ?

L'amertume d'Orlando était claire dans sa voix.

— Beaucoup apparemment, répliqua Alain. Tu as fait de bonnes suggestions toute la matinée, même si toutes n'étaient pas correctes. Nous étions tous dans le faux au bout du compte.

Il retourna vers le canapé où ils s'étaient assis auparavant et se rassit.

— Puis-je te poser quelques questions personnelles ? demanda-t-il, changeant de sujet. Nous pourrions peut-être essayer de comprendre le problème de l'exposition au soleil même si nous ne pouvons rien faire concernant les raisons.

Orlando était un peu méfiant à propos des questions, mais il ne voulait pas qu'Alain l'abandonne et s'en aille. Il revint sur le canapé et s'assit à côté du sorcier.

— Demande, accepta-t-il. J'essaierai de répondre.

— Tu n'as pas bu de tout ton soûl avant d'entrer dans la lumière du soleil, n'est-ce pas ? commença Alain.

— Non, dit Orlando. Le but n'était pas de me nourrir, mais de voir si ta magie pouvait me protéger du soleil.

52

— Alors, combien de sang supplémentaire aurais-tu pris si tu t'étais nourri ? continua Alain.

— Beaucoup plus, admit Orlando. Je ne voulais pas le faire parce que nous n'en avions pas parlé. Je ne voulais pas faire de supposition ou prendre l'avantage.

— Se nourrir ne tue pas ta proie, n'est-ce pas ? Je veux dire, je sais ce que tu as dit dans le cimetière mais si vous – les vampires – deviez tuer toutes les personnes dont vous vous nourrissez, vous seriez beaucoup plus pourchassés que vous l'êtes.

— Cela ne tue pas ma proie, admit Orlando. En fait, cela ne risque pas d'arriver à moins que je ne me sois pas nourri depuis longtemps. Et même alors, je peux m'arrêter avant que cela arrive. Si j'ai besoin de plus, je peux toujours trouver quelqu'un d'autre. La seule fois où je viderais quelqu'un à sec, serait celle où je voudrais le ou la transformer. Et je me suis juré il y a bien longtemps de ne jamais le faire à quelqu'un. Pourquoi demandes-tu cela ?

— Parce que je veux savoir combien de temps l'effet de mon sang durera si tu te nourrissais sur moi correctement. Vingt minutes au soleil ne nous aiderait pas beaucoup si l'effet se dissipe ensuite. Cela te donnerait un peu plus de temps pour chercher un abri si une bataille durait jusqu'à l'aube, mais cela ne te permettrait pas de combattre à la lumière du jour, expliqua Alain.

Orlando n'avait rien entendu après la fin de la première phrase d'Alain. Se nourrir sur lui correctement. Alain s'offrait...

— As-tu la moindre idée de ce que tu offres ? demanda-t-il.

— Pas vraiment, répliqua Alain. Je sais ce que j'ai ressenti quand tu m'as mordu avant. J'imagine que ce sera la même chose, simplement plus longtemps.

Et plus intense, plus personnel, plus sexuel. Juste un peu plus. Orlando ne dit rien de tout cela cependant. Il doutait que cela découragerait Alain. Rien de ce qu'il avait dit jusqu'à présent ne l'avait fait.

— Et si cela t'affaiblit ?

— Nous devons trouver les limites, insista Alain. Nous devons savoir ce que ce partage nous permettra de faire. Même si cela signifie que nous devons le faire moins souvent. Nous devons savoir, répéta-t-il.

Orlando sentit ses yeux le piquer. S'il avait toujours été humain, il savait que des larmes auraient coulées de ses yeux. Cette possibilité lui avait été dérobée avec son humanité, mais le picotement qui précédait les larmes était resté.

— Me fais-tu confiance à ce point ? demanda-t-il.

— Cette alliance signifie que je suis prêt à te confier ma vie, répondit Alain.

— Est-ce seulement pour l'alliance ? poussa Orlando.

— Non.

Alain n'eut pas la chance d'en dire plus.

Orlando était dans ses bras, l'embrassant. Pas un baiser de vampire. Un baiser de mortel. Lèvres contre lèvres, une offre douce de tendre désir. Leurs bouches bougèrent ensemble doucement, explorant le contact, prenant et donnant tour à tour. Leur premier baiser n'avait été que passion et même soif de sang. Ce baiser était tout le contraire. Il n'était qu'exploration et tendresse, bouches fermées et doux contacts. La douceur même du baiser apaisa l'esprit meurtri et le cœur blessé d'Orlando, soulageant un peu les dommages causés par des années d'abus. Personne ne l'avait jamais touché de cette façon. Il s'écarta des lèvres d'Alain pour rechercher ses yeux. Il y vit du désir, mais tellement plus aussi. Il pouvait voir la tendresse qui avait parfumée ce baiser et il pouvait voir le respect, quelque chose que seul Jean lui avait jamais accordé.

— Tu dois me dire d'arrêter si cela devient trop, dit Orlando, je ne veux pas te perdre.

Il savait qu'Alain interpréterait le mot comme 'perdre' à 'mort' mais c'était tellement plus que ça. Orlando ne voulait pas le dégoûter non plus.

— Ne me laisse pas te faire peur, dit-il pour clarifier les choses.

— Ce n'est pas le cas, lui assura Alain. Mes poignets, cependant, sont un peu douloureux en ce moment. Pourrais-tu envisager un autre endroit ?

Orlando fixa avec envie la peau lisse du cou d'Alain où il pouvait voir le pouls battre régulièrement, mais plus rapidement qu'auparavant. Il voulait allonger Alain sur le canapé, se mettre sur lui, et faire glisser ses lèvres et ses crocs sur cette parcelle de peau si tentante. Mais Jean était dans la pièce d'à côté, Thierry pouvait revenir d'une minute à l'autre et ils attendaient un autre sorcier aussi. C'était trop risqué dans une pièce ouverte. Il pourrait suggérer d'aller dans la chambre, mais c'était trop et trop tôt. Si Orlando perdait le contrôle, il pourrait, par inadvertance, faire beaucoup plus de dégâts avec ses crocs dans le cou d'Alain que s'ils étaient ailleurs. Il devait simplement suggérer un moyen moins compromettant de se nourrir. Même si ce n'était pas ce qu'il désirait vraiment. Il tendit la main vers Alain, remontant sa manche jusqu'au coude.

— Ici, suggéra-t-il, traînant ses doigts sur l'intérieur du bras d'Alain.

Ce dernier frissonna en hochant la tête. Il s'adossa contre l'accoudoir du canapé, le laissant supporter son poids, son bras reposant sur le dos du divan.

— Bois de tout ton soûl, murmura-t-il.

Orlando se contraignit à l'immobilité jusqu'à ce qu'il sache qu'il pourrait contrôler ses propres actes. L'offre d'Alain était plus tentante que ce qu'il avait jamais connu. Orlando voulait se jeter sur la chair et se repaître, mais il voulait aussi chérir la confiance qui croissait entre eux. Cela voulait dire ne pas agir comme un sauvage. Il avait appris depuis longtemps à donner du plaisir, même lorsqu'il se nourrissait, car il détestait le goût de la peur, et il avait l'intention d'utiliser cette expérience pour rendre cela aussi agréable que possible pour Alain.

Il se déplaça afin de pouvoir atteindre confortablement le bras du sorcier, ce qui l'amena tout contre le corps d'Alain. Il ne se plaignit pas et ne le repoussa pas, donc Orlando s'installa, laissant une partie de son poids reposer sur le sorcier. Non pas pour le maintenir. Juste pour le toucher. Il lécha encore les plaies sur le poignet d'Alain, espérant les aider à guérir plus rapidement. Puis il traça un chemin vers le bras d'Alain jusqu'à son coude, veillant à n'utiliser que ses lèvres. Ses crocs étaient sortis aussitôt qu'Alain avait suggéré de se nourrir, et Orlando ne voulait pas le mordre n'importe où, mais à l'emplacement qu'il choisirait. Peut-être qu'un jour viendrait où il serait capable de laisser des morsures d'amour sur tout le corps d'Alain, mais ce temps n'est pas encore arrivé. Cette simple pensée l'excita mais il l'ignora. Il y avait autre chose qu'il avait appris à reconnaitre au fil des ans : ses propres insécurités l'empêchaient de poursuivre une relation, même au sein de la communauté vampire. Il voulait garder cette idée pour plus tard, quand il pourrait la disséquer sans être distrait et découvrir l'origine d'une telle impulsion qui ne lui ressemblait pas. Il prêta une attention particulière aux réactions d'Alain alors qu'il remontait le bras du sorcier. Il voulait trouver l'endroit le plus sensible afin qu'Alain en tire un maximum de plaisir de cela tout comme Orlando. Les halètements d'Alain lui dirent où arrêter, environ cinq centimètres au-dessus du pli de son coude. Orlando lécha cet emplacement de peau à plusieurs reprises, laissant sa salive préparer la peau du sorcier afin que la morsure lui fasse moins mal et guérisse le plus rapidement possible.

Alain se tendit d'anticipation. Pas de peur comme il l'avait fait la première fois, mais de désir. Il l'avait détecté dans la connexion qu'il avait sentie avec Orlando plus tôt dans la journée, et attendait avec impatience de la ressentir à nouveau. Les petits baisers d'Orlando étaient de malicieux préliminaires qui faisaient chanter les nerfs d'Alain. Quand la bouche d'Orlando s'installa sur ce morceau de peau particulièrement sensible, Alain ne put retenir le hoquet qui lui échappa. Les mouvements répétitifs de la langue du vampire envoyèrent des frissons de désir à travers tout son corps, mettant tous ses nerfs à fleur de peau. Lorsque les crocs d'Orlando taquinèrent sa peau, il le ressentit jusque dans son aine.

— Fais-le, plaida Alain. Mords-moi.

Les mots d'Alain étaient l'autorisation dont Orlando avait besoin. Il planta ses dents dans le bras du sorcier, dans un mouvement brusque, les enfonçant aussi profondément que possible afin que tout ce qui viendrait après ne serait que du plaisir.

Alain sursauta sous l'assaut soudain subi par son corps, rejetant sa tête en arrière comme il chevauchait sur les vagues de la passion et de la douleur qu'il associait exclusivement aux crocs d'Orlando. Il pouvait sentir son érection grossir dans le confinement de son pantalon, juste au simple contact des dents d'Orlando. Si le vampire décidait de le séduire pour de bon, Alain serait une victime consentante et impuissante. Les sensations étaient sensiblement les mêmes que ce qu'elles étaient quand Orlando l'avait goûté auparavant, seulement plus intenses. Orlando se nourrissait pleinement cette fois, toutes les tractions de ses dents et de sa langue formant un nouvel assaut sur les sens déjà exacerbés d'Alain. Il continuait à essayer de se persuader qu'Orlando était loin de son sexe, mais son corps ne l'écoutait pas. Il pulsait tandis qu'Orlando aspirait, plus intensément que ce qu'il avait ressenti auparavant. Il ne pouvait qu'imaginer ce dont il aurait envie si Orlando le suçait à un endroit plus intime. Il tendit le bras pour toucher la tête d'Orlando, pour sentir ses boucles soyeuses, berçant le crane du vampire dans sa paume. Sa caresse ne demandait rien. C'était un simple encouragement, conçu permettre à Orlando de savoir l'intensité du plaisir qu'il ressentait.

Orlando se pencha d'avantage contre Alain quand il sentit le sorcier caresser ses cheveux. C'était la tendresse qui lui avait le plus manqué durant toute sa vie. C'était l'affection qu'il n'avait jamais connue, à l'exception de Jean. Il avait tenté de se convaincre qu'il n'avait pas besoin de telles attentions, mais il savait quand il sentit la douce caresse d'Alain qu'il avait eu tort. Alain l'éveillait de l'intérieur, le faisant se sentir vivant d'une façon qu'il n'aurait pas crue possible.

Il était vaguement conscient de l'ouverture d'une porte et de sa fermeture. Il entendit des voix dans le couloir, celle Jean et celle d'une autre personne qu'il ne reconnaissait pas mais il était trop perdu en Alain pour se soucier du qui, du pourquoi ou du comment.

Alain était tout aussi perdu en Orlando. Jusqu'à ce qu'il entende une voix qui n'aurait pas dû être là. Proférer un sort ne ferait qu'ajouter un préjudice grave, s'il ne mettait pas tout simplement fin à la vie d'Orlando. L'adrénaline monta en lui, rompant le charme sensuel qu'Orlando avait jeté avec ses lèvres et ses crocs. C'était probablement la seule chose qui aurait pu le faire. Sans même y penser, Alain jeta un contre-sort annulant la magie de l'autre sorcier.

Orlando goûta le changement dans le sang d'Alain, ce qui l'alarma et l'emplit de colère. Il libéra le bras d'Alain avec le plus superficiel des coups de langue pour arrêter le saignement, se tournant vers la menace qui avait tant bouleversé le sorcier. Avec ses sens exacerbés par la magie d'Alain, Orlando réalisa qu'il pouvait sentir le pouvoir que le sorcier avait invoqué, se tenant prêt à éloigner toute nouvelle menace.

— Que vous croyez-vous faire ? gronda Alain en revenant sur terre pour faire face à la dernière personne qu'il voulait voir à ce moment précis.

— Cette… créature était en train de vous attaquer, répliqua le sorcier aux cheveux noirs.

— Premièrement, Payet, dit Alain, d'une voix devenue glaciale, ce n'est pas une créature. C'est Orlando, l'un de nos nouveaux alliés. Deuxièmement, il n'était pas en train de m'attaquer. Il buvait mon sang. Avez-vous même cherché à savoir si j'avais mal ou si j'étais en détresse ? Parce que si vous l'avez fait, vous avez clairement besoin de vous faire vérifier les yeux. J'étais un participant consentant. Que faites-vous ici de toute façon ?

Alain vit le frisson qui parcourut l'autre sorcier à ses paroles.

— Marcel m'a demandé de venir avec lui, répondit Payet.

— Bien, dit Alain, mais vous devez des excuses à Orlando. Ce sort aurait pu le blesser gravement, même s'il ne l'aurait sans doute pas tué.

La pensée que quiconque menacerait Orlando d'une telle manière était suffisante pour faire bouillir son sang. Et d'avoir été interrompu dans un moment aussi intime était encore pire. De tous les sorciers de Paris, pourquoi Marcel avait-il choisit précisément celui-là pour l'assister ?

— Je m'excuse, dit Payet bien que sa voix ne semblait pas du tout sincère.

— Je ne vous crois pas, dit Orlando commençant à traverser la pièce.

Alain l'accompagna, ne voulant pas donner à Payet une autre chance près d'Orlando.

— Je ne pense pas que vous soyez désolé du tout. En quoi cela vous concerne-t-il qu'Alain choisisse de partager son sang avec moi ? Qu'est-ce qui vous donne le droit d'interférer ?

— Si je ne vous connaissais pas mieux, ajouta Alain, je dirais que vous voudriez que l'alliance échoue. Est-ce bien cela, Payet ? Finalement vous vous montrez sous votre vrai jour ?

— Marcel ne m'a rien dit, ajouta Payet en levant ses mains comme pour se défendre, ses yeux bruns lançant des éclairs. Il m'a juste dit de venir avec lui. Je vous ai dit une centaine de fois que j'avais quitté Serrier pour une bonne raison et je n'ai pas l'intention de revenir en arrière. Je ne sais pas quoi faire pour vous convaincre.

Alain regarda Orlando.

— Moi je sais, dit-il sans faire de pause pour examiner ce qu'Orlando pouvait ressentir. Laisse Orlando te mordre. Laisse-le lire la vérité de tes paroles qu'il pourra goûter dans ton sang.

Il fit un geste à Orlando pour qu'il s'approche de Payet.

Orlando eut l'air presqu'aussi horrifié que Payet à cette idée, mais il remit rapidement son masque en place. Une expression neutre sur le visage, il tendit sa main à l'autre sorcier. Essayant de ne pas montrer sa colère à la suggestion d'Alain paraître dans ses mouvements, il mordit l'autre sorcier, goûta son sang et le recracha. Il ne voulait pas salir ce qu'Alain et lui venaient de partager en avalant le sang de quelqu'un d'autre, bien qu'il devrait réfléchir sérieusement si le sorcier blond ne l'appréciait pas plus que ça.

— Il a mal interprété la situation, dit-il à Alain d'une voix monocorde. Il a fait de la magie noire par le passé et il y a encore des ténèbres en lui mais il n'est pas un espion.

Dès qu'il termina son rapport, il se détourna d'eux et se dirigea vers sa chambre. Il avait besoin de quelques minutes seul pour faire face à la trahison d'Alain.

IX

LE BRUIT du claquement de la porte d'Orlando amena Jean et les autres sorciers, Marcel et Adèle Rougier, du couloir vers le salon.

— Que lui avez-vous fait ? exigea Jean, pas vraiment en colère mais certainement sur ses gardes.

Alors qu'il parlait, il regarda Alain en premier, puis l'autre sorcier, qui berçait encore son poignet. S'il n'était pas aussi concentré sur Orlando, il aurait fait une pause pour apprécier de quoi avait l'air le beau sorcier mélancolique, complètement à l'opposé des deux sorciers qu'il connaissait déjà. S'il n'avait pas été si préoccupé par l'expérience ratée et par la tension qui régnait dans la pièce, il aurait pu prêter attention au signal que sa conscience lui envoyait et qui lui mettait les nerfs à vif. Dans son état actuel, il était trop concentré sur ce qu'Alain avait pu faire pour bouleverser Orlando à ce point, pour se soucier de n'importe quoi d'autre. Il attrapa le poignet de Payet et le retourna pour regarder, en dépit de la résistance du sorcier.

— Orlando a fait ça ? demanda Jean.

Alain hocha la tête

— Pourquoi ? dit Jean sans ambages.

— Payet nous a jeté un sort. Je devais savoir si nous pouvions lui faire confiance, expliqua Alain.

Jean fixa Alain alors que son incrédulité se transformait en colère.

— Comment avez-vous osé lui faire ça ? cracha Jean.

— Faire quoi ? demanda Alain mais Jean ne l'écoutait plus.

Il était trop occupé à commencer une tirade pour entendre autre chose que l'écho de la perfidie d'Alain.

— Il a été utilisé et maltraité par tout le monde durant toute sa vie jusqu'à ce je le rencontre. Je l'ai sauvé de cela et je ne le laisserai pas repartir, siffla Jean. Je verrai cette alliance en ruine et vous mort avant de vous laisser le traiter de cette façon.

Alain ne pouvait pas réagir. Il avait entendu la menace de Jean et il la prenait très au sérieux, mais tout ce dont il se souciait était le premier commentaire de Jean. Quelqu'un avait abusé d'Orlando. Quelqu'un avait fait de terribles choses à son beau vampire. Cette pensée suffisait à lui donner des maux d'estomac.

Marcel intervint, dans ce qu'il espérait être une voix apaisante.

— Si Alain a fait quelque chose de mal, expliquez-nous simplement comment réparer.

— Il ferait sacrément mieux de se rattraper, grogna Jean à Marcel.

Il se retourna vers Alain avec le même éclat dans le regard qu'il avait utilisé pendant des siècles pour terroriser les vampires insoumis et les imbéciles superstitieux.

— Je me fous de savoir si vous devez ramper sur vos mains et vos genoux, mais vous présenterez des excuses à Orlando. Vous lui promettrez sur tout ce qui vous tient à cœur que plus jamais vous ne lui demanderez de mordre quelqu'un d'autre que vous. Et vous feriez mieux de prier – quel que soit le Dieu que vous adorez – qu'il vous pardonnera, parce que s'il ne le fait pas, je vous chasserai avec tout ce qui fait ce que je suis et l'un de nous deux finira mort avant que cette histoire se termine. Étant donné que je le suis déjà, je ne pense pas que ce sera moi.

Alain regarda Jean, confus.

— Je ne comprends pas. Je ferai n'importe quelle promesse que vous voudrez, mais au moins dites-moi ce que j'ai fait.

— La décision la plus personnelle qu'un vampire puisse faire, c'est de choisir de qui il va se nourrir. La seule nourriture que nous avons, c'est le sang que nous buvons. Vous lui avez enlevé ce choix quand vous lui avez demandé d'en goûter un autre pour vos propres besoins, expliqua Jean, toujours en colère mais tout à fait disposé à faire comprendre sa bêtise à Alain.

— Je ne savais pas, dit Alain.

Le sentiment de malaise s'aggrava lorsqu'il commença à comprendre ce qu'il avait fait. Il n'avait pas compris à quel point il violerait la confiance d'Orlando par sa requête. S'il l'avait su, il ne l'aurait jamais faite. Il se demanda pourquoi Orlando n'avait pas refusé, mais cela ne le l'absoudrait pas de sa propre responsabilité. Il aurait dû savoir.

— Je vous le jure, je ne savais pas. Dans le cimetière, il a parlé de lire la vérité dans mon sang comme si c'était une chose normale. Je ne savais pas que je le blesserais si je le lui demandais.

— Vous vous êtes servi de lui, rétorqua Jean. Vous ne lui avez pas laissé le choix et vous avez utilisé sa capacité pour vos propres fins égoïstes. Peut-être trouvera-t-il en lui la force de vous pardonner. Peut-être qu'il ne la trouvera pas, mais vous feriez mieux d'espérer qu'il en ait la volonté. Je n'ai pas passé plus d'un siècle à essayer de lui faire croire en lui-même pour que vous détruisiez tout mon dur labeur. Vous ne le méritez pas.

— Que lui est-il arrivé ? demanda Alain, ayant peur de savoir ce qui avait pu détruire un vampire à un tel point.

— Reposez-moi la question quand je ne serai plus en colère après vous et peut-être que je vous le dirai. Mieux encore, convainquez-le de vous reprendre et demandez-le-lui vous-même. C'est son histoire après tout.

— Mais... commença Alain.

— Non, le coupa Jean. Parlez-lui et faites cela bien ou vous affronterez ma colère.

Alain se dirigea vers la porte. Marcel l'attrapa par le bras et lui lança un regard lourd de sens. Alain comprit. Il devait résoudre ce problème ou bien Jean ne serait pas le seul à en avoir après lui. Il entendit la porte de l'appartement s'ouvrir à nouveau alors qu'il atteignait la poignée de la porte d'Orlando, mais il ne se tourna pas. Si c'était Thierry, les autres pourraient lui expliquer ce qui se passait. Si c'était quelqu'un d'autre, les autres pourraient y faire face. Les pensées d'Alain étaient toutes tournées vers le vampire dans la pièce d'à côté. Le vampire qu'il avait gravement blessé sans même s'en rendre compte.

Il n'avait aucune idée de ce qu'il allait dire à Orlando ni comment il allait s'expliquer, mais il était prêt à s'humilier si c'était le prix à payer. Et non pas parce que Jean et Marcel attendaient de lui qu'il résolve ce problème. Il voulait que cette histoire soit résolue parce qu'il ressentait des choses avec Orlando qu'il n'avait jamais ressenties auparavant. Certes, l'intensité immédiate et l'intimité de partager son sang avec Orlando surpassaient toutes les autres choses qu'il avait expérimentées, même avec la femme qu'il avait épousée, mais c'était bien plus que cela.

Le gamin – car il apparaissait à peine plus âgé qu'un gamin aux yeux d'Alain – avait remué quelque chose en lui qu'il avait cru mort en même temps que son fils. Un instinct de protection, une possessivité qu'il n'avait ressentis que lorsqu'il avait tenu son enfant, perdu depuis si longtemps. Bien que la ressemblance des sentiments s'arrêtât là – le désir très adulte qu'il ressentait pour Orlando n'était certainement pas quelque chose qu'il avait ressenti pour son fils – la familiarité de ses sentiments les rendaient d'autant plus puissants qu'ils étaient en sommeil depuis si longtemps. Il voulait trouver un moyen de faire amende honorable avec Orlando. Quoi qu'il lui en coûte.

Alors que la porte se refermait derrière Alain, Jean se retourna pour faire face au quatrième sorcier.

— Je ne veux rien avoir à faire avec des sorciers en ce moment, dit-il sans détour alors qu'il se dirigeait vers la cuisine et refermait la porte derrière lui.

Thierry fixa les portes fermées de chaque côté de lui pendant une minute, perplexe.

— Que s'est-il passé ? Il n'était pas comme ça quand je suis parti.

Marcel soupira.

— Je pense que tu ferais mieux de me dire ce qui s'est passé depuis le début. Cela pourrait me donner une meilleure idée de ce qui se passe maintenant.

Thierry retourna dans le salon, un sac de pâtisseries à la main. Il salua froidement Payet et plus cordialement Adèle.

— Que veux-tu qu'ils sachent ? demanda Thierry.

— J'ai confiance en eux, dit Marcel, sachant très bien que ce n'était qu'en Payet que Thierry ne faisait pas confiance.

S'il n'y avait eu qu'Adèle avec lui, Thierry n'aurait pas hésité.

— Tu peux tout leur dire. Si nous voulons que cela fonctionne…

Il jeta un regard plein d'espoir dans la direction de la chambre silencieuse.

— … tout le monde le saura de toute façon.

Thierry n'était pas content de la réponse de Marcel, mais il l'accepta. Marcel était son commandant. En fin de compte, si Marcel l'ordonnait, Thierry devrait le faire, quels que soient ses sentiments personnels.

— Tu sais qu'Alain avait un second rendez-vous la nuit dernière à minuit. Les vampires avaient accepté l'alliance, alors j'ai pensé qu'ils avaient fini. Étant un salaud honorable cependant, Alain a offert de nouveau son poignet au vampire… à Orlando.

Marcel écouta en silence, pas du tout surpris d'apprendre ces nouvelles.

— Et alors ? l'invita Marcel à poursuivre.

— Alors, mon téléphone portable a sonné. C'était toi qui m'appelais pour me raconter l'attaque de Versailles. Cela a révélé ma présence, mais il s'est avéré que Bellaiche avait suivi Orlando au rendez-vous lui-aussi, donc rien n'était perdu. Ils ont expliqué une vielle légende qui parlait de l'effet de sang d'un sorcier sur un vampire. Il semblerait qu'un vampire avait bu le sang de Merlin et avait survécu à la lumière du jour. J'étais plus que sceptique, mais Orlando était prêt à prendre le risque et Alain prêt à partager son sang.

Thierry réprima un frisson à cette pensée. Il jubilait en son fort intérieur quand Payet ne réussit pas à en faire autant. Il fut surpris de constater que ni Marcel, ni Adèle ne réagissaient.

— Avez-vous essayé ? demanda Adèle.

— Alain et Orlando l'ont fait. Et cela a fonctionné. Pendant quelques minutes au moins. Puis la peau d'Orlando a commencé à devenir grisâtre, même en dehors de la lumière. C'est ce qui arrive aux vampires qui s'exposent au soleil, apparemment. Il a dit qu'il avait besoin de plus de sang pour récupérer. Je ne voulais pas qu'il en prenne trop sur Alain, donc je lui ai offert mon poignet à la place.

— Poignet ? demanda Payet. Il ne se nourrissait pas au poignet d'Alain quand je suis arrivé.

— Il se nourrissait encore ! s'exclama Thierry.

— Il avait la bouche sur le coude d'Alain. C'est pourquoi j'ai envoyé un sort.

— Attendez, interrompit Marcel. Nous mettons la charrue avant les bœufs là. Que s'est-il passé après qu'il a bu ton sang, Thierry ?

— Sa peau a guéri, mais cela ne lui a donné aucune immunité contre la lumière du soleil. Il semblerait que seul le sang d'Alain puisse le faire.

— Et qu'en est-il de Bellaiche ? A-t-il essayé ? demanda Marcel.

— Aucun de notre sang n'a eu d'effet sur lui. Nous pensons qu'il faut une combinaison particulière pour provoquer cet effet, finit Thierry.

— Ou un état d'esprit, songea Marcel à voix haute. Est-ce qu'Orlando est attiré par Alain comme Alain est attiré par Orlando ?

La question prit Thierry au dépourvu. Il n'avait pas considéré cette option.

— Probablement, admit Thierry. Ils semblent graviter l'un autour de l'autre. Maintenant, que s'est-il passé pendant mon absence ?

— C'est à Raymond de raconter son histoire je crois, dit Marcel jetant un regard à Payet.

— Nous sommes arrivés, Marcel, Adèle et moi. Bellaiche a ouvert la porte, mais comme je n'ai pas vu Alain, j'ai pensé que je ferais mieux d'aller le chercher. Je suis entré ici et ils étaient tous les deux sur le canapé. Le vampire étreignait le bras d'Alain et était clairement en train de se nourrir sur lui. Il était pratiquement assis sur lui. On aurait dit que le vampire le maintenait. Je ne pouvais pas imaginer que c'était volontaire, alors j'ai lancé un sort pour arrêter le vampire. Avant que je puisse le finir, Alain avait jeté un contre-sort et m'a reproché d'attaquer un allié.

— Il est devenu très protecteur envers Orlando au cours de ces dernières heures, expliqua Thierry.

— Alain a exigé que je m'excuse auprès du vampire, ce que j'ai fait, mais il n'a pas semblé les accepter. Il m'a défié, m'a accusé de nouveau d'être un espion. J'ai protesté que je n'étais pas au courant de l'alliance, mais il ne m'a pas cru. Il a dit au vampire de me mordre pour voir si je disais la vérité. Je ne savais pas quoi faire d'autre, donc j'ai accepté. Le vampire m'a mordu, a dit que je n'étais pas un espion, puis il est parti dans l'autre pièce. Vous connaissez le reste.

— De toutes les choses stupides qu'il pouvait faire… dit Thierry.

— Tu savais que c'était... tabou ? demanda Marcel.

— Ouais, quand Orlando s'est nourri sur Alain la première fois, avant qu'il se tienne dans le soleil, Jean a insisté pour que nous quittions la pièce. Il a dit que c'était comme regarder quelqu'un ayant des relations sexuelles. Et Alain vient d'exiger qu'Orlando vous morde comme si cela ne voulait rien dire, dit Thierry en secouant la tête. Pas étonnant que Bellaiche soit tellement en colère. Alain a du pain sur la planche pour convaincre Orlando de lui pardonner. Je ne voudrais pas être à sa place.

— Pas plus que moi, confirma Marcel. Pendant que nous les attendons, parlons de la direction que nous allons prendre à partir de là. Tu m'as dit que le sang d'Alain avait immunisé Orlando de la lumière du soleil.

— Pendant à peu près vingt minutes, confirma Thierry. Je ne sais pas pourquoi cela n'a pas duré plus longtemps. Peut-être qu'il n'en a pas pris assez pour maintenir l'effet plus longtemps.

— Si nous pouvons reproduire cet effet, cela nous ouvrira toutes sortes de nouvelles possibilités d'attaques, observa Marcel.

— Mais comment pouvons-nous faire cela ? demanda Thierry. Aucun de nous n'a eu un quelconque impact sur Bellaiche.

— Alors aucun de vous n'est le sorcier idéal pour lui. Nous n'avons qu'à trouver la bonne paire, dit calmement Marcel.

— Ils ont dit la même chose mais je ne vois pas comment faire pour rendre cela possible. Nous ne savons pas si l'effet peut être étendu au-delà de ces deux-là, protesta Thierry.

— Et nous ne le saurons pas à moins d'essayer avec d'autres paires. Il y a trois nouveaux sorciers ici maintenant. Nous allons voir si l'un d'entre nous est le bon pour Bellaiche et nous partirons ensuite de là, dit raisonnablement Marcel.

— Alors, Alain devra faire de son mieux, parce que j'ai dans l'idée que Bellaiche refusera de nous parler tant qu'Orlando ne sortira pas de cette pièce avec le sourire aux lèvres.

LA LUMIÈRE de la table de chevet était allumée, éclairant le visage pâle d'Orlando. La lumière était vive comparée à l'obscurité de la pièce, mais lorsque ses yeux s'accoutumèrent, Alain se rendit compte que la lumière de la lampe était très faible. Orlando le regarda un court instant avant de détourner les yeux.

— S'il te plaît, plaida Alain, laisse-moi t'expliquer.

— Expliquer comment vous avez décidé de faire de moi votre putain ? demanda Orlando, amèrement sarcastique. C'est quelque chose que je voudrais vraiment entendre.

X

UNE PUTAIN.

Le mot était comme une gifle en pleine figure et Alain recula en l'entendant prononcer.

— Non, insista-t-il. Ce n'est pas ce que je voulais dire. Tu dois savoir que ce n'est pas ce que je voulais dire.

— Et de quelle façon exactement suis-je supposé savoir cela ? demanda froidement Orlando.

— Tu avais goûté... commença Alain.

— Ne le dites pas, l'interrompit Orlando. N'utilisez pas ce que vous pensez que j'ai goûté comme un moyen de vous en sortir. J'avais manifestement tort. Sinon vous ne m'auriez pas ordonné de boire le sang de quelqu'un d'autre comme si cela ne voulait rien dire.

— Cela t'aiderait-il si je te disais que je ne savais pas ? demanda Alain.

— Vous ne saviez pas ? cria Orlando. Comment pouvez-vous dire que vous ne saviez pas ? N'avez-vous rien ressenti lorsque nous étions ensemble ? Vous était-il impossible de vous rendre compte à quel point c'était intime ?

— Je pouvais, dit Alain. Je n'avais jamais rien ressenti de tel que ce que nous avons partagé. Mais je ne savais pas que ce n'était pas toujours comme ça, jusqu'à ce que Jean me goûte et ne ressente rien. Je ne t'ai pas demandé de te nourrir sur Payet comme tu l'avais fait avec moi. Je t'ai simplement demandé...

—Vous n'avez rien demandé ! rétorqua Orlando. Vous lui avez dit que j'allais le faire. Vous avez supposé que j'étais à vos ordres. Je n'appartiens à personne. Est-ce que vous comprenez ça ? À personne.

— Je n'essayais pas de te posséder, dit Alain. Payet était à l'origine avec Serrier quand il a commencé à essayer de voler le pouvoir. Quelques mois plus tard, il est revenu, affirmant qu'il avait fait une erreur, qu'il voulait combattre à nos côtés. Marcel lui fait confiance, mais je n'y arrive pas. Pas après ce qu'il a fait avant. Et puis, quand il a lancé ce sort sur toi, j'ai craqué. J'aurais pu le tuer sur le champ. Je l'aurais fait s'il t'avait fait du mal. J'ai vu là un moyen mettre à jour son double-jeu, une fois pour toutes. J'aurais dû te demander si tu étais disposé à le faire. Je suis désolé.

— Ce n'est pas suffisant, dit Orlando. Je l'ai fait aujourd'hui parce que je ne voulais pas porter atteinte à votre autorité, mais je ne pourrais pas être avec quelqu'un qui me traiterait de cette façon.

— Je me fous de mon autorité, dit Alain. Tu aurais dû dire non. Ou si tu ne voulais pas le faire devant Payet, tu aurais dû me prendre à part et dire quelque chose.

— C'est facile pour vous de dire ça, dit Orlando, l'amertume s'insinuant dans sa voix. 'Non' est sans doute le mot le plus difficile à dire pour moi.

— Pourquoi ? demanda Alain, ayant peur d'entendre la réponse, mais il savait que c'était nécessaire s'il y avait quelque espoir que les choses s'arrangent avec Orlando.

— Je ne devrais pas vous le dire, répliqua Orlando. Je devrais vous tourner le dos et fixer le mur jusqu'à ce que vous soyez fatigué de mon silence et que vous partiez.

— Tu peux m'ignorer si tu préfères, répondit calmement Alain. Mais je ne partirai pas. Je ne veux pas. Pas avant de t'avoir convaincu de me pardonner.

— Dans l'espoir de sauver votre précieuse alliance ? ricana Orlando.

— Non, bon sang ! Pour toi. Et pour moi, rétorqua Alain. Je veux être avec toi. Je veux ce qui était en train de se construire entre nous jusqu'à ce que je foire tout, continua-t-il plus tranquillement. J'ai fait une erreur. Je l'admets. Je te présente mes excuses. Maintenant, dis-moi ce que je dois faire pour me rattraper.

— Vous ne pouvez pas bien faire, répliqua Orlando.

— Alors, dis-moi ce que je dois faire pour te convaincre de me donner une seconde chance, implora doucement Alain.

Il ne s'était pas interrogé sur ses propres sentiments. Il n'avait pas mis de nom sur ce qu'il ressentait pour Orlando, mais il savait qu'il n'était pas prêt à y renoncer.

— Vous pouvez commencer par me promettre quelques petites choses, exigea Orlando.

— Dis-moi les promesses que tu as besoin d'entendre pour que je puisse les formuler, répliqua Alain.

Sa réponse était trop empressée pour Orlando. Elle faisait douter le vampire sur la sincérité de ses promesses avant même qu'Alain ne les accepte.

Il essaya de se rappeler l'honnêteté fondamentale qu'il avait goûtée dans le sang d'Alain, mais le sentiment de trahison était encore si fort qu'il le faisait douter même de ses propres sens. Il fronça les sourcils.

— Est-ce que vous vous engagez à vous tenir à mes côtés et à me défendre peu importe qui parle contre moi ? demanda-t-il

— Bien sûr, répliqua immédiatement Alain.

— Même si c'est Thierry ou Chavinier ? Me défendrez-vous, ainsi que mes droits, même contre eux ? le défia Orlando.

— Contre Thierry bien sûr, commença Alain, mais contre Marcel...

— Sortez, dit Orlando. Je n'ai pas besoin de cette merde dans ma vie.

— Orlando, essaie de comprendre. Il s'agit d'une guerre. Marcel est mon commandant. Je lui dois une certaine allégeance.

— Je suis désolé Alain, je ne peux pas faire ça. Je ne peux pas revenir en arrière et me demander quand la personne avec qui je suis va se retourner contre moi ou me trahir. J'ai vécu de cette façon trop longtemps. Je ne veux pas revenir en arrière. Je ne peux pas, dit Orlando rempli de déception.

Il avait espéré qu'Alain serait différent. Il aurait dû s'en douter. Il avait appris depuis longtemps qu'il était voué à la solitude. Sauf pour Jean.

Alain se rendit alors à côté d'Orlando, puis il s'agenouilla près du lit où il était toujours assis et prit la main du vampire dans la sienne.

— Je veux te donner ce que tu demandes, dit Alain, mais j'ai fait une promesse à Marcel aussi. Tu me demandes de risquer la rupture d'une promesse que j'ai faite à un sorcier que je respecte énormément.

— Et vous me demandez de vous faire confiance sur tout en échange d'une partie seulement de votre respect et de votre considération. Cela ne semble pas équitable, souligna Orlando.

Ils n'avaient pas parlé de leur relation – ils n'en avaient pas eu le temps – mais Orlando comprenait suffisamment ce qui se passait entre eux pour se rendre compte ce que construire une relation avec Alain pouvait signifier. Le sang du sorcier était une dépendance à la fois par sa magie et par sa douce saveur. S'il laissait cela se poursuivre, cela atteindrait rapidement un point où Orlando ferait n'importe quoi pour une petite gorgée. Il ne pouvait pas permettre que cela se produise à moins qu'il sache qu'Alain serait là pour lui. Inconditionnellement.

Alain était là, impuissant. Il se souvenait du regard de Marcel alors qu'il entrait dans la chambre d'Orlando. Marcel voulait qu'Alain arrange les choses avec le vampire. Son commandant attendait de lui qu'il fasse bien les choses. Il aurait juste à comprendre.

— Tu as raison, dit Alain en prenant une décision. Même si c'est Marcel, je te défendrai, bien que je ne pense pas qu'on en arrivera jusque-là. Quand je parlais de toi à Marcel hier, il a défendu les vampires contre les superstitions que nous avons trouvées dans beaucoup de ses vieux livres. Que veux-tu que je te promette d'autre ?

— Que tu ne laisseras aucun autre vampire te mordre. Tu es à moi et je ne veux pas partager, déclara Orlando.

Alain hésita. Non pas parce qu'Orlando ne voulait pas qu'un autre vampire le goûte. Alain ne voulait pas que d'autres vampires boivent sur lui. C'était plus l'idée d'appartenir à quelqu'un qui le gênait.

— Et tu te nourriras sur d'autres sorciers ? demanda-t-il doucement.

— Je n'avais pas envie de mordre ceux que j'ai mordus, dit Orlando. Je ne voulais personne d'autre que toi depuis que j'ai goûté ton sang. Me jureras-tu d'être à moi comme je te propose d'être à toi ?

— Je le jure, répliqua Alain sans hésitation.

Si Orlando était prêt à faire cette promesse, Alain était plus que disposé à faire de même.

— Sur quoi les sorciers jurent-ils ? demanda Orlando.

— Sur tout ce qui leur importe le plus, répondit Alain. Sur quoi les vampires jurent-ils ?

— Les vampires ont une façon différente de sceller un pacte avec un non-vampire, répliqua Orlando se remémorant les marques qu'il avait vu occasionnellement portées par des non-vampires, ceux qui avaient fait des promesses de fidélité à un vampire.

— Qu'est-ce que c'est ? demanda Alain. Je ferai tout ce qu'il faudra.

— Tout ce qu'il faudra ? demanda Orlando.

— Oui, accepta Alain sans hésitation.

Orlando ouvrit un tiroir de sa table de nuit.

— Sais-tu ce que c'est ? demanda-t-il en tirant un petit objet.

Alain tendit sa main.

— Puis-je le voir ? demanda-t-il.

Orlando le laissa tomber dans la paume d'Alain. Capable de le voir enfin, Alain se rendit compte que c'était une bague. Il l'examina attentivement.

— On dirait une chevalière, dit-il. Où l'as-tu eue ?

— Elle appartenait au vampire qui m'a créé, expliqua Orlando. Je lui ai pris quand je l'ai détruit.

— Pourquoi l'as-tu détruit ? demanda Alain tout en ayant peur d'entendre la réponse.

Jean avait laissé entendre qu'Orlando avait souffert aux mains de vampires aussi bien que d'hommes. Était-il sur le point de lui révéler une partie de son passé ?

— Parce que je ne pouvais pas supporter un jour de plus sa violence, dit sèchement Orlando. Encore une alimentation forcée, encore une raclée, un viol de plus. Je devais mettre fin à son existence ou à la mienne, et Jean m'a fait comprendre que je pouvais arrêter mon tourment sans pour autant en finir avec mon existence. J'allais la jeter dans la Seine, mais Jean m'a suggéré de la garder pour un rappel de tout ce à quoi j'avais échappé. Il disait que chaque fois que je regarderais cette bague, je me souviendrais que j'avais été plus fort que ce salaud qui m'avait obligé à être dans son lit. Et donc je l'ai gardée. Et je la regarde quand je me sens faible. Il a peut-être fait de moi un vampire, mais je choisis les conditions de mon existence à présent.

Il tremblait quand il finit son histoire. Même en parler le blessait encore, en dépit des années qui s'étaient écoulées depuis le jour où Jean était arrivé, déterminé à apprendre la vérité sur l'esclavage d'Orlando.

Alain se sentit malade en entendant les paroles d'Orlando. Sans s'en rendre compte, il l'avait forcé à revivre une situation qui lui avait rappelé le vampire cauchemardesque duquel il s'était échappé.

— Dis-moi ce que je dois faire, dit Alain avec ferveur. Comment cela pourrait-il m'aider de jurer de ne jamais te refaire une telle chose à nouveau ?

— C'est assez simple, vraiment, expliqua Orlando. Il y a une bougie là-bas sur la commode. Je l'allume, je maintiens la bague dans la flamme pendant quelques minutes, puis je la presse juste là.

Alors qu'Orlando parlait, ses doigts effleurèrent la peau lisse juste en-dessous de l'oreille d'Alain.

— La marque qu'elle laissera dira à tout le monde que tu es à moi.

Ce n'était pas ce à quoi Alain s'attendait. Il ne savait pas ce qu'il s'attendait à entendre, mais il n'allait certainement pas se soumette pour être marqué comme du bétail. Il déglutit convulsivement alors qu'il essayait de décider quoi dire. Cela allait lui faire un mal de chien, il le savait. Le morceau de peau particulier qu'Orlando avait indiqué était incroyablement sensible, mais ce ne serait qu'une douleur passagère. Il avait d'autres cicatrices provenant d'autres blessures, certaines beaucoup plus graves que la brûlure qu'Orlando lui infligerait. Ce n'était pas la douleur qui le retenait autant que la marque elle-même. Peu importe ce qui se passerait entre eux à l'avenir, il porterait toujours la marque d'Orlando s'il acceptait. Alain n'était pas de nature soumise. Que n'importe quel vampire puisse voir la cicatrice et savoir qu'Alain

70

s'était donné complètement à Orlando, repoussait ses limites. Il fixa la bague à nouveau. Orlando avait souffert et sévèrement pour cet anneau et Alain n'avait fait qu'empirer les choses, même sans le vouloir.

— Est-ce que cela arrangera les choses entre nous ? demanda Alain.

— Tout à fait, dit Orlando.

— Et me promets-tu de me dire la prochaine fois que je fais quelque chose de stupide plutôt que de me laisser le faire quand même ? continua Alain.

— Je le ferai, accepta Orlando.

— Alors fais-le. Marque-moi comme étant à toi.

XI

ORLANDO NE bougea pas tout de suite. Il se contenta de regarder simplement Alain, stupéfait que le sorcier soit d'accord pour porter sa marque. Il s'était attendu à ce qu'Alain se moque de lui ou lui dise d'aller au diable. Personne n'avait jamais pris la peine de faire n'importe quel sacrifice pour lui, encore moins un de cette ampleur. Tous les vampires le considéraient comme un ornement impuissant. Tous sauf Jean. Mais même Jean le voyait comme un enfant à protéger. Aucun d'eux ne voyait la persévérance dont il avait besoin pour se remettre de l'abus dont il avait souffert. Aucun d'entre eux n'avait vu la force dont il avait besoin pour survivre à toutes ces années sous le contrôle de son créateur. Même Jean ne le voyait pas vraiment. Aucun d'eux ne prenait Orlando au sérieux et il était sûr qu'ils seraient choqués quand ils verraient Alain porter sa marque. Orlando s'en moquait. Tout ce qui l'intéressait, c'était qu'Alain avait suffisamment confiance en lui pour le faire. C'était qu'Alain estimait que ce qui grandissait entre eux avait assez de valeur pour porter la marque d'Orlando devant les sorciers et les vampires pour le reste de sa vie.

Le silence entre eux s'étira jusqu'au moment où Orlando se leva et alluma la bougie sur la commode avec les allumettes qu'il gardait dans le tiroir. Il regarda la flamme vaciller, et tout à coup il fut certain de vouloir en passer par là. C'était déconcertant, comme les dégâts que son créateur lui avait infligés. Il se retourna vers Alain qui s'était déplacé pour s'asseoir sur le bord du lit. Le regard sur le visage du sorcier le surprit : de la confiance et même du désir.

Le désir le convainquit. Aussi étrange que cela puisse paraître. Alain semblait vouloir cela. Résolu, Orlando tint l'anneau sur la flamme, la chaleur de la bougie réchauffant ses doigts. Il ignora la sensation, même lorsqu'elle devint trop chaude. Cette petite morsure de la flamme ne pourrait faire de dommage permanent à sa chair, et plus l'anneau serait chaud, plus vite il serait en mesure de marquer Alain.

Alain regarda comment Orlando chauffait la bague. Ce cercle de métal devenait de plus en plus chaud bien que la façon dont se tenait Orlando empêchait Alain de voir l'anneau lui-même. Il se demanda comment le vampire pouvait tenir ses doigts si près de la flamme pendant si longtemps. Il devait clairement se renseigner un peu plus à propos des vampires. Et cela commencerait à la minute où il laisserait Orlando marquer sa peau. Il frissonna à la fois de peur et de désir alors qu'il se préparait à ce qui allait se passer. Peur de la douleur, peur que les autres ne voient en lui que l'emprise d'un vampire. Son désir pour Orlando. Son désir de lui plaire, de le faire sourire. D'être avec lui, quoi qu'il lui en coûte.

Orlando souffla sur la flamme et s'approcha d'Alain, l'anneau rougeoyant légèrement avec la chaleur.

— Si tu ne veux pas le faire, dis-le-moi maintenant, dit Orlando donnant à Alain une dernière chance de changer d'avis.

Alain fixa le métal incandescent et se raidit.

— Je le veux, dit-il doucement, déterminé tenir sa parole.

Orlando prit le menton d'Alain dans une main, inclinant sa tête pour révéler sa cible.

— Ne bouge pas, l'avertit-il alors qu'il pressait la marque sur la chair d'Alain.

L'anneau siffla alors qu'il desséchait la peau tendre du sorcier.

Ça faisait mal. Le métal était si chaud que, juste un instant, il eut froid.

Alain s'était préparé à la douleur mais cela faisait plus mal que ce à quoi il s'était attendu. Il pouvait sentir la bague se graver dans sa peau, sentir la chaleur le percer de plus en plus profondément. Il ne pouvait pas arrêter le sifflement de la respiration qui lui échappa alors que ses yeux se fermaient sous l'effet de la douleur.

Marcel leva brusquement les yeux de sa conversation avec les autres sorciers. Il sentit une vague de magie ancienne, puissante et inconnue provenir de la chambre

Orlando tint la chevalière contre le cou d'Alain. Une seconde passa. Puis deux. Il entendit le sifflement de douleur d'Alain et dut s'arrêter. Il ne pouvait pas infliger de douleur à son sorcier une seconde de plus. L'anneau tomba de sa main, claquant sur le sol alors qu'Orlando se penchait pour embrasser tendrement la marque qu'il avait faite, son souffle humide et sa langue douce lavant la brûlure, l'apaisant.

73

— C'est fini, murmura-t-il contre le cou d'Alain. Je ne te blesserai plus jamais.

Alain tourna la tête et captura les lèvres d'Orlando avec les siennes, l'embrassant avec une passion et une possession qui correspondaient à ce qu'Orlando avait ressenti lorsqu'il avait pressé l'anneau contre la peau d'Alain.

— Ne fais pas de promesses que tu ne pourras pas tenir. Nous allons sans aucun doute faire des choses stupides qui nous mettront mutuellement en colère ou qui nous blesseront. Cela fait partie de toute relation. Promets-moi plutôt que tu ne me blesseras pas délibérément. Voilà une promesse que j'accepterai.

— Je le promets, dit Orlando. Je te le promets.

Il fit courir tendrement ses doigts sur le front large d'Alain, repoussant les cheveux blonds en arrière afin qu'il puisse regarder dans les yeux gris-bleus. Il vit que la confiance était toujours là comme elle l'était avant qu'il le marque. Il vit également le même désir qu'il avait vu plus tôt, mais tout était teinté de douleur.

— Reste ici une minute, demanda-t-il.

Quand Alain hocha la tête, Orlando alla dans la salle de bain et récupéra un gant de toilette qu'il imbiba d'eau froide. Il retourna aux côtés d'Alain, s'assit sur le lit en face de lui et posa le gant humide sur sa peau.

— Cela aide-t-il ? demanda-t-il, l'inquiétude se répercutant dans sa voix et dans ses yeux.

Alain plongea dans les yeux chocolat en face de lui et lut de la tendresse et la compassion dans leurs profondeurs, ainsi qu'un désir durable.

— Que va-t-il se passer maintenant ? demanda Alain.

— Que veux-tu dire ? répliqua Orlando.

Alain fit un geste vague vers son cou.

— Tu m'as réclamé. Que dois-je faire maintenant ?

— Je ne sais pas, dit Orlando. Pourquoi me le demander de toute façon ?

— Tu viens juste de mettre ta marque sur moi, répondit Alain.

Orlando le regarda bouche bée.

— Est-ce que tu penses que c'est de ça dont il s'agit ? Que je veux un esclave soumis à mes quatre volontés ? Non. Non, non, non, non. Tu pensais ça et tu m'as quand même laissé faire ?

Orlando savait qu'il babillait mais il ne pouvait pas s'arrêter. Il n'avait jamais voulu ça. Jamais. Il ne savait que trop bien ce que c'était que de vivre de cette façon, et il n'aurait jamais demandé à quelqu'un d'autre de le faire.

— De quoi s'agit-il alors ? demanda Alain confus.

— Il s'agit d'un engagement. Le mien envers toi et le tien envers moi. C'est d'être ensemble et de rester ensemble. C'est de faire passer les besoins de l'autre en premier. Il s'agit de faire confiance à l'autre, même quand on ne devrait pas. Il s'agit de nous... dit Orlando dont la voix s'estompa. À moins que tu ne le veuilles pas...

Il n'eut pas le temps de finir sa phrase. Alain l'embrassa encore une fois, complètement conquis par les mots d'Orlando. Malgré ses hésitations antérieures, Alain savait ce qu'il ressentait. Il voulait passer le reste de sa vie avec Orlando. C'était soudain. Trop soudain, dirait Thierry, mais Alain avait confiance en son cœur et il lui disait de se saisir d'Orlando à deux mains et de ne jamais le laisser partir. Avoir le sceau d'Orlando gravé dans sa chair serait la marque de son désir, une annonce à tous ceux qui prendraient soin de regarder qu'Alain Magnier était complètement et entièrement dévoué à Orlando...

— Quel est ton nom ? demanda Alain, réalisant qu'Orlando ne s'était jamais entièrement présenté.

— Saint Clair, répliqua distraitement Orlando, l'esprit encore sous le choc des révélations d'Alain et de son baiser. Pourquoi veux-tu le savoir ?

— Afin de pouvoir dire à quiconque me le demande à qui appartient la marque que je porte, dit Alain

Orlando sentit le désir le transpercer aux mots d'Alain. Il fut tenté de le pousser sur le lit et de le réclamer d'une autre façon, mais les autres les attendaient dans l'autre pièce et connaissant Jean, rien de productif ne sortirait au-delà de la porte de sa chambre tant que Jean ne saurait pas si Orlando allait bien.

— Tes amis ne vont pas être contents quand ils verront la marque, observa Orlando tout en essayant de maîtriser sa passion.

— Probablement pas, reconnut Alain, mais cela ne les regarde pas. Ils n'ont pas leur mot à dire sur ma vie privée.

Il fit une pause reconsidérant ses mots. Il prit la main d'Orlando.

— Sur notre vie privée. Nous savons ce qu'elle représente. Ils n'ont pas à le savoir. Ni à approuver, même s'ils savent. Je suis assez haut placé pour ne pas avoir à tenir compte chacun de leurs caprices. Marcel est le seul dont l'opinion compte vraiment, et je ne pense pas qu'il désapprouve une fois qu'il aura compris. Que dira Jean ?

— Il sera choqué au départ, je pense, parce qu'il me voit toujours comme étant à peine plus qu'un enfant même si j'ai survécu à plusieurs vies d'hommes, mais il s'en remettra.

— Quel âge as-tu ? demanda Alain.

— Deux cent cinquante et un ans, répondit Orlando.

— Et combien en tant que vampire ?

— Deux cent vingt-huit ans. Mon créateur m'a transformé quelques semaines avant que la Révolution américaine commence dans les colonies. J'avais vingt-trois ans. Selon toute vraisemblance, je n'aurais pas survécu assez longtemps pour voir la vingt-quatrième s'il ne m'avait pas pris. J'étais un jeune soldat. J'aurais été envoyé au combat et aucun de ceux avec qui j'ai servi n'a survécu.

— Je suis désolé pour les mauvais traitements qu'il t'a fait subir, dit Alain. Mais s'il n'avait pas fait de toi un vampire, nous ne serions pas réunis ici aujourd'hui. Et je ne peux pas être désolé pour ça.

Orlando sourit. Un rare, un vrai sourire.

— C'est peut-être la première fois que je suis heureux d'être ce que je suis. Je l'ai détesté et maudit depuis si longtemps que c'est étrange de penser à ça de cette manière, mais tu as raison. S'il ne m'avait pas vu et désiré, je ne t'aurais jamais rencontré.

Il se pencha pour embrasser Alain à nouveau. Il voulait goûter au baiser du sorcier et à sa bouche. Ce goût était aussi unique que son odeur, comme la sensation de son corps sous les mains d'Orlando. Il ne pourrait jamais se rassasier de toucher son sorcier. La pensée lui donna tant de plaisir. Son sorcier. Elle égalait le plaisir de savoir qu'il était maintenant le vampire d'Alain. Maintenant et pour toujours.

Alain succomba au baiser d'Orlando, laissant le vampire explorer sa bouche à volonté. La sensation de la langue d'Orlando glissant contre la sienne, entrant et sortant, augmenta le désir d'Alain. Ils avaient besoin de se débarrasser des autres afin qu'ils puissent passer du peu de temps vraiment seuls. Il avait besoin d'Orlando. Maintenant. Il rompit le baiser, à bout de souffle alors qu'il essayait de dire à Orlando à quoi il pensait.

— Nous devons retourner là-bas, même si c'est uniquement pour nous débarrasser des autres, dit Alain avec un soupir. Je suis fatigué d'être interrompu.

L'esprit d'Orlando reprit son sens pratique pour un moment. Il savait ce qu'Alain demandait, tout ce qu'Alain demandait. Il voulait apprendre à quel point il pouvait vider Alain sans l'affaiblir. Avec ce qu'il avait pris les deux fois où il s'était nourri plus tôt, il n'aurait pas besoin de plus pendant une journée, voire plus. Et il pouvait encore sentir la magie d'Alain qui l'entourait. Cela lui donna soudain très envie de marcher à la lumière du soleil à nouveau.

76

Avant qu'il puisse le suggérer, il vit Alain grimacer et mettre le gant de toilette contre son cou. Une fois encore, Orlando se pencha et embrassa la marque.

— Penses-tu que de la glace aiderait ? demanda-t-il. Il y en a dans la cuisine.

— Ce serait bien, dit Alain, je préfère ne pas demander à Marcel de jeter un sort pour faire disparaître la douleur mais c'est distrayant.

— Viens, dit Orlando. Allons chercher de la glace.

Il se leva et offrit sa main à Alain, sans la lâcher même quand ils sortirent ensemble de la chambre.

XII

ORLANDO FUT surpris de voir que la porte de la cuisine était fermée quand il sortit de sa chambre et s'avançait dans le couloir. Elle était ouverte lorsqu'il était entré. Il l'ouvrit et rentra, sa main toujours enlacée à celle d'Alain. Jean était assis à table, un air soucieux se dessinant sur son visage. Les yeux de Jean s'attardèrent sur leurs mains jointes avant de rechercher le visage d'Orlando.

— Tu vas bien alors ? demanda Jean.

— Oui je vais bien, répliqua Orlando, lâchant la main d'Alain pour fouiller dans le congélateur à la recherche de glace.

Il enleva quelques cubes et les enveloppa dans le gant qui recouvrait toujours la marque dans le cou d'Alain.

— Que s'est-il passé ? demanda Jean.

Alain abaissa le tissu pour révéler la chair brûlée. Puis il leva la main dans l'intention de couvrir à nouveau la marque avec le gant froid. Jean attrapa son bras pour l'arrêter.

— Qu'est-ce que c'est que ça ? demanda Jean, sa voix prenant un ton menaçant.

Orlando repoussa la main de Jean et recouvrit à nouveau tendrement la marque avec le morceau de glace.

— Ma marque, dit-il doucement à Jean en posant une main possessive sur l'épaule d'Alain.

— Ta marque… répéta Jean lentement. Espèce d'idiot ! As-tu la moindre idée de ce que tu viens de faire ?

— Ne lui parlez pas comme ça ! explosa Alain alors qu'Orlando se tendait sous l'attaque de Jean.

— Nous nous sommes fait des promesses, répliqua froidement Orlando. Et nous les avons scellées à la manière des vampires.

— Quelles promesses avez-vous fait ? demanda Jean du même ton froid.

Alain était surpris. Il ne s'attendait pas le moins du monde à ce que Jean soit l'un de leurs détracteurs.

— C'est entre nous, répondit Orlando. Pourquoi as-tu besoin de le savoir ?

— Parce que tu n'as aucune idée de ce que tu as promis. Cela ne t'est jamais venu à l'esprit de te demander pourquoi tu ne voyais pas plus de marques de vampires, pourquoi plusieurs d'entre nous n'avaient pas trouvé quelqu'un à réclamer comme notre Avoué ? Tu as invoqué quelque chose de tellement ancien que personne ne connaît son origine. Maintenant, tu vas devoir en assumer les conséquences, cria Jean. Tu as formé un Aveu de Sang. Aussi longtemps qu'Alain vivra, tu seras responsable de lui. Tu as promis de satisfaire tous ses caprices, de répondre à toutes ses attentes, de lui consacrer ta vie. Tu as fait de toi son esclave, continua Jean.

Il croisa les yeux d'Orlando, essayant de lui faire comprendre la gravité de la situation.

— Tout ce qu'il a à faire, c'est de te refuser son sang et il pourra t'affaiblir, même te tuer, parce qu'aussi longtemps qu'il vivra, tout autre sang te rendra malade, termina Jean avec colère.

— Je ne comprends pas, dit Alain. Pourquoi n'importe quel autre devrait le rendre malade ?

— Parce que c'est la nature même du lien que vous avez créé lorsque vous avez laissé Orlando vous marquer. Quelle que soit la promesse que vous lui avez faite, ce sont celles qu'il vous a faites, qu'il le sache ou non, qui le lie définitivement à vous et à personne d'autre, dit Jean. Vous feriez mieux d'en valoir la peine, sorcier.

— Ne fais pas de menaces que tu ne pourrais pas mener à bien, dit Orlando, en se positionnant entre Alain et Jean. J'avais déjà promis de ne me nourrir que sur Alain, comme il a promis de ne partager son sang qu'avec moi. Je ne vois pas en quoi cela change quoi que ce soit.

— Ce n'est plus un choix. Cela lui donne un pouvoir sur toi, dit Jean.

— Je le lui ai déjà donné, répondit Orlando. Il m'a donné le même pouvoir sur lui.

— Le pouvoir de sa mort ? contesta Jean.

— Chaque fois qu'il me laissera me nourrir, il devra me faire confiance pour ne pas le vider. C'est le pouvoir de sa mort, souligna Orlando. Tout ce que j'aurais à faire, c'est de lui en prendre trop.

Alain se plaça à côté d'Orlando et posa une main sur son épaule, détournant l'attention d'Orlando de Jean pour la ramener sur lui.

— Je veux ces promesses que nous avons faites. Je veux garder ma part du marché et cela n'a pas changé. Je tiens à te donner tout ce dont tu as besoin, mais c'est plus que tu avais prévu. Nous pouvons demander à Marcel s'il y a un moyen de briser le lien magique qui te rendrait malade. Je n'aime pas le fait que tu ne puisses pas te nourrir sur quelqu'un d'autre que moi. Qu'arrivera-t-il si nous sommes séparés, si tu dois te nourrir quand je ne suis pas là pour n'importe quelle raison ? Nous sommes en guerre. Qu'arrivera-t-il si je suis blessé et ne peux pas te donner ce dont tu as besoin ? dit Alain

— Non, déclara Orlando avec véhémence. Je ne veux pas de quelqu'un d'autre. Je ne veux personne d'autre depuis que j'ai goûté ton sang. Nous nous arrangerons pour être ensemble quand j'aurai besoin de toi. Même si je le pouvais, je ne me nourrirais pas de quelqu'un d'autre.

— Cela te met inutilement en danger, intervint Jean.

— C'est à moi de prendre cette décision, répondit Orlando.

— En effet, dit Alain, mais je devais t'offrir cette possibilité. Tu devais savoir que si tu souhaitais revenir en arrière, maintenant que tu te rends compte à quel point ce que nous avons fait est contraignant, je le comprendrais. Tu m'as donné ta réponse. Nous n'en reparlerons plus.

Un mouvement à la porte leur fit tous tourner la tête. Thierry se tenait à la porte avec un sac de pâtisseries à la main.

— Je t'apporte le petit déjeuner, dit-il en tendant le sac.

Les autres sorciers et lui avaient entendu la porte d'Orlando s'ouvrir et les deux autres entrer dans la cuisine, mais ils n'avaient vu aucun d'eux jusqu'à ce qu'ils entendent les éclats de voix. Apporter à Alain son pain au chocolat donnait à Thierry l'excuse dont il avait besoin pour tâter le terrain et voir si tout allait bien entre Orlando et Alain, et par là même pour l'alliance. Il sentit immédiatement la tension dans la pièce, mais elle ne semblait pas être entre Orlando et Alain. Puis il remarqua le gant qu'Alain tenait à son cou. La colère commença à brûler en une combustion lente dans sa poitrine. Combien ce maudit vampire avait-il eu besoin de boire de toute façon ? Il allait tuer Alain à ce rythme. Thierry s'avança vers eux et attrapa la main d'Alain, éloignant le gant de son cou. Presque immédiatement, la main d'Orlando fût sur son poignet pour l'arrêter.

Thierry s'attendait à voir deux blessures par perforation qui correspondraient à celles des poignets d'Alain. Au lieu de cela, il vit une brûlure.

— C'est quoi cette merde ? explosa Thierry.

— Un moyen de sceller une promesse, dit calmement Alain.

— Tu l'as laissé te brûler ? cria Thierry.

Il lâcha la main d'Alain et se précipita sur Orlando, qui glissa hors de sa portée.

— Qu'avez-vous fait, vampire ? gronda Thierry en courant encore une fois après Orlando. Quelle magie noire avez-vous tissé pour l'amener à faire ça ?

Avant qu'Orlando puisse répondre, avant que Jean puisse intervenir, Alain se mit entre eux, face à face, nez à nez avec Thierry. Le gant dans sa main tomba sur le sol, dispersant la glace lorsqu'il atterrit.

— Depuis combien de temps sommes-nous amis ? demanda doucement Alain.

Ce n'était évidemment pas ce que ni l'un ni l'autre ne s'attendait à entendre. Orlando fronça légèrement les sourcils. Il avait espéré qu'Alain le défendrait avec plus d'insistance.

— Trente ans, répondit Thierry.

— Ne me fais pas perdre cette amitié, dit Alain. Premièrement, le vampire, comme tu continues de l'appeler, a un nom, comme tu le sais déjà. Utilise-le. Ensuite, au cours de ces trente années où nous avons été des amis, as-tu jamais connu une seule personne qui m'ait forcé à faire quelque chose que je ne voulais pas ?

— Non, admit Thierry.

En vérité, certains des moments les plus dangereux qu'ils avaient vécus, venaient du fait qu'Alain ne voulait pas de quelqu'un qui le forcerait à faire quelque chose qu'il ne voulait pas.

— Alors, fais-moi un peu confiance si tu n'en as pas en Orlando. Il ne m'a jeté aucun sort. Cette marque…

Thierry et Jean tressaillirent tous les deux à ce mot.

— … scelle des promesses faites entre nous, des promesses que j'ai faites de ma propre volonté.

C'était les mots qu'Orlando voulait entendre. Son expression s'adoucit et il se déplaça à nouveau aux côtés d'Alain. Gardant un œil méfiant sur Thierry, Orlando se baissa pour recueillir le gant et la glace, puis se leva et les plaça à nouveau sur la brûlure. Alain le regarda avec un sourire.

— Je ne comprends pas, dit Thierry. Tu ne le connaissais même pas il y a trente-six heures. Qu'est ce qui pourrait éventuellement te faire vouloir le laisser te marquer de façon permanente après si peu de temps ?

— Rien que je puisse expliquer d'une façon qui pourrait te convaincre, réfléchit Alain. C'est juste ainsi.

— Si c'est dans le but de protéger la veuve et l'orphelin, tu prends cela un peu trop au sérieux, contesta Thierry. Je sais comment tu étais après le décès d'Henri.

— Ne t'engage pas sur cette voie, dit Alain avec un froid mortel dans la voix.

Si quelqu'un d'autre avait fait ce commentaire, Alain aurait déjà réagi mais Thierry et lui se connaissaient d'assez longue date pour qu'Alain se contente de mots.

— Ne mêle pas mon fils à tout ça. Cela n'a rien à voir avec ce que je ressens pour Orlando, qui est plus âgé que nous deux réunis, en dépit de son apparence.

Le cœur d'Orlando tressaillit d'entendre Alain le défendre même s'il avait reculé en entendant qu'Alain avait eu un fils et qu'il l'avait perdu. Il avait besoin d'en apprendre plus sur son sorcier qu'il ne l'avait réalisé. La vérité de son sang donnait une connaissance profonde du caractère, mais aucun des détails de sa vie.

— Thierry ? Alain ? demanda Adèle depuis la porte. Que se passe-t-il ?

— Rien, dit Alain d'un ton sombre et final.

Il regarda Thierry puis Jean avec colère et recula.

— Rien du tout. Nous allions juste venir pour discuter de ce qui se passe maintenant.

Adèle regarda avec curiosité le gant contre le cou d'Alain, mais elle aussi pouvait sentir la tension dans l'air, et elle n'était pas arrivée où elle en était en ignorant de tels signes. Elle hocha la tête et recula, les laissant passer devant elle pour entrer dans le salon.

Marcel leva les yeux quand Thierry, Alain et Orlando entrèrent. Il fut surpris de voir Alain tenir un gant contre son cou, mais il connaissait suffisamment son capitaine pour attendre une explication. Il vit Payet prêt à poser des questions et le fit taire d'un regard.

Adèle attendit que les autres sorciers et Orlando la dépasse et se positionna à côté de Jean. Elle lui jeta un regard admiratif, surprise lorsqu'il s'était arrêté à l'entrée du salon. Il chercha à s'assurer que les rideaux étaient toujours tirés avant d'entrer.

— Êtes-vous réellement si sensible ? demanda-t-elle.

— Oui, répondit Jean. Un seul rayon de soleil peut tuer n'importe lequel d'entre nous s'il nous frappe au bon endroit.

— Thierry nous a dit qu'aujourd'hui Orlando avait marché à l'extérieur, dans la lumière du soleil.

— Il l'a fait, confirma Jean. Apparemment, la magie d'Alain l'a protégé.

Il n'était toujours pas satisfait de la marque et de tout ce qu'elle symbolisait, mais il ne pouvait rien y faire. En soupirant et en regardant Adèle, il se résigna à garder un œil sur Alain. S'il devait en arriver là, il tuerait le sorcier plutôt que de le laisser transformer Orlando en esclave. La mort d'Alain libèrerait Orlando et il pourrait de nouveau choisir ses proies, mais Jean craignait de perdre Orlando de toute façon s'il devait en arriver à de telles extrémités. Peut-être que non. Peut-être que le sorcier était vraiment aussi fiable qu'Orlando le croyait. Jean ne pouvait que l'espérer, pour tous et surtout pour eux.

— Pensez-vous qu'ils ont raison ? Que cela pourrait fonctionner pour chaque vampire avec le bon sorcier ? demanda-t-elle.

— Peut-être, dit-il. Cela vaut la peine d'essayer.

— Peut-être que je suis la bonne sorcière pour vous, ronronna-t-elle.

Elle n'était pas contre l'idée de passer plus de temps avec ce vampire diablement séduisant. Contrairement à Payet, elle n'avait aucun problème avec l'idée qu'un vampire la morde. Surtout quand il ressemblait à Jean.

Jean regarda la femme à côté de lui. Il l'avait vue plus tôt, bien sûr, quand elle était entrée, mais presqu'aussitôt, il avait été tellement en colère contre Alain qu'il n'avait pas pris le temps d'apprécier sa beauté. Elle était grande, mince, élancée mais avec une force clairement sous-jacente. Les bottes et le pantalon confortable qu'elle portait accentuaient ses longues jambes et la veste sur mesure soulignait le reste de sa silhouette. Elle avait un visage qui retenait l'attention et à ce moment, il demandait la sienne. Ses cheveux bruns tombaient jusqu'à mi-dos, une chose rare ces temps-ci. Les cheveux longs de ses jeunes années lui manquaient. Il aimait avoir la possibilité de saisir une poignée des cheveux d'une femme. Oui, il se nourrirait d'elle. Volontiers.

— Peut-être que vous l'êtes, dit-il. Nous allons devoir essayer et nous verrons.

— Essayer quoi ? dit Payet à travers la pièce.

— Essayer de voir si l'un d'entre nous est le bon sorcier pour Jean, dit Adèle avec impatience.

— Parlons de cela sérieusement en premier, dit calmement Marcel. Nous devrions essayer de comprendre cela logiquement si nous le pouvons. Voir pourquoi cela fonctionne apparemment avec certains et pas avec d'autres.

— Cela ne vient pas d'Alain, dit immédiatement Orlando, ne voulant même pas avoir à discuter du partage d'Alain à nouveau. Ni de moi. Je n'ai rien senti avec Thierry et Jean n'a rien senti avec Alain.

— Ça ne vient pas non plus du premier sorcier que mord un vampire parce que la magie de Thierry ne m'a pas affectée, dit Jean.

— Marcel a suggéré que cela pourrait venir des... sentiments impliqués entre les deux, dit Adèle. Orlando voulait mordre Alain et Alain était consentant d'après ce que j'ai compris. Je ne pense pas que les autres combinaisons étaient exactement les mêmes.

— Pas exactement, accorda sèchement Thierry.

— Alors, nous allons tester cette idée, suggéra Adèle. Je suis volontaire si vous l'êtes.

Elle se positionna directement devant Jean.

— Plus que volontaire, dit Jean avec impatience, attrapant sa main tendue.

Il leva son poignet à ses lèvres, profitant de son riche parfum de femme. Il espérait que cela fonctionnerait, parce qu'il pourrait facilement s'habituer à cette sorcière. Il pénétra sa peau et goûta son sang. Il était riche et puissant et il pouvait sentir son désir, son intelligence, son intégrité, son pouvoir, mais il ne sentit pas cette sensation d'enveloppement qu'Orlando avait décrit. Il ne sentait pas plus différent qu'après avoir bu le sang de n'importe quel mortel. Avec regrets, il releva la tête.

— Rien, dit-il tristement.

Adèle laissa retomber sa main le long de son corps, désolée que cela n'ait pas fonctionné. Ils faisaient tous fonctionner leur cerveau pour trouver une nouvelle explication.

— Qu'en est-il du rang ? suggéra Alain en regardant le Chef de la Cour. J'étais l'émissaire de Marcel et Orlando était le vôtre. Cela fait de nous des égaux en termes de rang, du moins au moment où nous nous sommes rencontrés.

Marcel regarda Alain, qui se tenait, protecteur, à côté d'Orlando, son bras drapé négligemment sur les épaules du vampire. Sauf que Marcel n'avait aucun doute qu'il n'y avait rien de désinvolte dans ce geste.

— Cela vaut la peine d'essayer, dit-il relevant sa manche.

Jean traversa la pièce en direction du vieil homme, prêt à essayer. Il mordit dans la peau tannée du poignet de Marcel et se balança sur ses talons alors que la puissance de l'aîné des sorciers le frappait, avec son profond respect pour toute forme de vie, magique et non-magique et sa croyance fondamentale en l'égalité. Marcel serait un allié puissant quand viendrait le temps de changer les lois permettant la discrimination, mais encore une fois, Jean ne se sentit pas différent d'avant le contact. Quand il libéra le poignet de Marcel, il fit une petite révérence courtoise, du genre qu'il avait maîtrisé quand il avait hanté les tribunaux des grands rois de France. Cela aurait pu paraître déplacé, mais Jean l'exécuta avec tant de grâce et de facilité qu'elle s'adaptait parfaitement.

— Ce sera un honneur de combattre à vos côtés, dit Jean.

— Mais je ne serais pas celui qui vous protégera, n'est-ce pas ? demanda Marcel, bien qu'il connaisse déjà la réponse.

— Malheureusement, dit Jean.

— Serait-ce simplement aléatoire alors ? demanda Thierry. Je ne sais pas ce que cela pourrait être d'autre.

— Une certaine chimie dans le sang du sorcier qui correspond à celui du vampire, sans aucun doute, dit Marcel.

— Ou alors c'est simplement Orlando et Alain, commenta Jean.

— Peut-être, mais je ne suis pas encore prêt à perdre espoir, répondit Marcel. Nous avons un autre sorcier ici si vous voulez essayer. Et des centaines d'autres rien qu'à Paris. Il faudra du temps mais nous pourrons essayer jusqu'à ce que nous trouvions une correspondance. Raymond ? invita Marcel.

L'expression sur le visage de Payet alors qu'il protestait aurait été comique si la situation n'avait pas été aussi grave. Il avait déjà été mordu et il n'avait très certainement pas apprécié la situation. Il n'était pas prêt à le refaire.

— Je ne pense pas... commença Payet en se levant.

— Taisez-vous, Payet, grogna Thierry. Asseyez-vous et donnez-lui votre poignet. Vous continuez à dire que vous êtes de notre côté. Eh bien, cela fait partie d'être de notre côté maintenant, que cela vous plaise ou non.

À contrecœur, Payet fit ce qu'on lui demandait. Il était plus qu'un peu effrayé par l'imposant sorcier. Marcel était un sorcier plus puissant, mais Thierry semblait pouvoir casser un homme en deux sans avoir recours à la magie. En outre, il semblait suffisamment en colère pour le faire.

Jean fronça les sourcils en direction de Payet. Il était familier de l'attitude du sorcier. Habituellement, lorsqu'il rencontrait cette peur, il se contentait d'aller simplement vers quelqu'un d'autre pour se nourrir, mais il n'était pas là pour assouvir sa faim. C'était pour essayer de trouver un sorcier dont la magie pourrait le protéger comme Alain le faisait pour Orlando. Il leva le poignet tremblant vers sa bouche et mordit, voulant en finir aussi vite que possible pour que ce soit fait et qu'ils puissent continuer.

Cela dura jusqu'à ce que les premières gouttes de sang frappent sa langue. Il pouvait déguster des restes de complot, la vieille magie noire dans le sang de Payet ainsi que sa nouvelle allégeance, plus puissante, la magie lumineuse qu'il pratiquait à présent. C'était cette magie qui s'enroula autour de Jean, le tenant serré, l'isolant du monde extérieur. C'était cela qu'avait décrit Orlando, ce sentiment d'être dans un cocon, en toute sécurité.

— Ça fonctionne, dit Jean, relevant lentement la tête. Je peux le sentir, exactement de la façon dont Orlando l'a décrite. Si je pouvais en prendre un peu plus, je pense que je pourrais braver le soleil.

XIII

LE SILENCE accueillit la déclaration de Jean.

— Nous devrions vous laisser un peu d'intimité, dit Orlando, brisant enfin le silence.

À côté de lui, Alain vit l'expression paniquée sur le visage de Payet. Il chercha ce qu'il pourrait dire pour rassurer l'autre homme mais rien ne lui vint à l'esprit. Son expérience, le fait d'être attiré par Orlando et de voir la morsure du vampire comme un moyen de les rapprocher, n'était manifestement pas ce qui pourrait intéresser Payet. L'attraction semblait être la dernière chose qu'il avait à l'esprit.

Au lieu de ça, il inclina la tête vers les autres, les dirigeant vers la cuisine. Il laisserait Jean expliquer à Payet. Alain soupçonna qu'il aurait sa propre explication à donner quand Marcel aurait vu sa marque et pris conscience de l'ampleur des liens qu'il avait créée avec Orlando. Alain ne savait pas si Thierry se calmerait en comprenant tout l'impact de la marque, ou s'il allait être encore plus bouleversé. Ils avaient été amis pendant la plus grande partie de leurs vies, mais il ne pouvait pas toujours prédire les réactions de Thierry et celles qui étaient le pire à prédire étaient celles qui étaient liées à lui.

Marcel en avait assez entendu de sa conversation antérieure avec Thierry et de la dispute entre Jean et Alain pour se rendre compte que rester était hors de question. Il échangea un long regard significatif avec Payet avant de guider les autres hors du salon. Ils se regroupèrent tous dans la petite cuisine, debout ou assis autour de la table, du mieux qu'ils pouvaient. Orlando se dirigea immédiatement vers congélateur pour chercher plus de glace.

Bien qu'Alain ne se soit pas plaint une seule fois, Orlando était certain que son cou devait le faire souffrir. Il savait combien une telle brûlure faisait mal en tant que vampire. Son créateur l'avait torturé avec des tisonniers chauffés. Il était sûr que ce devait être pire pour un mortel comme Alain. Il ajouta des glaçons et remit le gant sur le cou de son compagnon.

— Es-tu prêt à me dire ce qui s'est passé ? demanda Marcel.

Thierry fronça les sourcils alors qu'Alain baissait sa main et le gant pour révéler la brûlure.

Les yeux de Marcel s'étrécirent mais il ne parla pas immédiatement. Quand il le fit, ce fut pour murmurer une incantation accompagnée d'un geste du poignet. Alain sentit la magie de Marcel sonder la marque.

— Ne la modifie pas, dit-il.

Marcel secoua la tête.

— Je ne le ferai pas. C'était juste un sort de recherche pour que je puisse comprendre ce qui vous lie. J'espère que tu as l'intention de tenir les promesses que tu as faites parce que cette magie ne peut être défaite.

— Magie ? demanda Thierry. Quelle magie ? Tu n'as pas mentionné la magie.

Sa voix augmenta à mesure qu'il parlait.

— Parce que la magie ne change rien, répondit Alain. Tout ce qu'elle fait, c'est forcer Orlando à tenir sa promesse de ne pas se nourrir de quelqu'un d'autre que moi.

— Je n'ai besoin d'aucune magie pour me faire tenir ma promesse, ajouta Orlando, en jetant un regard torve à Thierry. Alors, ça ne change rien.

— Je ne comprends toujours pas ça, dit Thierry.

— Et tu n'as toujours pas ton mot à dire, répliqua Alain.

Comme il se retournait vers Marcel, il vit l'expression inquiète sur le visage d'Adèle. Autant pour la rassurer que par amour pour Marcel, il dit :

— Cela ne concerne pas l'alliance. Ce n'est pas quelque chose que quelqu'un d'autre doit faire, même s'il y avait d'autres paires de vampires et de sorciers qui correspondaient de façon à ce que les vampires puissent se déplacer à la lumière du jour. Je ne vois aucune raison pour laquelle ces couples auraient besoin d'être exclusifs. Pas toi ? demanda-t-il en se tournant vers Orlando.

— Non, convint Orlando lentement, les vampires pourraient toujours se nourrir de n'importe qui tant qu'ils n'auraient pas besoin de sortir pendant la journée. Bien que j'imagine que ce serait mieux si un sorcier ne laissait que son partenaire se nourrir sur lui, simplement pour éviter qu'il ne soit complètement drainé. Surtout si la protection magique d'un sorcier est limitée à un vampire en particulier.

— Bien, dit Marcel. C'est une chose de demander à un sorcier de partager son sang juste avant une bataille dans le but de protéger un allié précieux. C'en est autre chose de demander à un sorcier d'être à la merci des caprices d'un vampire.

— Orlando est plus à ma merci que l'inverse, dit Alain. La magie que tu as sentie l'empêche de boire sur quelqu'un d'autre. Il n'a pas le choix.

Alors qu'il parlait, il grimaça, pris d'un nouveau frisson de douleur au cou.

— J'ai fait mon choix, dit fermement Orlando. La glace ne suffit pas, n'est-ce pas ? Que puis-je faire pour soulager ta douleur ?

— Il y a des sorts… commença Thierry.

— Non, insista Alain. Ça va. Cela me rappelle la douleur que mes actes négligents t'ont causée.

— Tu t'es déjà excusé pour ça, dit Orlando. Il n'y a pas de raison de souffrir si Thierry ou Marcel peuvent faire quelque chose pour y remédier.

— Mais...

— Non, je t'ai demandé de le faire, dit Orlando, en indiquant la brûlure. Maintenant, je te demande de ne pas en souffrir. Ce que tu as accepté est suffisant.

Ne donnant pas une chance à Alain de tergiverser davantage, il se tourna vers Thierry.

— Aidez-le, s'il vous plaît.

— Thierry, dit Alain en guise d'avertissement, mais Thierry l'ignora, lançant un sort pour le soulager.

Alain sentit la douleur le quitter immédiatement mais, à sa grande surprise, elle ne disparut pas entièrement. Il croisa le regard de l'autre sorcier. Thierry hocha légèrement la tête. Alain lui rendit la pareille, appréciant le respect de son ami pour ses sentiments.

JEAN ATTENDIT jusqu'à ce que les autres soient sortis avant de revenir vers Payet, toujours assis sur le canapé, le choc inscrit sur son visage. Quand Jean attrapa son poignet à nouveau, Payet recula, essayant de fuir.

— Arrêtez, ordonna Jean. Pourquoi avez-vous si peur de cela ?

— Je ne veux pas être l'esclave d'un vampire, déclara Payet.

— Oh, de tous les… Je ne veux pas d'un esclave. Écoutez Payet, je sais que vous ne m'aimez pas. Je ne vous apprécie pas particulièrement non plus, mais votre sang semble être la clef pour que je puisse me déplacer à la lumière du soleil. Et j'en ai envie. Donc, nous allons travailler sur des termes que nous pourrons accepter tous les deux pour rendre cela possible.

Raymond frissonna de dégoût. Il ne pouvait pas sortir de sa tête l'image d'Orlando penchant sa tête sur le bras d'Alain.

— Non, protesta-t-il. Il n'y a aucune chance que cela puisse marcher.

— Détrompez-vous, l'informa Jean. Chavinier vous fait confiance maintenant, mais pas les autres. Tout ce que j'ai à faire c'est d'aller là-bas et de leur dire que vous avez refusé et ils vont commencer à se demander pourquoi. Je n'aurai même pas besoin de leur dire que j'ai goûté à la magie noire dans votre sang. Ils en viendront à la conclusion que vous avez quelque chose à cacher et vous n'obtiendrez jamais leur confiance.

— Vous ne le ferez pas ! s'exclama Raymond.

— On parie ? bluffa Jean.

Les épaules du sorcier s'affaissèrent en signe de défaite.

— Que voulez-vous de moi ?

— Juste assez de sang pour que je puisse aller dehors sur ce balcon. Cela n'a pas à être une expérience désagréable, vous savez, si vous vous détendiez tout simplement, ajouta Jean.

Payet frissonna de nouveau.

— Faites-le, dit-il finalement.

Jean s'assit sur le canapé à côté de lui et souleva le poignet de Payet à sa bouche. Puisque le sorcier n'était pas intéressé par le fait de profiter de l'expérience, Jean essaya d'être aussi clinique que possible dans la morsure et l'alimentation. Il ne pouvait pas s'empêcher cependant de savourer le goût riche du sang ou la sensation de la magie de Payet qui l'entourait.

Raymond se força pour ne pas se débattre quand Bellaiche attrapa sa main, mais il ne pouvait pas se détendre en voyant son poignet se rapprocher de plus en plus de la bouche du vampire.

Il pouvait voir les crocs de Bellaiche briller et l'estomac du sorcier se tordit à la pensée de ces dents pénétrant sa peau. Il ne pouvait pas faire ça, mais il n'avait pas le choix. Il devait rester dans les bonnes grâces de Marcel. Si Marcel décidait qu'il n'était pas digne de confiance, il n'aurait plus de protection contre ceux qui étaient après lui pour avoir abandonné Serrier. Il ferma les yeux, incapable de regarder ce qui était sur le point de lui arriver. Il se soumettrait. Il donnerait à Bellaiche ce qui lui était nécessaire, mais ce serait tout.

Jean essaya de se rappeler de ce qu'Orlando avait dit à propos de ce qu'il avait ressenti avant de sortir sur le balcon. Ils ne se préparaient pas pour la bataille. Il n'avait pas besoin d'une protection indéfinie, juste assez pour se tenir quelques minutes dans la lumière du soleil. Il pouvait sentir la magie construire, créer une barrière épaisse et constante entre lui et le reste du monde. Il n'avait pas de véritable norme permettant de juger quand elle serait assez épaisse pour suffire. Comme tout le reste dans ce processus, qui serait lui aussi déterminé par des essais et des erreurs. Quand il pensa avoir bu suffisamment, il leva la tête, libérant Payet de son emprise.

— Vous savez, dit Jean, en essayant de détendre l'atmosphère, si nous allons faire cela régulièrement, vous devriez me dire votre prénom.

Payet tressaillit à l'idée de devoir répéter cette expérience mais il n'y avait pas moyen d'y échapper.

— Raymond, dit-il sourdement.

— Raymond, répéta Jean. Bon, Raymond, voilà ce que je pense que nous devons faire. Je pense que nous devons aller chercher les autres pour voir si votre magie peut me protéger de la même manière que celle d'Alain protège Orlando. Et puis, il va falloir comprendre quelle quantité de votre sang je dois boire afin de résister plusieurs heures à la lumière du jour.

Raymond hocha tristement la tête. Il ne savait pas pourquoi Bellaiche lui demandait son avis. Ce n'était pas comme s'il avait son mot à dire sur la question. Quoi que veuille Bellaiche, Raymond devrait le lui donner. Faire autrement signifierait perdre la protection de Marcel.

Jean était trop pris dans l'excitation de pouvoir enfin sentir à nouveau la lumière du soleil pour remarquer la distraction de Raymond. Il alla à la porte du salon pour appeler les autres pour qu'ils y reviennent.

— Je pense que nous devrions tester ma tolérance à la lumière, dit-il quand ils furent tous dans la pièce.

Orlando commença à tirer les rideaux mais Alain attrapa sa main.

— Laisse-moi faire, dit-il.

— Je me sens comme je l'étais quand je suis allé à l'extérieur, protesta Orlando.

— Fais-moi plaisir, plaida Alain. Si tu te trompes, cela pourrait te tuer et je ne veux pas te perdre.

Bien qu'une partie d'Orlando veuille insister, simplement pour prouver qu'il avait raison, il était touché par le souci d'Alain et il hocha donc la tête, puis se dirigea vers une zone de la pièce que le soleil n'atteindrait pas à cette heure. Jean vint se placer à côté de lui, entourant d'un bras ses épaules. Alain ouvrit les rideaux, vérifiant en le faisant que la lumière n'atteindrait pas l'endroit où les deux vampires se tenaient. Surpris par la posture de l'ancien vampire, Alain s'écarta des battants. Orlando sourit à Jean avant de passer sous son bras et de s'approcher du rayon de lumière en toute confiance. Alain surveilla Orlando avec un regard d'aigle et ne détectant aucun changement de couleur sur la peau de son vampire, il se détendit un peu, retournant son attention sur Bellaiche à la place. Jean progressa plus lentement, s'arrêtant après chaque pas pour voir si l'intensité croissante l'affectait. Enfin, il se tint debout à côté d'Orlando, baigné dans la chaude lumière du soleil d'automne.

— Viens dehors avec moi, dit Orlando. Regarde Paris dans la lumière du jour.

XIV

JEAN SE tenait parfaitement immobile sur le balcon d'Orlando, sentant la chaleur du soleil, revoyant les couleurs de la lumière du jour pour la première fois depuis plus de mille ans. Il connaissait la rue d'Orlando aussi bien que la sienne mais seulement dans l'ombre de la nuit. Il connaissait les sons de la ville animée, mais pas la vue. Il connaissait le parfum des feuilles tombées, mais pas leur couleur. Jusqu'à présent. Tout lui revenait, tous les souvenirs oubliés de l'enfance, de l'adolescence dans une ville largement différente de celle qui se tenait maintenant là où il n'avait connu que des terres agricoles. Il comprit soudain pourquoi Orlando avait dit qu'il était prêt à faire presque n'importe quoi pour goûter à nouveau le sang d'Alain. Le sang de Raymond donnerait à Jean une liberté qu'il n'avait pas connue depuis qu'il avait été transformé, durant les invasions vikings à la fin du Xème siècle.

À côté de Jean, Orlando de la même façon, se baignait dans le soleil, mais ses pensées se tournaient non pas vers l'extérieur mais vers l'intérieur, vers le sorcier qui avait rendu cela possible et à qui Orlando était maintenant personnellement lié. Les émotions qu'il ressentait, troublaient son cœur : le désir, la peur, l'anticipation, la luxure, tous se mélangeaient et menaçaient de le submerger. Il voulait aller à l'intérieur et ordonner aux autres de quitter sa maison, de le laisser seul avec Alain. Il empoigna fermement la rampe de fer du balcon, se gardant de se laisser emporter par le flot de ses émotions.

Intellectuellement, il savait ce qu'ils devaient faire des plans, qu'ils devaient décider comment faire avancer l'alliance maintenant que cette nouvelle voie s'offrait à eux. Ils devaient convaincre les autres vampires que le sang des sorciers était sans risque et que le bon sorcier pouvait même les protéger du soleil. De la même manière, ils devaient convaincre les sorciers d'offrir leurs poignets à un nombre inconnu de vampires jusqu'à ce qu'une correspondance puisse être trouvée, dans le simple but d'aider l'alliance.

D'après ce qu'Orlando pouvait en juger, tous les avantages personnels étaient du côté des vampires. Intellectuellement, il savait ce qu'ils devaient commencer à tout planifier, mais son instinct lui criait de rentrer et de finir de réclamer ce qui était sien.

Quand Jean s'agita et retourna à l'intérieur, Orlando le suivit. Il doutait qu'il se lasserait du soleil, mais il n'avait pas besoin de s'y attarder non plus. Avec Alain à ses côtés, il pourrait revenir sur le balcon quand il le voudrait. Il ne savait pas, cependant, combien de sang Jean avait pris de son sorcier et il ne voulait pas risquer une trop longue exposition au soleil pour son ami.

Dès qu'ils rentrèrent dans la pièce, Alain fut à nouveau à ses côtés, vérifiant sur sa peau qu'aucune trace de vieillissement cendré n'était présente, ce qui aurait indiqué une exposition excessive aux rayons du soleil, mais Orlando resplendissait la santé. Alain commença à fermer les rideaux, mais Orlando l'arrêta.

— Laisse entrer la lumière du soleil, au moins pendant un certain temps. Nous avons besoin de voir combien de temps nous pouvons résister à l'exposition.

Alain fronça un peu les sourcils mais y consentit. Il saurait garder un œil sur Orlando et insisterait pour fermer les rideaux au moindre changement.

— Que faisons-nous maintenant ? demanda Orlando en se tournant vers les autres.

Il ne pouvait peut-être pas les faire partir comme il le voulait, mais il pouvait faire en sorte que la conversation avance le plus rapidement possible.

— Si nous sommes vraiment en période d'essais et d'erreurs, commenta Adèle, je pense que la solution la plus simple serait de mettre autant de vampires et de sorciers que possible dans la même pièce et de laisser tout le monde chercher sa contrepartie.

Raymond frissonna, mais n'osa pas parler. Il ne voulait pas que Bellaiche risque de mal interpréter ce qu'il avait envie de dire. Thierry parla à sa place.

— Je ne connais pas beaucoup de sorciers qui soient désireux de se mettre en ligne pour être mordu, commenta-t-il d'un ton caustique, en dépit de l'enthousiasme apparent d'Adèle. Je veux dire, qu'ont-ils à y gagner ?

Elle lança un regard de reproche à Thierry.

— Des alliés, répliqua Jean.

— Mais est-ce vraiment nécessaire pour que l'alliance fonctionne ? poursuivit Thierry sans relâche.

— Pour que ça fonctionne ? demanda Alain. Peut-être pas. Mais toutes nos batailles ne se livrent pas de nuit comme tu le sais déjà. Certes, les vampires seront de bons alliés de nuit, mais tout ce que Serrier a à faire, c'est d'attendre jusqu'à ce que le jour se lève pour attaquer et nous serons de nouveau dans une impasse. Si les vampires peuvent se déplacer à la lumière du jour, comme Orlando et Jean viennent de le faire, alors nous aurons des alliés pour chaque bataille, pas seulement celles qui sont nocturnes.

— Était-ce si désagréable que ça d'être mordu ? demanda Adèle à Thierry.

Tous les regards de la salle se portèrent sur lui. Il se tortilla, mal à l'aise, alors qu'il tentait de formuler sa réponse.

— Ce n'était pas l'expérience dévorante qu'Alain avait semblé vivre, répliqua-t-il finalement.

— Parce que vous y avez résisté, intervint Jean. Je me demande si ce n'est pas l'idée qui vous dérange, plus que l'expérience en elle-même. Ou peut-être apprécieriez-vous les attentions d'un vampire femelle. C'est le cas pour certains hommes.

À côté de lui, Raymond frissonna discrètement de nouveau, la tension, même la peur le taraudant durement. Il voulait crier que toute l'expérience avait été désagréable, que personne ne devrait la subir, mais il préféra garder le silence.

— Les sorciers le feront si je le demande, dit Marcel. Et les vampires ? demanda-t-il à Jean

— La plupart, répondit Jean. Je ne les commande pas comme on commande une armée, mais ils accèdent en général à mes souhaits. La possibilité de pouvoir se déplacer à nouveau dans la lumière du jour devrait certainement influencer un grand nombre d'entre eux.

— Je suppose que nous devrions les rencontrer après la tombée de nuit, intervint Adèle. Dans le cas contraire, les vampires ne seront pas capables d'atteindre l'emplacement.

— Tôt le matin pourrait être encore mieux, suggéra Orlando. De cette manière, lorsque le soleil se lèvera, ils pourront immédiatement tester les avantages de leurs nouveaux partenariats.

— Le seul problème avec cette idée, répliqua Jean, c'est ce qui se passera avec tous ceux qui ne trouveront pas leur sorcier, quelle qu'en soit la raison. Ces vampires seront alors piégés sur lieu de la rencontre, jusqu'au coucher du soleil.

— Et si nous nous rencontrions assez tôt pour qu'ils aient tous encore le temps de rentrer en toute sécurité à la maison ? suggéra Alain. Je pense que cela pourrait convaincre les sceptiques des deux côtés s'il y avait une sorte de démonstration immédiate des avantages des associations. Nous ne voulons pas que quiconque décide que c'est inutile et fasse marche arrière.

— Le soleil se lève vers sept heures, dit Marcel. Pensez-vous qu'une heure laisserait assez de temps pour tous ceux qui n'ont pas trouvé de partenaire, de rentrer chez eux ?

— Je pense que oui, dit Jean. Le métro circule déjà à cette heure-là. Tant que nous choisissons un emplacement central, une heure devrait suffire.

— Et combien de temps pensez-vous que cette... dégustation va durer ? demanda Thierry avec une grimace de dégoût.

— Cela dépend de combien de personnes nous parlons, répondit Jean.

— À Paris ? demanda Alain. Près de deux cents. Plus si nous attendons assez longtemps pour que d'autres arrivent de plus loin.

— Chaque jour que nous attendons, des gens meurent, protesta Thierry. Des sorciers et des gens non-magique, sans distinction. Tout ce que nous allons faire, nous devons le faire aussi vite que possible avant que plus de personnes ne meurent.

Pendant qu'il parlait, Thierry refusa fermement de penser à Aleth. Il aurait le temps de s'en occuper lorsque cela serait réglé. Elle avait été un soldat. Les regrets étaient un luxe qu'il ne pouvait se permettre en ce moment. Peut-être lorsqu'ils auraient fini, Alain voudrait-il venir avec lui dans un bar pour qu'il puisse se saouler et se lamenter sur Aleth comme elle le méritait. Il jeta un œil à son ami qui regardait en biais le vampire ridiculement beau à ses côtés et changea ses plans. Alain n'irait clairement nulle part sans Orlando, et Thierry n'était pas prêt à admettre le vampire aussi loin dans la confidence. Pas encore. Il lui faudrait faire son deuil seul lorsque le moment serait venu.

— Il n'y a aucune raison pour que nous ne puissions le faire plus qu'une fois si nécessaire, souligna Jean. S'il y a des vampires qui ne viennent pas, pour une raison quelconque, et qui entendent parler des avantages, ils viendront certainement si on leur offre une seconde chance. Nous ne sommes pas tout à fait aussi nombreux que vous, mais comme vous, nous sommes présents sur tout le territoire. Si tous les vampires de Paris viennent, nous serons aux alentours de cent cinquante.

— Combien de temps aurons-nous besoin, alors, si nous voulons terminer pour six heures du matin ? demanda à nouveau Marcel.

— Deux heures, je pense, dit Jean. Même si tous les vampires ne mordent pas chaque sorcier, nous pouvons espérer qu'un nombre important d'appariements apparaîtra dans ce laps de temps.

— Nous pouvons leur dire exactement comment identifier leur partenaire une fois qu'ils auront goûté quelques gouttes de sang, dit Orlando. Ils n'auront pas à s'attarder ni à en prendre beaucoup. Nous devons leur faire comprendre qu'ils ne doivent pas se nourrir de tout sorcier autre que leur partenaire. Nous ne voulons pas qu'un sorcier soit vidé à la fin de la matinée.

— La prochaine question est de savoir où organiser la rencontre, dit Alain. Où pouvons-nous rassembler près de quatre cents personnes sans attirer l'attention de nos ennemis ?

— Quelque part où il y a une entrée cachée, répondit Thierry.

— Quelque part où personne ne ferait attention à quatre cents personnes de plus, suggéra Adèle.

Marcel se tourna vers elle.

— Tu as une idée. Tu veux bien la partager avec nous ?

— Les gares sont occupées par des trains à toute heure du jour et de la nuit. Si nous jetions un sort sur les portes de l'une des salles d'attente afin de ne permettre qu'aux sorciers et aux vampires d'entrer, nous pourrions nous réunir là-bas et personne ne remarquerait le trafic supplémentaire, spécialement si nous suggérons à ces personnes d'arriver à intervalles réguliers.

— C'est une bonne idée, admit Jean avec admiration.

— Je suis plus qu'un joli visage, dit Adèle avec malice.

Elle commençait à penser que c'était tout aussi bien qu'elle ne soit pas assortie à Jean. Elle savait qu'il devait être relativement ancien pour être devenu le chef de file des vampires. Elle avait déjà assez de mal à convaincre les hommes modernes de la prendre au sérieux en raison de son joli visage. Elle n'avait aucune envie de se battre contre des habitudes ancrées depuis des siècles.

— C'est ce que je vois, commenta Jean.

Raymond se tortilla, mal à l'aise de l'attention que Bellaiche portait à Adèle. Sa magie ne lui avait rien fait. Pourquoi continuait-il de flirter avec elle ? La pensée le choqua. Il ne voulait certainement pas de l'attention de Bellaiche pour lui-même, alors pourquoi se souciait-il à qui le vampire donnait-il son attention ? Il devrait être heureux que cette attention ne soit pas focalisée sur lui.

— Quelle gare ? demanda Orlando.

Paris avait sept gares. Ils devaient décider laquelle utiliser.

— Gare de Lyon, suggéra Thierry. Ce n'est pas la plus centrale, mais la gare Saint-Lazare n'a pas le genre de salle d'attente dont nous aurions besoin. Ce sera plus facile pour tout le monde de rentrer chez eux à partir de là.

— Alors, il ne nous reste plus qu'à décider quand cela doit se faire, dit Marcel. C'est déjà l'après-midi. Je doute de pouvoir passer le mot à tout le monde d'ici demain matin.

— Je sais que je ne peux pas, acquiesça Jean. Même si je commençais au coucher du soleil, le mot ne serait pas passé à tout le monde à temps. Qu'en est-il du matin suivant ?

— Oui, dit Marcel. Cela nous laisserait assez de temps.

— Bien, dit Jean. Nous faisons comme ça alors, rendez-vous à la gare de Lyon, à quatre heures du matin.

— Dans la salle d'attente à côté des voies principales, pas celle à côté du RER. Elle est trop petite, ajouta Adèle.

Orlando vit Alain étouffer un bâillement alors qu'Adèle terminait. Il était temps pour tout le monde de s'en aller. Ils ne le savaient tout simplement pas encore.

— Bien, annonça-t-il. Maintenant que nous avons pris les décisions, je suggère que nous laissions Alain et Thierry se reposer un peu, afin que tous les autres travaillent sur la mise en place des plans en action. Nous pouvons nous retrouver ici après le coucher du soleil demain pour finaliser tous les détails.

Marcel et Thierry regardèrent tous les deux Orlando avec surprise, mais il était déjà debout et se dirigeait vers la porte. Les sorciers rassemblèrent leurs manteaux dans le but de partir.

— Est-ce que tu restes ? demanda doucement Orlando à Alain.

Ce dernier hocha la tête et attendit aux côtés d'Orlando jusqu'à ce que les autres soient prêts à partir. Thierry leva un sourcil interrogateur vers Alain qui secoua la tête pour assurer à Thierry qu'il voulait rester.

Alors que la porte se refermait derrière les autres sorciers, Alain entendit le bruit des volets et des rideaux qui se fermaient.

— Après plus de mille ans, la lumière du soleil rend Jean nerveux, expliqua Orlando.

— C'est compréhensible, convint Alain, essayant de cacher un autre bâillement.

Il était debout depuis plus de vingt-quatre heures et il commençait vraiment à le ressentir.

— Va te coucher, l'exhorta Orlando. Je vais dire à Jean de faire comme chez lui et de sortir à la tombée de la nuit. Ensuite, je viendrai te rejoindre.

La fatigue d'Alain s'enfuit alors qu'il regagnait la chambre d'Orlando, tremblant d'impatience. Même si tout ce qu'ils faisaient était dormir, c'était encore plus d'intimité qu'Alain n'en avait partagé avec quiconque depuis son divorce. Peu importe ce qu'il faisait, il dormait seul.

Plus maintenant, pensa-t-il avec un sourire tremblant alors qu'il s'asseyait sur le bord du lit d'Orlando et enlevait ses chaussures. Il se pencha et ôta ses chaussettes, puis se leva pour retirer son chandail et son pantalon. Il les plia et les déposa sur la commode. Vêtu seulement de son tee-shirt et de son boxer, il se glissa sous les couvertures et rampa dans le lit de son vampire. Il tendit la main pour toucher du doigt la marque sur son cou. Elle lui faisait toujours mal, même quand il ne la touchait pas, mais plus au point d'en être distrait.

Il allait devoir remercier Thierry pour cela à un moment donné.

Puis il vit la poignée de la porte tourner et il oublia tout ce qui se trouvait en dehors de cette chambre.

DANS LE salon, Jean fixait les rideaux tirés et la porte fermé. Il restait au moins quatre heures jusqu'au coucher du soleil. Il attrapa un magazine et se résigna à une attente solitaire.

XV

ORLANDO S'ARRÊTA à l'entrée de sa chambre pour regarder ce qu'il voyait dans son lit. La couette cachait Alain au-dessous de la taille, mais l'imagination d'Orlando pouvait remplir les détails manquants et ce qui lui était révélé était plus que suffisamment magnifique pour le moment. Le sorcier – son sorcier – était assis avec seulement ses sous-vêtements et un tee-shirt moulant révélant la forme de son corps, alors même qu'il le cachait. Dans la pénombre de la lampe, Alain était tout d'or et d'ombre. Son visage ciselé attira le regard d'Orlando. Il étudia avec attention le visage élégant, le front large et haut, à peine froissé par les signes de l'âge ou de l'inquiétude, les pommettes saillantes, le nez aquilin qui sous-entendait un héritage noble, la mâchoire forte qui criait presque la force de son caractère, les lèvres charnues qui avaient embrassé Orlando quatre fois déjà et promettaient des délices indicibles, la chair roussie juste en-dessous de son oreille, témoin des vœux d'Alain et de leur lien et enfin, les profonds yeux bleus encadrés par de fines lignes, qui attirèrent le regard d'Orlando et le retinrent pour de longs, d'innombrables moments alors qu'ils étaient sur le point de passer au prochain stade de leur relation.

Aucun d'entre eux n'était assez naïf pour ne pas comprendre ce qui se passerait quand Orlando rejoindrait Alain au lit. Peut-être pas tout de suite, mais bientôt. Cet après-midi, au plus tard ce soir. Ils s'étaient rencontrés en émissaires, ils étaient devenus partenaires dans l'alliance ; ils s'étaient jurés fidélité l'un à l'autre, et maintenant, ils allaient franchir l'étape finale et devenir amants, des partenaires dans tous les sens du terme pour le reste de la vie d'Alain.

Orlando lut cette prise de conscience dans les yeux d'Alain, comme il était sûr qu'Alain pouvait la lire dans les siens. Finalement, il brisa le contact et laissa ses yeux errer plus bas, sur les bras et la poitrine d'Alain. Le désir

100

brillait dans les profondeurs des yeux chocolat d'Orlando alors qu'il traçait chaque courbe, chaque ligne du torse d'Alain des yeux. Son futur amant n'était peut-être plus un jeune homme selon les normes des mortels, mais le fait qu'il ait pris de l'âge n'enlevait rien à son charme aux yeux d'Orlando. Le vampire pouvait voir la force des bras d'Alain même lorsqu'ils étaient au repos, sachant sans aucun doute que cette force serait utilisée pour le protéger, jamais pour le blesser. Il attendait avec beaucoup d'impatience de sentir ces bras s'envelopper autour de lui et le tirer fermement. Sous le tee-shirt serré, Orlando pouvait voir le contour d'une poitrine solide et d'un ventre ferme. Son propre buste se serra alors qu'il s'imaginait se blottissant contre la peau d'Alain, apprenant ses textures. Sa peau était-elle lisse ou serait-elle recouverte d'un duvet ? Orlando était impatient de le découvrir, mais il ne voulait pas précipiter ce moment de découverte. Il voulait savourer chaque seconde qui passait, chérir tous les secrets qui lui seraient révélés.

Alain resta immobile sous l'œil attentif d'Orlando, attendant que le vampire s'approche. Ils devraient apprendre à connaître les indices révélateurs l'un de l'autre, leurs préférences, leurs désirs, tout cela prendrait du temps, mais d'abord, ils devaient surmonter l'obstacle de l'intimité. Prenant une profonde inspiration, Alain leva la couverture en une invitation non déguisée.

C'était tout ce dont Orlando avait besoin. Il traversa la pièce en un clin d'œil, se mettant à genoux sur le lit à côté d'Alain. Encore une fois, il regarda le visage d'Alain, scrutant de près les détails qui lui avaient échappés depuis l'encadrement de la porte : la longue et fine cicatrice sur sa pommette droite, la fossette sur son menton, le début de barbe qui assombrissait ses joues. Une main se leva, presque de sa propre initiative, pour caresser la joue d'Alain avec tendresse. Les doigts de son autre main balayèrent gentiment le front d'Alain. Il traça délicatement la courbe d'un sourcil, sentant les cheveux doux chatouiller ses phalanges.

Les yeux d'Alain se fermèrent alors qu'Orlando caressait son sourcil. Ce n'était qu'un simple toucher, à peine plus, pourtant c'était la caresse d'un amant, un frôlement qui en disait tellement plus qu'une simple relation sexuelle. C'était une promesse de tendresse, d'attention, de soins au-delà du plaisir. Puis le contact se déplaça vers sa tempe avant de descendre plus bas, vers une pommette pour suivre le tracé de sa peau. Le doigt inquisiteur s'attarda un instant sur sa cicatrice.

— Ce n'est rien, dit Alain. Un accident stupide, guéri depuis longtemps.

Orlando accepta les explications d'Alain mais il baissa tout de même la tête pour embrasser la cicatrice. Il voulait embrasser toutes les cicatrices d'Alain comme si sa langue pouvait guérir ces blessures aussi facilement qu'elle pouvait refermer les incisions de ses crocs. La main couvrant la joue d'Alain se déplaça plus bas pour couvrir la marque sur son cou, la protégeant comme il voulait passer sa vie à protéger Alain. La main de ce dernier vint serrer celle d'Orlando, comme pour le rassurer que le contact, aussi bien que la cicatrice, étaient les bienvenus.

Orlando sourit et recouvrit la nuque d'Alain de sa main, tirant le sorcier vers lui pour un baiser. Son autre main glissa sur son épaule, sentant des muscles solides, une force qui attirait Orlando, puis glissa vers le bas, sur sa poitrine recouverte de tissu. Il pouvait sentir la chaleur de la peau d'Alain suinter à travers le coton.

— Est-ce vraiment nécessaire ? demanda-t-il en rompant le baiser pour lui montrer le tee-shirt.

En réponse, Alain le fit passer par-dessus sa tête, le laissant nu jusqu'à la taille. Orlando s'assit sur ses talons et se perdit devant le spectacle qui s'étalait devant lui. La poitrine d'Alain était recouverte d'une légère toison blond foncé qui voilait légèrement ses mamelons puis se réduisait en une ligne fine pointant vers son aine. La bouche d'Orlando saliva. Cet homme, ce glorieux et bel homme était à lui. Il se pencha pour l'embrasser et sa chemise entra en contact avec la poitrine nue d'Alain.

Le baiser était toujours tendre, mais plus insistant que le précédent. La langue d'Orlando taquina le long pli de ses lèvres. Alain les sépara volontiers, donnant sans complexe à Orlando un accès à sa bouche. Le vampire réagit immédiatement, mais il ne poussa pas simplement à l'intérieur comme Alain s'y attendait. Au lieu de cela, il continua à taquiner et à goûter, effleurant sa langue contre les dents d'Alain, ses lèvres, son palais, appelant la langue du sorcier à sortir et à jouer.

Alain retourna les attentions d'Orlando dans leur intégralité, apprenant la texture de ses lèvres, de ses dents, de sa langue et de son palais. Il était surpris de ne pas sentir les crocs d'Orlando alors qu'ils s'embrassaient. Quand ils se séparèrent, il murmura :

— Je suis désavantagé.

Orlando le regarda, confus. Alain saisit l'ourlet de la chemise d'Orlando. Comprenant où il voulait en venir, Orlando déboutonna rapidement sa chemise et la jeta négligemment de côté. Il se soucierait de ses vêtements plus tard. Pour le moment, il était seulement intéressé par Alain.

C'était au tour de ce dernier de regarder. Orlando était lisse et doux, ses muscles clairement définis mais pas trop développés. Il rappela à Alain les

102

panthères qu'il avait vu au zoo, tout en grâce mortelle et en vitesse fatale. Il leva une main vers le côté d'Orlando, ayant besoin de ce contact pour se stabiliser contre les assauts du désir comme il regardait son amant.

Orlando laissa courir ses doigts dans les cheveux courts d'Alain.

— Est-ce mieux ? demanda-t-il.

La main d'Alain glissa un peu plus bas, à la ceinture du pantalon d'Orlando.

— Mieux, reconnut Alain. Mais pas parfait.

Souriant pour cacher la nervosité qu'il dissimulait sous son désir, Orlando se leva et détacha sa ceinture, défaisant lentement les boutons et la fermeture éclair de son pantalon avant de le laisser tomber sur le sol. L'enjambant nerveusement, il s'arrêta un instant pour laisser Alain regarder, espérant recevoir l'approbation de son amant avant de revenir sur le lit, à cheval sur les cuisses d'Alain.

Alain sentit la pression bienvenue du poids d'Orlando sur ses jambes alors que ses mains s'installaient sur les flancs du vampire, le stabilisant. Il avait l'impulsion irrésistible de toucher chaque centimètre de la peau d'Orlando, aussi complètement et aussi rapidement que possible, mais un instinct inconnu l'avertit de laisser son compagnon fixer le rythme pendant un certain temps, jusqu'à ce qu'il apprenne à faire davantage confiance à Alain.

Sa patience paya. Les mains d'Orlando retournèrent aux épaules de son amant, traînant légèrement sur ses bras et son dos, s'attardant sur ses poignets et l'intérieur de ses coudes quand il vit que le sorcier était sensible à ces endroits. Il croisa les yeux d'Alain et se sentit sombrer dans une mer bleue. Ses doigts s'immobilisèrent sur les bras d'Alain et il resta simplement assis là, pendant un moment, à dériver sur le désir du regard du sorcier, la chaleur le baignant de sa lumière, corps et âme. Il s'était cru damné, mais dans les yeux d'Alain, il voyait le salut.

Alain pouvait lire l'agitation sur le visage d'Orlando, mais n'en connaissait pas la cause. Au lieu de demander, il tendit la main et caressa la joue du vampire, lui offrant confort ou réconfort, selon les besoins d'Orlando.

Le geste brisa la tension qui maintenait Orlando immobile. Il se pencha dans la caresse, les doigts de l'autre main d'Alain effleurant ses lèvres, puis il quitta le regard du sorcier et accorda son attention au corps de son amant. Il glissa les doigts dans le duvet qui recouvrait la poitrine d'Alain, une texture si différente de sa propre peau lisse, et pendant un long moment, la toucha simplement, la sentit et apprécia la sensation différente. Finalement, cependant, voulant plus que simplement toucher, ses doigts commencèrent à se déplacer, à caresser la large poitrine d'Alain, pour tester la fermeté des muscles et la sensibilité de la peau.

Alain se sentit durcir sous les couvertures et fut heureux de la protection qu'elles fournissaient. Le rythme de ce petit jeu lui faisait penser que, malgré ses paroles dans le cimetière où ils s'étaient rencontrés, Orlando n'avait pas pris d'amant depuis un certain temps. Alain ne voulait pas que ses réponses aux attentions d'Orlando mettent la pression au vampire, en aucune façon. Il n'y avait pas d'urgence. Il n'avait rien à faire avant le coucher du soleil du lendemain. Ils pouvaient prendre leur temps pour apprendre chacun le corps de l'autre et établir leur intimité.

Il ferma les yeux et s'adossa contre la tête de lit pour mieux surfer sur les vagues du désir qui coulaient à travers lui au contact d'Orlando.

Lorsque le contact ne fut plus suffisant, Orlando se recula pour goûter ce qu'il avait récemment caressé : le creux de la clavicule d'Alain, les crêtes de son sternum, les lignes de ses côtes. Les doigts d'Alain étaient rivés à ses cheveux, mais Orlando ne ressentit que des encouragements, pas de directives. Malgré cela, il attrapa les doigts errants les jumela avec les siens, les épinglant sur les côtés d'Alain.

En veillant à garder ses crocs rétractés, il pinça légèrement la peau d'Alain, savourant les accrocs dans la respiration du sorcier qui accompagnaient chaque morsure. Il traça minutieusement un chemin sur la poitrine de son amant jusqu'à ce que ses lèvres prennent un mamelon douloureux. Les doigts d'Alain se resserrèrent par réflexe sur Orlando, désireux de pousser sa chair plissée plus loin dans la bouche du vampire.

Il n'eut pas besoin de s'inquiéter.

Orlando était tout aussi impatient qu'Alain d'accroître la caresse. Il tira, d'abord doucement, puis avec plus de force, sur le mamelon, le léchant de sa langue et le mordillant de ses dents alternativement.

Alain était pris dans un tourbillon de désir provoqué par les attentions d'Orlando. Son souffle se figea dans sa gorge alors que le vampire continuait de lécher sa peau sensible. Il lutta pour reprendre son souffle, certain que si Orlando continuait de lui prodiguer son attention comme il était en train de le faire, il perdrait complètement le contrôle.

Comme s'il sentait qu'Alain avait atteint ses limites, Orlando libéra son mamelon et traça un chemin avec ses lèvres vers le cou d'Alain à sa bouche. Le sorcier s'accrocha à sa bouche comme un homme qui se noie, laissant ce contact l'ancrer alors que la luxure et le désir balayaient tout son corps.

— S'il te plaît, murmura-t-il, incapable de formuler ce dont il avait besoin.

Il savait seulement qu'Orlando tenait la clef du paradis dans ses mains.

Orlando comprit le plaidoyer sans paroles d'Alain. Il se mit à côté du sorcier, l'encourageant à glisser plus bas dans le lit, se glissant sous les couvertures pour aligner leur corps.

Alain haleta sous la sensation de la chaleur du corps d'Orlando contre le sien. Il pouvait sentir l'excitation du vampire pressée contre sa hanche. Il se tourna sur le côté, l'attirant dans ses bras.

Orlando profita de cette nouvelle position pour laisser courir ses mains sur le dos d'Alain avant d'attirer ses hanches contre les siennes. Ils se frottèrent l'un contre l'autre, accroissant leur excitation, les amenant près de leur paroxysme.

Enfin, Orlando se déplaça suffisamment pour pouvoir glisser sa main entre leurs corps et caresser l'érection d'Alain. Les hanches du sorcier s'avancèrent instinctivement dans sa caresse, encourageant Orlando à en augmenter à la fois la pression et la vitesse. Ses lèvres remuèrent contre l'oreille d'Alain.

— As-tu la moindre idée de l'étendue de ta beauté ? demanda Orlando alors qu'il continuait à le masturber. Une idée d'à quel point c'est étonnant pour moi que tu sois ici avec moi, que tu me fasses assez confiance pour porter ma marque, pour me laisser te toucher, t'embrasser, te tenir ? Je veux te voir jouir, je veux te faire jouir, viens, murmura-t-il.

Et Alain jouit, victime de la voix rauque d'Orlando, des taquineries de son souffle, de ses doigts talentueux et de ses mots excitants. La main d'Orlando relâcha son sexe, caressa doucement sa poitrine puis sa joue.

Alain voulait lui retourner la faveur, pour qu'Orlando ressente aussi ce qu'il lui avait fait ressentir, mais l'énergie artificielle de son désir s'était envolée avec son orgasme, et l'épuisement de sa nuit blanche finit par le rattraper. Il se battit pour garder les yeux ouverts mais les doigts d'Orlando glissèrent devant eux, fermant ses paupières.

— Dors, murmura le vampire de cette même voix sexy. Je veillerai sur tes rêves.

XVI

Dès que la porte de l'immeuble d'Orlando se referma derrière eux, Marcel congédia Thierry.

— Va t'occuper d'Aleth, dit Marcel. Je ne veux pas te revoir jusqu'à ce que nous nous retrouvions ici demain au coucher de soleil.

Thierry commença à protester comme Marcel savait qu'il le ferait.

— Tu ne peux planifier cela seul, Marcel, insista-t-il. D'autant plus qu'Alain... dit-il en agitant désespérément la main vers l'appartement derrière eux.

— Alain et toi n'êtes pas mes seuls collaborateurs, lui rappela gentiment Marcel. Ton premier devoir maintenant est envers Aleth. Va à Versailles. Réclame son corps et prends les dispositions qui conviennent le mieux. Donne-toi le temps de faire ton deuil de sorte que tu puisses faire ce qui doit être fait demain soir et plus tard.

Thierry finit par céder et laissa les trois autres sorciers.

— Maintenant, dit Marcel, en se tournant vers Raymond et Adèle, nous avons du travail sur la planche. Avec Alain épuisé et Thierry ayant besoin d'enterrer sa femme, la responsabilité vous en incombe à tous les deux. Je sais que vous ne me décevrez pas.

— Que voulez-vous que je fasse ? demanda Adèle alors qu'ils marchaient vers la station de métro.

— J'ai besoin de toi pour préparer la salle d'attente pour notre rencontre, lui dit Marcel. Jette un sort sur la porte afin que seuls les vampires et les sorciers de la Milice puissent entrer après minuit demain. Lorsque tu auras fini, reviens au siège et nous verrons ce qu'il reste à faire.

Adèle hocha la tête et prit la direction du sud, celle de la gare de Lyon. Marcel se tourna vers Raymond.

— Peux-tu venir avec moi et aider à faire passer le mot au sujet de la réunion ?

Raymond hocha la tête et suivit Marcel sur le quai opposé pour attraper le métro en direction du nord. Ils retournèrent au quartier général de la Milice et commencèrent à appeler les officiers supérieurs. Chacun devraient s'adresser à ses subordonnés, descendant la chaîne de commandement, jusqu'à ce que tous les sorciers de la ville aient été contactés.

— Comment allons-nous organiser cela jusqu'à ce que tout le monde arrive ? demanda Raymond.

— Nous allons devoir expliquer le but et la méthode de l'alliance, répondit Marcel. Les sorciers verront certainement la valeur d'alliés supplémentaires et les vampires, espérons-le, devraient être tentés par la possibilité de se déplacer à la lumière du jour. Nous devrons, Alain, toi et moi prouver aux sorciers que l'appariement ne leur fera aucun mal.

— En sommes-nous vraiment certains ? lâcha Raymond.

Quand Marcel le regarda, surpris, il se rendit compte que ses mots pouvaient être mal interprétés. Il hésita, ne sachant pas comment procéder, mais il n'y avait plus moyen de faire marche arrière. Il devait s'expliquer, d'une manière qui ne rendrait pas Marcel méfiant vis-à-vis de lui.

— Regardez ce que cela a fait à Alain. Il s'est offert à cette créature.

Marcel secoua tristement la tête. Il allait devoir travailler sur l'attitude de Raymond.

— Il l'a fait, accorda Marcel, tout comme Orlando s'est offert à Alain, mais cela ne concerne qu'eux. Cela n'a aucune incidence sur l'alliance. Tu devrais me connaître assez pour te rendre compte que je n'aurais pas accepté ces conditions. Les partenariats qui se formeront lorsque nous nous réunirons demain seront fonctionnels. Quand nous planifierons une attaque, nous nous rencontrerons et donnerons aux vampires une chance de prendre ce dont ils ont besoin. Quand ce sera fini, après le débriefing, tout le monde ira de son propre chemin jusqu'à ce qu'il soit temps de se battre à nouveau. Ce qu'Alain et Orlando ont choisi de faire ensemble est leur choix. D'autres pourront peut-être faire le même choix, mais ce sera à chaque paire de décider. Tu n'as pas à voir Bellaiche en dehors de l'appel du devoir. Tu n'as pas à lui en donner plus que ce dont il a besoin pour survivre à la lumière du soleil. C'est sur ce point que nous allons insister auprès des deux côtés demain.

— J'aimerais pouvoir croire que cela fonctionnera ainsi, dit Raymond, mais que se passera-t-il si Bellaiche se met à vouloir aller dehors tous les jours au lieu de ne le faire que pendant les combats ?

— Tant que tu lui donneras ce dont il a besoin pour se battre, tu pourras lui refuser le reste du temps, répondit Marcel. S'il essaie de te forcer, arrête-le. Ne lui fais pas de mal, mais définis clairement les limites.

Marcel regarda l'horloge.

— Rentre chez toi. Tu es en congé jusqu'à demain au coucher du soleil. On se retrouve à l'appartement d'Orlando à la tombée de la nuit.

Raymond accepta son congé et partit. Enfin seul, Marcel laissa échapper le soupir qu'il avait retenu. Il savait que les autres sorciers partageraient les préoccupations que Raymond venait d'exprimer. Il aurait aimé avoir un moyen de contacter Bellaiche. Ils avaient besoin d'être parfaitement clairs avant la réunion des sorciers et des vampires sur les limites de l'alliance.

De toute évidence, les jumelages individuels pourraient convenir d'étendre leurs relations, mais Marcel ne voulait pas que ses soldats se sentent contraints à quoi que ce soit. Rien, apparemment, ne serait simple, d'autant plus qu'Alain et Orlando avaient renforcé leur relation maintenant au-delà de ce qui serait les normes pour l'alliance. Marcel pouvait facilement imaginer qu'un grand nombre de vampires voudraient de ce genre de relation, mais il ne savait pas combien de sorciers ressentiraient la même chose. Il repensa à la morsure qu'il avait lui-même expérimentée. Il imaginait que l'effet ressenti variait en fonction de chaque vampire, comme un baiser variait suivant la personne qui le donnait, mais différemment. Bellaiche avait était très professionnel dans sa façon d'approcher Marcel, pas du tout intime comme Thierry avait dit que les vampires considérait ce geste. La morsure des crocs de Bellaiche avait piqué un peu, mais seulement un bref instant. Puis, il y avait eu seulement un sentiment curieux de tirage lorsque Bellaiche lui avait sucé le sang. Dans l'ensemble, ce n'était pas une expérience désagréable dans son esprit, pas plus que cela ne l'avait été pour Alain, il le savait, bien qu'ils n'en aient pas parlé exactement dans ces termes. Alain ne se serait jamais engagé envers Orlando de cette façon s'il avait trouvé le partage de son sang problématique.

Il n'était toujours pas sûr de savoir comment leur relation aurait un impact sur l'alliance. Il était presque sûr qu'ils feraient tous les deux tout leur possible pour que l'alliance soit un succès, puisque toute tension entre les deux communautés ne ferait que compliquer énormément leurs vies et leurs relations. Il aurait à décider ce qu'il faudrait dire aux autres à leur sujet. Tous ceux qui les verraient ensemble se rendraient rapidement compte qu'ils étaient plus que de simples alliés. Leur langage corporel avait crié leur intimité avant qu'ils n'aient fait plus que partager le sang d'Alain. Lorsqu'ils seraient amants, comme Marcel était sûr qu'ils le seraient la prochaine fois qu'il les verrait, il était sûr que leur connexion serait évidente, même pour les esprits les plus simples. Alors que Marcel n'avait aucun problème avec cette intimité, il espérait que les autres ne la verraient pas comme un précédent. Il pouvait essayer d'expliquer leur lien, mais ils ne le comprendraient pas vraiment. Ce serait peut-être mieux de simplement décrire les exigences de l'alliance et laisser Alain donner ses propres explications à toute personne assez hardie pour en demander.

Marcel connaissait Alain depuis plus de vingt ans, depuis que le jeune sorcier s'était présenté, à la recherche d'un emploi. Marcel avait été impressionné par l'audace du jeune homme et par sa puissance, bien qu'il soit inexpérimenté. Il avait pris Alain comme assistant et avait guidé le jeune homme à travers ce qu'il devait savoir sur la magie et la sorcellerie. Quand il s'était rendu compte qu'Alain prenait toutes les leçons de Marcel à la maison pour les montrer à son ami, il avait également recruté Thierry. Il avait aussi aidé Alain à travers son mariage et la mort de sa femme et de son fils dans un acte de violence aléatoire, tel qu'il était paru alors, ce qui avait marqué le début de la guerre. Bien que son mariage ait été un désastre, Alain avait adoré son fils et le perdre avait été déprimant. Seul le début des hostilités avait sorti Alain de son isolement auto-imposé. Marcel pouvait deviner, à partir de ce que Bellaiche avait dit, qu'Orlando avait été grièvement blessé par le passé. Marcel ne savait que trop bien les blessures qui se dissimulaient sous la façade calme d'Alain. Il espérait que chacun d'eux trouveraient la voie de la guérison, ou tout au moins le réconfort dans les bras l'un de l'autre. Alain le méritait certainement, et Marcel pensait que c'était probablement aussi le cas d'Orlando.

Ramenant ses pensées aux questions pratiques, il chercha un modèle pour les couples auxquels ils n'avaient pas encore pensé, de façon à accélérer le processus de recherches pour les correspondances. Il voulait minimiser le nombre de fois où chaque sorcier devrait être mordu, si possible, mais rien ne lui vint à l'esprit. Il espérait seulement que Bellaiche aurait suffisamment de contrôle sur les vampires pour les empêcher de prendre plus que nécessaire sur chaque sorcier. Le reste serait à la hauteur de chaque individu. Convaincu d'avoir fait tout ce qu'il pouvait jusqu'à la nouvelle rencontre à l'appartement d'Orlando, il se leva et alla se reposer, faisant coulisser la porte de son bureau qui se referma derrière lui.

ADÈLE REGARDA la porte de métro se refermer entre elle et le quai où Marcel et Raymond attendaient toujours. Alors que la rame prenait de l'élan, elle commença à envisager l'ampleur de la tâche à accomplir. Ce ne serait pas un sort facile, dissimuler la salle d'attente pour que les gens la voient sans vouloir y entrer. Cela aurait été plus simple de la rendre invisible, de faire que les murs apparaissent solides, mais si elle faisait ça, les gens pourraient remarquer que les sorciers et les vampires disparaissaient à travers ladite paroi solide. Les gens non-magiques pourraient imputer cela à la fatigue à quatre heures du matin, mais si les sorciers traînaient autour, ils pourraient le remarquer. Elle devait rendre son sort plus difficile. Elle prévit les différentes couches dans sa tête. Elle devrait le jeter en plusieurs étapes afin de supprimer l'intérêt pour la porte et dissimuler l'intérieur des regards indiscrets et des sorts.

Elle arriva à la gare et traça son chemin jusqu'à la salle d'attente, hors des voies principales. La salle était presque vide quand elle entra dans le périmètre eu lança la première couche du sortilège, un sort contraignant auquel elle pourrait adjoindre les autres couches. Quand ce fut fini, elle prit un siège, près d'un mur et d'une famille qui attendait son train, tapant du pied avec impatience, les regardant sans les voir, marmonnant dans sa barbe. Pour quiconque regardait, elle apparaissait simplement comme une autre voyageuse impatiente. Les mots qu'ils ne pouvaient pas entendre, cependant, étaient la couche suivante du sortilège, celle qui rendrait la porte sans intérêt pour tous ceux qui la regarderaient. Espérant que cela fonctionnerait et que la famille déjà dans la salle la quitterait bientôt.

Pendant qu'elle attendait, elle regarda autour d'elle, essayant de s'imaginer l'espace rempli par ses collègues et les vampires. Elle pouvait voir, dans son esprit, les moments délicats alors que les vampires approcheraient les sorciers, demandant à goûter leur sang, ou lorsqu'un sorcier approcherait un vampire en lui offrant son poignet. L'image qui lui vint à l'esprit ne lui rappela rien de plus que le bal du collège, avec des adolescents qui essayaient de demander à l'objet de leur désir de danser, et des filles essayant de flirter avec celui qu'elles avaient choisi pour attirer son attention. Elle tenta de s'empêcher d'éclater de rire à la comparaison.

La famille partit finalement, ce qui permit à Adèle de renforcer ses sorts. D'abord, elle jeta un sort de dissimulation, créant l'illusion de rideaux sur les fenêtres. Un sort d'alarme suivit ensuite, pour alerter quiconque dans la salle si la porte était ouverte par tous ceux qui pourraient être considéré comme des ennemis. La dernière étape était la plus difficile. Elle devait modifier les sorts de sorte qu'ils n'affectent ni les vampires ni les sorciers de la Milice, mais fonctionneraient sur les mortels et les sorciers rebelles.

Elle regarda autour d'elle une dernière fois, l'impatience se répandant à travers elle. Elle savait que beaucoup de ses collègues réagiraient comme Thierry et Raymond l'avaient fait, préférant éviter les vampires et ne faisant partie de l'alliance que par devoir. Elle, cependant, se faisait une joie de l'expérience. Elle avait ressenti un frisson quand les crocs de Bellaiche avaient percé sa peau et que ses lèvres avaient remué sur son poignet. Elle avait le sentiment que cela pouvait être une expérience incroyablement sensuelle avec le bon vampire. Alain semblait le penser également, si sa fascination pour Orlando était une quelconque indication. Il ne pouvait détacher ses yeux du vampire, même lorsque l'espace d'une pièce les séparait. Il avait été mordu à plusieurs reprises, et était prêt à le refaire encore et encore, pour le reste de sa vie. Il avait clairement trouvé quelque chose dans l'expérience qui méritait d'être répété. Elle espérait juste que son vampire serait en mesure de lui fournir cette expérience. Sinon, peut-être que Bellaiche serait prêt à la satisfaire en dehors des limites de l'alliance.

Après coup, elle ajouta un sort de plus pour l'alerter si quelqu'un altérait sa magie avant la réunion. Puis, exténuée par la puissance qu'elle avait consacrée à la préparation de la salle, elle rentra chez elle pour rêver d'un vampire sans visage aux crocs sexys. Elle ferma derrière elle la porte de la salle d'attente en y sortant.

RAYMOND REGARDA la porte close du bureau de Marcel. Congédié. Marcel l'avait rejeté avant qu'il puisse convaincre le vieux sorcier de renoncer à cette folie. Il avait fait tout ce que Marcel lui avait demandé, même au point de laisser cette créature immonde le mordre – deux fois – et Marcel n'avait toujours pas suffisamment confiance en lui pour écouter ses préoccupations. Il ne savait pas ce qu'il pourrait faire pour gagner sa confiance. Marcel voulait trouver le quartier général de Serrier et l'attaquer, mais Serrier avait déménagé sa base après la défection de Raymond, ne laissant rien que de la poussière pour Marcel et ses sorciers quand Raymond leur en avait donné la localisation. Il avait pensé y retourner en tant qu'agent double, mais sa défection avait été trop publique. Serrier ne croirait jamais qu'il rentrait dans le rang. Il ordonnerait que Raymond soit torturé et tué s'il pouvait le capturer. Tout ce que Raymond pouvait faire, c'était de suivre les ordres de Marcel et d'espérer que le vieil homme ne douterait jamais de sa sincérité. Malheureusement, cela signifiait se soumettre au vampire. Chaque particule de son être hurlait en signe de protestation à cette pensée. La notion même était odieuse, malgré l'attrait extérieur de ce long corps mince et de ces cheveux foncés mi-longs. Il ne pouvait tout simplement pas s'asseoir tranquillement et laisser le vampire le vider complètement. Il se retourna et quitta le siège, se dirigeant vers son propre appartement.

Les vampires étaient des tueurs impitoyables, des assassins de sang-froid, des meurtriers qui ne pouvaient penser au-delà de rassasier leurs désirs non naturels, et Marcel était d'accord avec ça, appelant l'ensemble des sorciers à les satisfaire, comme des moutons à l'abattoir. Alain était déjà tombé sous le charme. Indépendamment de ce que Marcel disait, Raymond ne pouvait pas comprendre comment Alain avait pu agir de son propre gré. Raymond n'aimait pas particulièrement l'autre sorcier, mais il le respectait. Il ne voulait pas que l'on fasse du mal à Alain, mais ce dernier n'avait même pas écouté Thierry. Il ne l'aurait donc certainement pas écouté, lui. Il espérait qu'Alain serait assez fort pour combattre dans les batailles à venir. Raymond avait encore le sentiment d'être vidé, et ce depuis le moment où Bellaiche l'avait mordu plus tôt, et cela n'avait pourtant été qu'un petit goûter.

Alain avait offert au vampire de se nourrir sur lui à chaque fois qu'il le voudrait. Il mourrait en quelques semaines. Raymond en était sûr. Il avait vu cela se produire une fois auparavant, à un petit garçon de son village. Le garçon, Jacques, avait été pris avec un vampire, insistant sur le fait qu'il se sentait excité non pas vidé, après que le vampire se soit nourri sur lui. Jacques avait duré cinq semaines avant que ses parents ne le retrouvent mort dans son lit, toute sa vie drainée hors de lui. Le vampire avait disparu et la mort de Jacques n'avait jamais été vengée.

L'histoire se répétait sous les yeux de Raymond et il était aussi impuissant maintenant qu'il l'avait été auparavant. À l'époque, il n'en savait pas assez pour contester la décision de Jacques. Maintenant, il n'osait pas parler, de peur de se mettre Marcel à dos et de perdre sa protection contre Serrier. Si cela arrivait, il serait comme mort. Peut-être pourrait-il parler à Thierry. S'il pouvait le convaincre que ce n'était pas une bonne idée, Thierry pourrait parler à Marcel. Thierry ne serait pas réceptif au début, mais si Raymond lui racontait toute l'histoire, son souci pour Alain pourrait être suffisant pour le pousser à agir.

La porte de son appartement se referma derrière lui alors qu'il entrait, résolu à faire tout ce qui était en son pouvoir pour stopper ce projet insensé.

XVII

THIERRY FIXAIT sans la voir la porte du train qui l'emportait vers Versailles et l'horreur qui l'attendait là-bas. Il faudrait qu'il identifie et réclame le corps d'Aleth, mais aussi qu'il prenne les dispositions nécessaires pour son incinération et la dispersion de ses cendres. Il ferma les yeux contre les larmes qui menaçaient de tomber, involontairement. Il détestait montrer le moindre signe de faiblesse, mais les larmes étaient les pires. Il cligna des yeux pour les retenir, refusant de céder à la douleur, surtout en public.

Il ne pouvait toujours pas croire qu'elle était partie. La réalité apparaîtrait quand il verrait son corps, mais jusque-là, une petite part de lui voulait espérer qu'il s'agissait d'une erreur d'identité. Quelqu'un d'autre avait été tué dans la bataille, une autre femme qui ressemblait assez à Aleth pour qu'il y ait une confusion. Aleth n'était pas morte, elle se cachait, ayant peur de révéler où elle se trouvait aux sorciers de Serrier. Il la trouverait, la sauverait et peut-être que cela serait suffisant pour combler le fossé entre eux, pour lui prouver qu'il n'était pas le salaud égoïste qu'elle affirmait qu'il était. Bien sûr, le fait qu'il ait attendu si longtemps pour aller la voir, plutôt que de se précipiter dès qu'il avait appris la nouvelle, pourrait probablement contrecarrer tout le bien qu'il pourrait faire en la sauvant.

Elle n'avait jamais compris lorsque son travail l'éloignait d'elle, pas même lorsqu'elle s'était elle-même impliquée. Plus les choses empiraient avec la guerre, plus elle lui en voulait des missions qu'il exécutait pour la Milice et du temps qu'il passait loin d'elle. Il repoussa ces pensées au loin et essaya de se concentrer sur les bons moments. Ils avaient été heureux avant que Serrier commence ce cauchemar.

Il pouvait se remémorer ces moments, quand il essayait. Ils avaient organisé une fête pour l'anniversaire d'Alain. C'était pour ses trente-quatre ans. Thierry secoua la tête. Était-ce vraiment il y avait deux ans ? Cette époque-là

113

était-elle vraiment révolue ? Il connaissait la réponse, oui, à cause de l'effort de guerre. Non, il refusait d'y penser. Il voulait se rappeler du visage souriant d'Aleth, de la façon dont ils avaient été heureux lorsqu'ils étaient encore amoureux. Ils avaient passé des heures entières, à comploter et planifier, à décorer et cuisiner pour rendre cet anniversaire spécial. Alain détestait son anniversaire, d'autant plus qu'Henri avait été tué un mois plus tôt, mais Aleth et lui avaient décidé qu'Alain ne serait pas autorisé à se morfondre cette année. Ils avaient invité Marcel, David, Adèle, Caroline, Éric...

Thierry fronça les sourcils lorsqu'il pensa à Éric. Éric avait été leur ami. Ils avaient eu confiance en lui, mais il les avait trahis en allant rejoindre Serrier. Encore une fois, Thierry recentra ses pensées sur la fête et le plaisir qu'ils avaient eu. Cela n'avait pas été un grand rassemblement, juste les meilleurs amis d'Alain. Ils avaient fait un barbecue, bu de la bière et du vin, ri et parlé, essayant de lui remonter le moral et de lui montrer combien ils se souciaient de lui. Cela avait fonctionné. Alain avait passé un bon moment et il avait même remercié Thierry quelques jours plus tard. Moins d'une semaine après la fête, Aleth et lui avaient commencé à se disputer pour de bon, puis cela avait été l'escalade jusqu'à leur séparation lors du quatorze juillet.

Thierry détestait repenser à ces jours, il détestait réfléchir au bordel que sa vie était devenue après avoir déménagé. Il avait accepté encore plus de missions de Marcel, se retranchant encore plus loin derrière le travail comme une échappatoire au naufrage de son foyer. Alain était resté à côté de lui tout le temps, parce qu'il avait compris ce qu'il avait ressenti après la séparation. Sa femme avait divorcé avant de mourir. Aleth n'en avait pas eu la chance. Ce qui faisait de lui un veuf, non pas un divorcé, mais Thierry ne sentait pas la différence. Aleth était partie, et avec elle tout espoir de réconciliation.

Le train entra en gare de Versailles et Thierry descendit, suivant les indications vers l'hôpital où ils avaient emmenée Aleth après la bataille. Le personnel de l'hôpital le dirigea vers la morgue. Thierry frissonna dans la brise fraîche d'octobre alors qu'il parcourait le couloir, mais le froid était interne, pas externe. À contrecœur, il poussa la porte de la morgue et entra à l'intérieur.

— Puis-je vous aider ? demanda poliment la femme à l'accueil.

— Je suis venu... commença Thierry, la voix brisée.

Il se racla la gorge et recommença.

— Je suis venu pour ma femme, se força-t-il à dire.

— Son nom ? demanda la femme.

— Aleth Dumont, répondit-il.

— Quand est-elle décédée ? demanda la femme.

— La nuit dernière, répondit Thierry. Vers minuit. Lors d'une attaque.

— Ah, oui, elle est ici, annonça la femme alors qu'elle se décalait pour regarder dans les dossiers sur son bureau. Par ici s'il vous plaît.

Elle dirigea Thierry dans un couloir mal éclairé vers une petite pièce.

— Si vous voulez bien attendre ici, je vais chercher quelqu'un pour qu'on amène le corps dans la chambre d'à côté afin que vous puissiez l'identifier, dit-elle en indiquant une fenêtre qui donnait sur la salle adjacente.

Avant que Thierry puisse répondre, elle avait disparu, le laissant seul pour attendre le moment redouté où il devrait regarder le visage mort d'Aleth. Une fois que cela se produirait, ce serait définitivement terminé, ses espoirs seraient à jamais déçus. Il ferma les yeux, voulant prolonger, même si ce n'était que pour quelques secondes de plus, l'espoir vain que tout ceci n'était qu'une effroyable erreur. Il savait que ce n'était pas le cas. Marcel ne l'aurait jamais appelé à moins d'être complètement certain, mais la réalité était trop pénible pour y faire face. Il entendit des bruits de l'autre côté de la vitre et ses yeux s'ouvrirent malgré lui. Là, allongée sur la table, recouverte d'un drap terne, se trouvait Aleth. Il n'y avait pas d'erreur possible sur son visage. Il ne savait pas ce qui l'avait tué, mais quoi que ce fût, cela n'avait pas endommagé du tout son visage. Il n'y avait pas d'erreur, aucune confusion. Sa femme était morte.

Il entendit la porte s'ouvrir derrière lui.

— C'est elle, dit-il d'une voix rauque avant que la personne puisse le demander, ses yeux se refermant, de douleur cette fois.

Il se détourna, incapable de la regarder plus longtemps.

— Que dois-je faire maintenant ?

— Voici le nom de quelques funérariums locaux. Ils peuvent vous aider à prendre vos dispositions, suggéra la femme.

— Non, répondit Thierry. Elle voulait être incinérée.

— Le numéro du crématorium est là également, souligna la femme. Il y a un téléphone dans le hall que vous pouvez utiliser.

L'indignation, l'inhumanité de toute la situation enragea Thierry, mais il ne pouvait rien y faire. Il prit le papier de la réceptionniste et trouva le numéro dont il avait besoin. Le crématorium fut plus serviable ; ils acceptèrent de prendre le corps d'Aleth et de l'incinérer dans l'après-midi afin que Thierry puisse être présent. Il remercia l'homme et s'assit pour attendre.

Ne voulant pas s'attarder sur la vue d'Aleth gisant sur la table, Thierry s'attarda plutôt sur les souvenirs du passé : le jour de leur rencontre, leur premier baiser, la première fois qu'ils avaient fait l'amour, le jour de leur mariage.

Les souvenirs étaient aussi frais que s'ils dataient de la veille. Il pouvait voir ses cheveux, décoiffés par le vent d'une tempête inattendue, tourbillonnant autour de son visage alors qu'elle traversait la rue. Ses bras étaient chargés de paquets et elle était pressée, essayant de devancer la pluie. L'homme avec qui elle était entrée en collision ne s'était même pas arrêté, la laissant assise sur le trottoir, de toute évidence percluse de douleurs, ses paquets éparpillés autour d'elle. Thierry avait crié une insulte à l'homme, mais son attention s'était entièrement reportée sur Aleth.

Il l'avait aidée à se relever et à rassembler ses sacs. Quand il était devenu clair qu'elle avait été blessée, il l'avait ramenée à son appartement. Elle l'avait invité à rester pour le thé, mais il avait refusé, voulant apparaître comme un gentilhomme. Cependant, il avait accepté de la revoir le jour suivant autour d'un verre. Elle avait l'air plus apprêtée quand ils s'étaient rencontré dans un café du voisinage, mais il l'avait préférée avec les cheveux au vent et le lui avait dit. Cela les avait fait rire et il avait commencé à tomber amoureux à cet instant. Aucun des sons qu'il avait entendus ne pouvaient être comparés à ses profonds rires rauques. Il les avait même préférés aux gémissements de passion qu'elle laissait passer de ses lèvres lorsqu'ils faisaient l'amour.

Les boissons s'étaient transformées en dîner, suivi d'une danse et d'une promesse de se revoir deux jours plus tard. Il avait prévu d'attendre ces deux jours, mais le soir de la première soirée, il avait eu besoin d'entendre sa voix. Il l'avait appelée et ils avaient flirté au téléphone comme des adolescents. Il l'avait embrassée dès qu'il l'avait revue le jour suivant. Oubliant d'attendre le baiser du soir, il l'avait embrassé pour dire bonjour. Un mois plus tard, ils étaient fiancés et un mois après ça, ils étaient mariés. Cela avait été un tourbillon, une romance de conte de fée. Malheureusement, la fin n'avait rien d'un conte de fée. Le prince n'était pas arrivé à temps pour sauver la demoiselle en détresse et ils n'avaient pas vécu heureux pour toujours.

— Monsieur Dumont ? demanda une voix brisant sa rêverie.

— Oui, c'est moi, répondit-il.

— Je suis du crématorium, monsieur. Si vous voulez bien signer ici, nous pourrons transporter le corps de votre femme et prendre en charge le reste pour vous.

D'un air hébété, Thierry apposa sa signature sur les lignes indiquées. Il ne ressentit rien lorsqu'il les vit rouler le cercueil de chêne vers le corbillard. Il fit le trajet avec eux en silence, en direction du crématorium.

Quand ils arrivèrent, le directeur envoya le cercueil dans une autre pièce et conduisit Thierry dans son bureau.

— Toutes mes condoléances, dit l'homme et Thierry le sentit sincère.

Ce ton le consolait vraiment et il ne le prit pas pour de la condescendance ou un automatisme comme cela avait été le cas avec le personnel de l'hôpital et de la morgue.

— Vous pouvez attendre ici pendant que nous prenons soin de votre femme, ou si vous préférez, nous avons une pièce où vous pouvez regarder. Cela peut sembler macabre, mais certaines personnes ont besoin de ce genre d'adieu. C'est à vous de décider.

Thierry considéra ses options.

— Je tiens à regarder, répondit-il enfin. Je ne pouvais pas être avec elle quand elle est décédée. Je vais rester avec elle maintenant.

Le directeur hocha la tête et conduisit Thierry au bout du couloir vers une salle de projection d'où il pouvait voir l'entrée de la fournaise ardente. Le cercueil en bois était posé sur un tapis roulant, près de la gueule enflammée.

— Je vous laisse ici, dit le directeur. À moins que vous vouliez de la compagnie.

Quand Thierry secoua la tête, il poursuivit :

— Prenez tout le temps qui dont vous avez besoin pour faire vos adieux. Lorsque vous serez prêt, appuyez sur le bouton près de la fenêtre ou appelez-moi et je le ferai. Cela activera le tapis roulant. Si vous changez d'avis et que vous ne voulez plus rester ou être seul, il suffit de venir me trouver et je prendrai soin de tout. Je serai dans mon bureau si vous avez besoin de moi.

Thierry hocha la tête et l'homme le laissa seul. Il se dirigea vers la fenêtre et pressa sa main contre la vitre.

— Je suis désolé mon amour, murmura-t-il. Je n'aurais pas dû te laisser me chasser. J'aurais dû faire ce que tu demandais, tout ce que tu demandais. Alors, peut-être que j'aurais été avec toi hier soir. J'aurais peut-être pu te sauver. Je suis désolé.

Les larmes qu'il avait retenues en lui depuis l'appel de Marcel échappèrent à son contrôle et coulèrent sur ses joues alors qu'il continuait à implorer le pardon d'Aleth. Le silence accueillit ses cris, ses supplications et ses larmes. Quand il eut libéré toutes ses émotions refoulées, il ferma les yeux dans une prière finale et pressa le bouton. Il sécha ses yeux et regarda, impassible, les restes d'Aleth livrés aux flammes. La courroie se déplaça lentement, faisant avancer peu à peu le cercueil dans la fournaise. Thierry refusa de détourner le regard jusqu'à ce qu'il ne puisse plus voir le cercueil dans les flammes.

— Adieu Aleth, mon amour, murmura-t-il, en tournant le dos à cette scène horrible.

Il rejoignit le bureau du directeur.

— Combien de temps avant que je puisse prendre ses cendres ?

— Il faudra du temps pour qu'elles refroidissent, répondit le directeur en s'excusant. Si vous voulez revenir demain, vous pouvez. Sinon, nous pouvons vous les livrer où vous le souhaitez.

Thierry savait qu'il n'aurait pas le temps de revenir à Versailles, quand bien même il voulait porter lui-même les cendres d'Aleth à la maison. Mécaniquement, il donna son adresse au directeur pour qu'ils puissent livrer les cendres le jour suivant.

Le directeur semblait vouloir lui offrir plus de paroles de réconfort, mais Thierry prit congé. Il avait besoin de partir du crématorium, loin de la mort d'Aleth. La distance physique ne changerait rien, se rendit-il compte, mais il espérait que cela serait plus facile à supporter.

Comme il montait dans le train pour rentrer à Paris, la colère commença à se construire dans son cœur. La mort d'Aleth n'était pas de sa faute, ce n'était pas de sa faute. C'était la faute de Serrier. Serrier avait tellement pris à Thierry depuis que la guerre avait commencé : des amis, des voisins, le garçon qu'il considérait comme son neveu et maintenant sa femme. Thierry en avait marre. Quoi qu'il lui en coûte, quels que soient les risques, quels que soient les sacrifices, il était prêt à les faire. La guerre devait finir rapidement et Serrier devait être capturé ou tué.

Sa nouvelle résolution ramena ses pensées à l'alliance que Marcel avait formée avec les vampires. Thierry avait été hésitant au départ, mais cela avait rapidement évolué. Leur nombre pourrait faire pencher la balance, et si c'était ce qu'il fallait pour garantir leur pleine participation, Thierry laisserait l'un d'eux boire son sang, il offrirait volontairement son poignet. Non parce qu'il s'en réjouissait, comme Alain semblait le faire, mais parce que cela servirait son dessein. Le décret de Marcel serait pratiquement suffisant pour s'assurer la coopération des autres sorciers, mais Thierry était prêt à utiliser un peu de persuasion sur ses pairs s'ils s'y opposaient. Rien ni personne ne se mettrait en travers de la mise en place de l'alliance, pas si Thierry pouvait l'en empêcher. L'image de la brûlure sur le cou d'Alain se projeta dans son esprit. *Mais pas ça,* se jura Thierry en lui-même. Il le ferait quand même si cela s'avérait nécessaire. Il se lierait à un vampire pour le reste de sa vie si cela permettait d'accélérer leur victoire sur Serrier.

Il devrait parler avec Alain aussi rapidement que possible. Il avait besoin de savoir, d'entendre de sa bouche que tout allait bien, qu'il était satisfait de sa décision. Cela avait choqué Thierry, mais il avait toujours soutenu Alain dans ses décisions, tout comme Alain avait toujours soutenu les siennes. Cela ne serait pas différent. Tant qu'Orlando rendait Alain heureux, Thierry ne dirait rien contre lui et ne permettrait à personne de le faire devant lui. Il demanderait même pardon à Orlando pour ses mots durs. Ils ne pouvaient se permettre aucun ressentiment dans l'alliance. C'était une phrase banale, un cliché, mais une chaîne était d'autant plus forte qu'aucun maillon n'était faible. Thierry n'avait pas l'intention de permettre des faiblesses dans ses liens. Il savait que son amitié avec Alain ne faiblirait pas, mais il avait besoin qu'Orlando sache également que cette amitié s'étendait à lui maintenant et devait savoir si Orlando ressentait la même chose. Il leur laisserait la nuit et le lendemain pour cimenter leur propre lien, mais Thierry n'attendrait pas le coucher du soleil. Il avait besoin de leur parler avant que Marcel et les autres arrivent.

Thierry descendit du train et grimpa les escaliers de la station rempli d'une nouvelle détermination. Il ferait tout ce qu'il fallait. Même s'il devait traquer Serrier et tuer le mage noir à mains nues. La porte de la station de métro claqua derrière lui alors qu'il sortait en trombe.

XVIII

JEAN REGARDA la porte close pour la cinquième fois en dix minutes. Il posa le magazine qu'il essayait de lire, incapable de se concentrer et cela n'avait rien à voir avec la qualité des articles. Il savait qu'Orlando vivait par procuration à travers les *National Geographics* qu'il collectionnait et un jour normal, ou une nuit normale, Jean aurait apprécié de les feuilleter, pour voir tout ce que sa nature lui avait refusé. Il avait appris à Orlando à lire avec les images et les mots contenus dans leurs pages. La porte fermée n'aurait pas dû être une source de préoccupation, bien qu'Orlando ne soit pas seul dans sa chambre. Orlando, le vampire que Jean avait sauvé il y avait un siècle, l'âme torturée qui n'avait pas encore récupéré complètement, avait invité un sorcier dans sa chambre et avait congédié Jean comme s'il s'agissait d'une pratique courante au lieu d'une première, depuis que Jean le connaissait.

Jean ne savait pas trop quoi penser de la tournure des événements. Il se souvenait encore comment était Orlando lorsque Jean l'avait trouvé, brisé, saignant, rampant sous son contact, le corps maltraité, à peine capable de faire quelques mouvements. En dépit de sa terrible expérience aux mains de Thurloe, Orlando était resté, à bien des égards, ignorant du monde. Il n'était pas naïf, mais inexpérimenté. Il n'avait jamais connu le plaisir du toucher d'un amant, lui préférant une approche plus impersonnelle pour se procurer le sang dont il avait besoin pour survivre. Il y avait toujours ceux qui étaient prêts à souffrir d'un baiser de vampire uniquement pour tenter l'expérience, sans avoir besoin de séduction avant ou après. Maintenant, cependant, Orlando ne s'était pas seulement lié avec un sorcier pour le reste de sa vie, mais il semblait également qu'il avait pris ce sorcier comme amant.

Jean n'était pas opposé à ce qu'Orlando prenne un amant – au contraire, il pensait qu'il était temps que son petit frère le fasse – mais il était préoccupé par la rapidité avec laquelle cela s'était produit. Orlando connaissait Alain

120

depuis moins de quarante-huit heures. Le jeune vampire était beaucoup de choses, mais Jean ne l'avait jamais connu impulsif. Jusqu'à maintenant. L'épave qu'il était lorsque Jean l'avait vu pour la première fois avait beaucoup de raisons de craindre le changement, d'avoir peur des étrangers. Jusqu'à il y avait deux jours, Jean aurait pensé qu'il était le seul en qui Orlando avait confiance. Maintenant, il semblait que Jean avait été supplanté dans le monde d'Orlando, le grand frère avait été remplacé par l'amant. C'était une progression naturelle, cela avait simplement prit Jean au dépourvu. Il n'y avait aucune indication que la vie d'Orlando manquait de quelque chose jusqu'à ce qu'il les voie ensemble dans le cimetière, il y avait quelques heures. Il ne pouvait s'empêcher de se demander si Alain n'avait pas jeté une sorte de charme sur Orlando la première fois qu'ils s'étaient rencontrés. Cela expliquerait certainement la différence que Jean avait remarquée après la première rencontre, celle qui l'avait incité à suivre Orlando à la seconde.

Il espérait qu'Alain apprécierait la confiance sans précédent qu'Orlando plaçait en lui. Il n'était pas tout à fait sûr de ce qu'il ressentait face aux choix d'Orlando, compte-tenu de l'abus de confiance dont Alain avait déjà fait preuve. Jean se concentra sur ce qu'il se rappelait après avoir goûté au sang d'Alain et tout ce qu'il avait appris sur lui pendant ce moment de connexion. Tout d'abord, il avait lu son désir. Il ne douterait jamais qu'Alain voulait Orlando, pas après la façon dont cela avait explosé sur sa langue. À ce moment-là, il avait remarqué qu'il y avait un peu plus que ça, mais maintenant, il prenait le temps de passer au crible le reste de ce qu'il avait goûté. Il avait senti l'intégrité, assez pour lui faire accepter qu'Alain avait été honnête, même s'il avait fait une stupide erreur en demandant à Orlando de mordre Raymond, même si cela agaçait toujours Jean. Il avait goûté sa loyauté qu'il avait vue en action quand Alain avait défendu Orlando. Cela rassurait Jean d'une manière incommensurable. Il l'avait pensé et était sérieux quand il avait dit à Alain qu'il ne resterait pas là, à le regarder blesser Orlando à nouveau. Bien qu'il ait goûté une certaine dureté, Jean avait aussi senti la douceur d'Alain, sa décence inhérente. Il était à peu près sûr qu'Alain ne blesserait jamais Orlando intentionnellement, et c'était cette connaissance qui le maintint dans sa chaise lorsqu'il entendit gémir dans la chambre d'Orlando. Quoi qu'il se passait de l'autre côté de la porte, Jean était presque certain que c'était réciproque et agréable. Orlando le méritait, croyait Jean. Il méritait d'être aimé.

Il espérait seulement qu'aucun d'eux n'en vienne à regretter leurs promesses, parce que la marque sur le cou d'Alain les unissait, ou du moins liait Orlando à Alain, pour un très long moment. Il avait dit quelque chose à

Jean à propos d'Alain qui avait permis à Orlando de le marquer. Certes, il ne connaissait pas toutes les implications, mais à bien des égards, cela rendait sa décision encore plus admirable aux yeux de Jean. Quand il avait pris la décision, il avait fait une promesse publique qui serait mal comprise par plus d'un en dehors de la communauté des vampires. Il devrait certainement passer le reste de sa vie à expliquer cette marque aux curieux et aux suspicieux. Et Orlando... bien que sans le savoir, il avait franchi une étape qui allait changer sa vie et son statut pour toujours. Il avait pris une décision, un engagement que seuls quelques vampires avaient fait. C'était un risque. Si les circonstances les séparaient tous les deux pour une période prolongée, Orlando pourrait mourir de manque de nourriture, bien que la nature monogame de leur relation puisse éventuellement prolonger la durée pendant laquelle Orlando pouvait rester sans se nourrir jusqu'à une semaine, voire dix jours. Il était nécessaire à la plupart des vampires de bien se nourrir tous les deux ou trois jours ou de s'alimenter légèrement chaque jour. Orlando pourrait éventuellement être capable de tenir une semaine, voir même dix jours, tant qu'il n'aurait pas été blessé, entre les repas. Cela prendrait du temps pour que les effets se construisent, mais cela finirait par arriver. En faisant cet Aveu de Sang, Orlando avait fait une déclaration audacieuse que la communauté vampire n'aurait pas d'autre choix que de respecter. Ils pourraient s'étonner de sa décision. Ils pourraient même penser qu'il était téméraire de l'avoir fait, mais ils ne le regarderaient plus comme un enfant à présent, même après la mort d'Alain.

Jean n'avait jamais cherché à prendre d'Avoué, jamais recherché le genre de relation exclusive que partageaient Orlando et Alain. Il appréciait la variété dans son alimentation et ses amants. Non pas qu'il ne soit jamais revenu vers un amant ou une victime plus d'une fois, car il le faisait souvent, mais il n'avait jamais ressenti le désir d'exclusivité. Pas depuis... Jean repoussa au loin cette pensée, autant que la colère et le sentiment de trahison qu'il ressentait toujours. Il n'était pas jaloux d'Orlando ou de la volonté d'Alain de s'engager avec Orlando.

La jalousie était une faiblesse et les faiblesses, réelles ou perçues, ne pouvaient conduire qu'à un désastre. Les vampires l'acceptaient comme leur Chef de la Cour en raison de sa force et de son âge. S'ils commençaient à voir des fissures dans son contrôle, ils le contesteraient au lieu de le suivre, et l'alliance qu'il avait récemment formée pourrait s'écrouler. Il ne pouvait pas laisser cela se produire, parce que si l'alliance échouait, la position d'Orlando deviendrait incroyablement précaire. Non, Jean ne pouvait pas faire preuve de faiblesse. Il allait donc mettre en sommeil tout sentiment de jalousie qu'il éprouvait concernant l'incroyable solidité de la relation qui s'était formée sous ses yeux. Que son propre partenariat soit différent était compréhensible, mais il avait besoin qu'il soit tout aussi réussi.

Il pensa à Adèle avec mélancolie. Il avait aimé le goût de son sang, aurait voulu en goûter plus. Si sa magie l'avait protégé, il aurait volontiers travaillé avec elle et l'aurait aussi ardemment poursuivie en tant qu'amant. Il ne pensait pas qu'elle aurait résisté, ou tout du moins pas longtemps. Thierry, lui aussi, avait eu une saveur intéressante, sous l'amertume huileuse du chagrin. Il avait une force de caractère et de conviction que Jean trouvait rares. C'était plus adapté aux chevaliers médiévaux qu'il avait connus des siècles plus tôt qu'au monde moderne. Thierry était un guerrier et Jean savait qu'il combattrait pour ses convictions et ses amis avec toute la puissance à sa disposition. Jean ne savait pas si un autre pouvoir de l'ampleur de celui que Chavinier possédait existait de par le monde. Alain s'était inquiété qu'un sorcier puisse être l'égal de Merlin, même si cela n'avait pas semblé être un problème en matière de protection contre les rayons du soleil, mais Jean ne pouvait pas imaginer à quel point Chavinier était moins puissant. Il ne doutait pas, que dans un combat loyal, Chavinier triompherait de n'importe quel adversaire. Le problème était d'assurer un juste combat. Jean espérait que les autres vampires et lui-même pourraient faire pencher la balance de la guerre pour donner à Chavinier cette opportunité. L'intelligence, la ruse même, qui accompagnaient ce pouvoir faisaient du général de la Milice, un homme à suivre.

Mais aucun d'eux n'avait été en mesure de fournir à Jean la protection dont il avait besoin pour marcher au soleil comme Orlando l'avait eue. Cette protection était venue de Raymond. Sombre, violent, effrayé Raymond Payet, dont la peur de retourner vers l'enfer qu'il avait connu aux côtés de Serrier lui avait fait accepter quelque chose qui le répugnait totalement.

Jean n'avait aucune idée de comment Raymond et lui allaient faire leur travail de partenariat. Il pouvait voir Alain et Orlando travailler comme une équipe, se protégeant mutuellement sur un champ de bataille. Il ne pouvait pas se voir avec Raymond de la même manière et il ne savait pas comment convaincre ce dernier qu'en venir à ce point était nécessaire. Il pourrait menacer Raymond pour qu'il se soumette, mais il ne pouvait forcer Raymond à lui faire confiance.

La crainte de ce que Serrier pourrait lui faire s'il était pris ou capturé devrait maintenir Raymond aux côtés de Jean, ferait en sorte qu'il laisse Jean boire avant la bataille, mais elle ne ferait pas d'eux une équipe. Il devrait trouver un moyen de convaincre Raymond qu'il ne laisserait jamais Serrier l'avoir à moins qu'il les trahisse. Si seulement les sorciers pouvaient lire dans le cœur des autres de la manière que les vampires pouvaient le faire. Malheureusement, cette option ne leur était pas ouverte.

Jean réalisa que le silence était retombé dans la pièce derrière la porte et la nuit était tombée derrière les rideaux. Il était temps pour lui de reprendre son chemin et de s'occuper des problèmes pratiques à portée de main. Il avait une rencontre à organiser et une alliance à construire. *Soyez heureux*, pensa-t-il pour Orlando et Alain alors qu'il quittait l'appartement, refermant doucement la porte derrière lui.

Il quitta le quartier calme d'Orlando pour l'animation branchée de Montmartre, où beaucoup de ses semblables avaient afflué vers les bars et les clubs, à la recherche de victimes consentantes. Le mot juste dans les bonnes oreilles amènerait un nombre raisonnable des siens à la rencontre, ne serait-ce que par curiosité. D'autres viendraient par loyauté envers lui. Et certains ne viendraient pas, soit parce qu'ils voulaient le détrôner ou parce que le mot ne les atteindrait pas pour une raison quelconque. Il parlerait avec Chavinier et verrait ce qu'ils pourraient faire pour trouver des partenaires à tous ceux qui auraient manqué la réunion, sorcier ou vampire.

Son premier arrêt fut un club à l'ombre du Moulin Rouge. La dernière fois que Jean en avait entendu parler, c'était l'endroit où il fallait être vu pour quiconque était branché gothique. Cela signifiait beaucoup de volontaires prêts à offrir aux vampires leur sang frais. Jean espérait trouver Julien Aubert pour qu'il puisse commencer à passer le mot. Le videur le défia dans un premier temps, parce que la tenue décontractée de Jean ne correspondait pas à la clientèle habituelle du club, mais quand il découvrit ses crocs, l'homme le laissa entrer à l'intérieur. Tenue décontractée ou non, les vampires étaient toujours les bienvenus dans les clubs goths. Jean se rendit au bar et attendit. Son apparence attirerait assez d'attention pour que Julien, s'il était là, vienne le voir et se joigne à lui. Jean pouvait venir dans un club chercher quelqu'un, mais il ne s'intéressait pas aux pistes de danse bondées et aux coins sombres. Ils venaient à lui, pas l'inverse.

Comme prévu, après quelques minutes, Julien s'approcha du bar et prit un tabouret à côté de Jean.

— Ce n'est pas votre endroit habituel, commenta Julien.

— Non, reconnut Jean, mais ce n'est pas un jour comme les autres.

Julien haussa des sourcils interrogateurs.

124

— Je vous expliquerai demain soir. Dites à tous nos amis que j'ai dit qu'il y aura une rencontre demain, à quatre heures du matin, à la gare de Lyon. Nous allons nous rassembler dans la salle d'attente, en dehors des lignes principales.

— Que se passe-t-il ? demanda Julien piqué par la curiosité.

— Quelque chose de révolutionnaire, répondit Jean. Je l'expliquerai à la rencontre. Dites-le à tous nos amis.

Julien hocha la tête en signe de compréhension et replongea dans la foule. Jean jeta quelques euros sur le bar et traça son chemin vers son prochain arrêt, un café animé pour les jeunes professionnels du quartier. Il repéra Lætitia Bastian dès qu'il franchit la porte. Elle l'accueillit d'un signe de tête, repoussant sa chaise de son pied. Il la rejoignit immédiatement.

— Ça fait un bail, commenta-t-elle alors qu'il se penchait pour lui faire la bise.

— Trop longtemps, dit-il.

Ils discutèrent quelques minutes avant qu'elle dise :

— Alors qu'est-ce qui vous amène dans mon coin de Paris ?

Jean lui donna le même message qu'il avait donné à Julien, prenant soin de souligner le mot 'amis'.

— Cela fait des années que vous ne nous avez pas réunis tous ensemble.

— Mes nouvelles sont trop importantes pour le simple bouche à oreille. Il y a la possibilité d'avantages distincts pour ceux qui y assisteront, dit Jean.

— Seulement la possibilité ? demanda-t-elle.

— Une forte probabilité, répondit Jean.

— Très bien, accepta Lætitia. Je fais passer le mot.

Jean la remercia et continua vers son troisième arrêt. Angélique Bouaddi fournissait un genre de service très différent, aussi bien aux vampires qu'aux non-vampires. Pour une somme modique, elle trouvait quelqu'un pour satisfaire tous les désirs de ses clients. Jean utilisait ses services quand il n'avait pas envie de chasser.

— Que puis-je faire pour vous ce soir ? ronronna Angélique lorsque Jean franchit son seuil.

— J'ai besoin de faire passer un message à tous mes 'amis', lui dit Jean.

Elle haussa un sourcil interrogateur.

— Vos 'amis' ? demanda-t-elle.

— Oui, répondit Jean, mes 'amis'.

Il décrivit les détails de la rencontre.

— Je passerai le message, promit Angélique. Maintenant que puis-je vous offrir ?

— Rien pour ce soir. Je vous remercie, cependant. J'ai un autre arrêt à faire, répondit Jean.

— Venez me rendre visite de temps en temps, suggéra Angélique, quand vous voudrez de la compagnie amicale.

— Je le fais toujours, lui assura Jean.

Il la quitta avec une galante révérence et un baiser sur la joue, et attrapa un bus en direction de la maison de Christophe Lombard pour la deuxième fois en deux jours. Mireille ouvrit la porte et le laissa entrer.

— Encore ici ? demanda-t-elle surprise. Monsieur est sorti. Il a décidé de chasser ce soir.

— C'est bien, dit Jean. Je peux vous dire ce qui est arrivé afin que vous lui passiez le message.

— Entrez alors, dit Mireille. Allons nous asseoir au salon.

Jean prit le siège que Mireille lui offrait.

— Alors, qu'est-ce qui vous amène ici si tôt ? demanda-t-elle. La rencontre était-elle un succès ?

— Au-delà de nos rêves les plus fous, répondit-il. Que vous a raconté Monsieur ?

— Seulement que vous essayiez de créer une alliance avec les sorciers de la Milice, répondit Mireille.

Jean expliqua ce qui s'était passé depuis sa dernière visite, concernant l'alliance et la rencontre.

— Et le petit ? demanda Mireille.

— Il n'est plus aussi petit à présent, répondit Jean avec un sourire. Il a trouvé et réclamé son Avoué.

— Il a… ? demanda Mireille surprise. Qui ?

— Son sorcier.

— Alors, les histoires comme quoi le sang des sorciers était du poison sont des mensonges ?

— Ça ne fait plus de doute, confirma Jean. Orlando et moi avons tous les deux goûté le sang d'un sorcier et avons survécu. Et…

Jean fit une pause pour l'effet.

— … avec le sang du bon sorcier dans nos veines, nous avons tous deux pu marcher dans la lumière du soleil. Venez demain, même si Monsieur Lombard ne vient pas. Peut-être trouverez-vous le bon sorcier pour vous.

— Nous verrons, répondit Mireille. Si je participe, il me faudra m'éloigner de Monsieur et il a besoin de mon aide.

— C'est à vous de décider, bien entendu, dit Jean. Mais parlez-en avec lui. C'est important, Mireille et il le sait aussi bien que moi.

— Nous verrons, répondit Mireille.

Jean prit cela comme une invitation à partir. Il rôdait dans la rue, essayant de décider ce qu'il pouvait encore faire avant la réunion. Alors qu'il marchait, il se rendit compte qu'il avait faim. À part le sang qu'il avait pris à Raymond cet après-midi, il ne s'était pas alimenté depuis deux jours. Le sang de Raymond avait atteint son objectif, mais il n'avait pas satisfait sa faim. Et puisque Raymond ne serait probablement pas désireux de le rassasier la prochaine fois qu'ils se rencontreraient, Jean avait besoin de se nourrir ce soir.

Il considéra de revenir à l'un des clubs ou cafés qui étaient les repaires habituels de ceux de son espèce, mais il décida d'y renoncer, sentant que son message serait diffusé plus rapidement en son absence. Angélique pourrait certainement prendre des dispositions pour lui s'il retournait là-bas, mais il ne ferait appel ni à l'un ni à l'autre de ces moyens. Il comprenait que Lombard se soit retiré du monde. Lui aussi se lassait des nécessités de la vie de vampire. Le frisson de la chasse était bien trop souvent absent ces derniers jours. Il enviait Orlando à cet égard. Orlando n'aurait plus à chasser. Tout ce qu'il avait à faire était de tendre la main à Alain. Jean soupira. Il aurait voulu rendre visite à Karine. La charmante mademoiselle Gaudier ne se refuserait pas à lui. Elle accepterait même probablement un Aveu de Sang de sa part, comme Alain l'avait fait d'Orlando, s'il le lui demandait. Ils savaient tous les deux cependant, qu'il ne le lui demanderait jamais. Même sans l'alliance qui exigeait qu'il soit capable de boire le sang de Raymond, il ne le lui aurait pas demandé.

Il avait raison. Quand il frappa à sa porte, elle le laissa entrer sans poser de questions. Elle le conduisit en silence dans sa chambre et découvrit son cou, sa tête reposant sur les oreillers. Jean s'agenouilla à côté d'elle, tout aussi silencieux et abaissa ses lèvres sur son cou, l'odeur des roses dans leur vase près du lit excitant ses sens. Il humidifia sa peau avec sa salive puis un peu plus bas, ses crocs perforèrent sa peau pour permettre à son sang chaud de se précipiter dans sa bouche. Il tira profondément, avidement, remplissant sa bouche et son estomac avec son sang vital. Un coup d'œil à son visage révéla que ses yeux étaient fermés et qu'elle arborait un petit sourire. Il pouvait s'écouler des semaines, des mois même entre les visites, mais ils savaient tous les deux qu'il reviendrait jusqu'à ce qu'elle lui demande de ne plus le faire. Il pouvait sentir sa vitalité tourbillonner à travers lui alors que son système absorbait son sang. Il connaissait ses limites, savait combien il pouvait prendre sans la vider de sa force à des niveaux dangereusement bas. Lorsque la satiété se répandit dans ses membres, il libéra son emprise sur son cou, refermant les plaies avec sa langue. Elle caressa doucement son visage, un regard implorant sur son visage.

— Pas ce soir, dit-il avec regret.

Son sourire s'effaça mais elle accepta sa réponse avec un lent hochement de tête.

— Quand vais-je te revoir ? demanda-t-elle.

— Je ne sais pas, répondit-il. Des choses sont en train de se passer en ce moment qui vont requérir la plupart de mon temps et de mon attention. Je ne veux pas te faire de promesse que je ne serai pas en mesure de tenir.

— Bien sûr que non, dit-elle, une teinte d'amertume dans la voix.

— Dis-moi de partir alors, dit Jean. Dis-moi de partir et de ne jamais revenir.

Elle rit à ses mots, bien que la tristesse fût palpable dans le son.

— Non, dit-elle, je ne peux pas faire ça.

— Je reviendrai dès que je le pourrai, dit Jean, voulant lui offrir quelque assurance.

Il se leva et passa son doigt sur sa joue.

— N'attends pas quelque chose que je ne peux t'offrir, dit-il comme il le faisait toujours avant de la quitter.

— Je ne le fais pas, répondit-elle comme toujours.

Jean partit, conscient dans les profondeurs de son être de la douleur qu'il causait à cette belle femme, mais il ne pouvait pas faire autrement. Pas après la dernière fois qu'il s'était attaché à un mortel. La porte de l'appartement de Karine claqua derrière lui.

XIX

ORLANDO TINT sa promesse et resta vigilant alors qu'Alain dormait à côté de lui. Son désir pour le sorcier endormi était d'une force féroce, mais il le réprima de toute sa volonté. Il avait vu l'épuisement sur le visage d'Alain, malgré la passion qui avait déformé ses traits plus récemment. Plus de deux cents années passées en tant que vampire avaient appris à Orlando la patience. Il pouvait attendre pour assouvir son désir jusqu'à ce qu'Alain soit assez réveillé pour être un acteur à part entière du processus.

Au repos, Alain paraissait plus jeune, les lignes de tension s'effaçant d'autour de ses yeux et de son front. Orlando caressa les mèches de cheveux de son visage, incapable de se refuser ce petit contact. Quand Alain se blottit contre sa paume, il laissa sa main où elle était, contre la joue sexy et mal rasée d'Alain. C'était un contraste saisissant avec la sienne qui était lisse et qu'Orlando trouvait incroyablement érotique, tout comme sa force solide et ses larges épaules.

Alain s'agita sous son regard et son toucher, ses yeux bleus papillonnèrent et s'ouvrirent, remplis de confusion, puis sa compréhension s'éveilla doucement.

— Orlando ? demanda-t-il, la voix rauque de sommeil.

— Je suis là, répondit doucement Orlando, effleurant les lèvres d'Alain des siennes.

Alors que la confusion quittait son esprit, Alain se souvint de tout ce qui s'était passé avant sa sieste et de tout ce qui n'était pas arrivé.

— Je suis désolé, lâcha-t-il. Je ne voulais pas être aussi égoïste.

Orlando savait ce qu'Alain voulait dire. Il avait joui mais pas Orlando.

— Tu avais besoin de dormir, dit-il, prévenant toutes excuses supplémentaires. Cela aurait été égoïste de ma part de te garder éveillé. Je ne veux pas que nous comptions les points. Je ne veux pas que cela soit calculé.

Nous sommes supposés prendre soin l'un de l'autre, nous surveiller l'un l'autre. C'est ce que j'ai fait.

Alain hocha la tête. Il comprit ce qu'Orlando voulait dire. Il voulait la même chose : une relation, pas une carte de scores.

— Maintenant que je suis reposé, dit-il avec un sourire carnassier, puis-je prendre soin de toi ?

Alors qu'il parlait, il laissa courir sa main sur le bras nu d'Orlando vers son épaule, l'enroula autour de son cou et l'attira à lui pour un baiser.

La réaction d'Orlando à son baiser était la seule réponse dont Alain avait besoin. Il pouvait sentir la faim sur les lèvres du vampire, dans chaque ligne tendue de son corps. Cela aurait pu être troublant d'être celui qui inspirait un tel désir si Orlando n'avait pas prouvé qu'il pouvait le contenir. Alain était presque certain qu'il lui aurait été impossible de laisser dormir Orlando comme ce dernier l'avait fait. Aussi, au lieu d'être troublé par la faim d'Orlando, il était ravi et excité par elle.

Il attira Orlando plus fermement contre lui, pensant à échanger leurs positions afin qu'il puisse lui faire l'amour, mais lorsqu'il essaya de faire rouler Orlando sous lui, le vampire résista, le repoussant sur le lit. Alain ne prit pas la peine de se battre pour la domination. Ce n'était pas une bataille qu'il avait besoin de gagner. Au lieu de cela, il se détendit, ferma les yeux, donnant à Orlando le contrôle absolu dont il avait besoin. Les pointes des cheveux du vampire caressèrent le dos de la main d'Alain qui reposait toujours sur sa nuque. Confiant de l'attrait de sa bouche pour qu'Orlando continue de l'embrasser, Alain libéra sa nuque pour toucher les cheveux soyeux qui lui arrivaient jusqu'à mi-épaule. Un petit détail de plus à chérir. Il ouvrit les yeux comme le baiser continuait, intense et demandeur. Il voulait voir le visage de son amant pour y lire toutes les émotions qu'il ressentait.

Ils restèrent ainsi pendant de longues minutes, Orlando sur un coude, penché sur Alain, leurs joues se touchant, leurs jambes s'entrecroisant, leurs bouches verrouillées ensemble. Les lèvres d'Orlando étaient lisses contre celles d'Alain qui écarta la pensée qu'il aurait dû se raser la barbe pour ne pas abîmer la peau de son compagnon. Cela n'allait certainement pas décourager le vampire. Orlando avait fusionné leurs bouches et ne semblait pas avoir la moindre intention de les séparer. Sa langue taquina les lèvres d'Alain, qui les referma autour du muscle chaud, le suçant sensuellement. Cela provoqua un gémissement d'Orlando avant que sa langue s'insinue dans la bouche d'Alain, la revendiquant. Alain le laissa faire. Orlando l'avait déjà réclamé publiquement avec la marque sur son cou. Cette revendication était l'accomplissement de cette promesse. Alain agita sa langue contre celle, invasive, d'Orlando, déclenchant un duel passionné qu'Alain était plus qu'heureux de perdre.

Quand il capitula, les lèvres d'Orlando quittèrent les siennes pour glisser sur sa mâchoire et descendre vers son cou. Elles s'attardèrent sur le point d'impulsion qui martelait le cou d'Alain et il se demanda un instant si Orlando était soudain en proie à une faim différente. Alain n'aurait pas protesté si Orlando l'avait mordu. Il espérait, en fait, que le vampire finirait par se nourrir à cet endroit. Aussi intense que l'expérience ait été alors que ce n'était que son poignet ou l'intérieur de son coude, Alain ne pouvait qu'imaginer ce que cela pourrait être d'avoir Orlando se nourrissant à son cou. Cela serait pour plus tard, cependant, parce que les lèvres d'Orlando progressèrent, atteignant l'épaule d'Alain et dérivant vers sa clavicule.

Cela n'avait pas d'importance pour lui qu'il ait déjà exploré cette voie une fois avant. Orlando savait déjà qu'il ne se lasserait jamais de redécouvrir les délices du corps d'Alain. Il n'avait jamais connu de passion aussi intense, que ce soit avant qu'il soit créé ou après. Le désir prenait tout son contrôle pour le moment et il planta ses dents dans l'épaule d'Alain, presque assez pour percer la peau, mais pas tout à fait. Il ne voulait pas que sa soif de sang passe au premier plan. Il avait d'autres plans pour son sorcier qui s'accrochait à lui comme un homme qui se noyait.

Alain s'arqua et cria quand il sentit la morsure d'Orlando. Il pouvait sentir son érection pulser en même temps qu'Orlando suçait. Aussi merveilleuses qu'étaient les lèvres du vampire sur son épaule, il les voulait plus bas. Il se déplaça langoureusement contre le corps d'Orlando, son mouvement mettant sa hanche en contact avec l'érection de son amant. Il bougea délibérément davantage, essayant d'inciter Orlando à passer à l'étape suivante.

Orlando sentit la pression de la hanche d'Alain sur son sexe. Il était tenté de céder et de prendre Alain à ce moment-là. Son sorcier était si joliment disposé. Cependant, il voulait plus qu'un coup rapide. Il voulait donner à Alain toute la tendresse qui était profondément enfouie dans son âme meurtrie. Et peut-être, juste peut-être, si Alain acceptait cette tendresse, Orlando parviendrait à croire qu'Alain serait un jour capable de lui retourner ces sentiments. Il ignora sa propre excitation préférant aimer Alain de la façon dont lui-même avait toujours voulu être aimé.

Il lécha un chemin en descendant des mamelons d'Alain à son nombril. Tout en le faisant, ses mains parcouraient son corps plus bas, entre ses jambes, explorant, découvrant leur texture et leur force. Son amant était un homme puissant et de toute évidence, un puissant sorcier. Orlando s'estimait chanceux qu'Alain soit le sorcier dont le sang lui correspondait et qu'il était prêt à prendre cet engagement pour lui. Les attitudes des autres sorciers lui avaient montré très clairement à quel point il était chanceux.

Comme ses mains remontaient sur les jambes d'Alain, elles rencontrèrent le boxer qui n'avait pas été retiré plus tôt. Décidant qu'ils étaient sur la bonne voie, Orlando attrapa la ceinture, le fit glisser vers le bas et l'ôta quand Alain leva ses hanches. Il était en équilibre sur une main et retira aussi rapidement son propre boxer, les laissant tous deux complètements nus.

— Enfin, murmura Alain.

— Ne sois pas impatient, le réprimanda Orlando. N'as-tu pas compris que les préliminaires constituent la moitié du plaisir ?

Alain saisit la main d'Orlando et l'amena à son érection humide.

— J'ai eu à peu près tout le plaisir que je pouvais supporter, l'informa Alain. Je veux jouir avec toi cette fois.

Les mots d'Alain firent vibrer Orlando.

— Comme tu voudras, convint-il.

XX

ORLANDO FIXA Alain pendant une minute avant de bouger. Il était submergé par la confiance qu'Alain lui témoignait, allongé là, prêt à prendre tout ce qu'Orlando choisirait de lui donner. Orlando savait ce que c'était que d'être allongé sous un vampire, emprisonné et sans défense, en attendant ce qui pouvait arriver. Il connaissait la douleur qu'un vampire pouvait infliger. Il s'obligea à repousser ses souvenirs, se rappelant qu'Alain et lui étaient amants et non pas maître et esclave. Il ne ferait jamais de mal à Alain de la façon dont son créateur l'avait blessé. Il préférait souffrir lui-même plutôt que de blesser la personne qui ne semblait pas se soucier de ce qu'il était.

Orlando empoigna délicatement le sexe d'Alain, faisant tout ce qu'il pouvait pour maintenir l'excitation du sorcier à un niveau élevé. Il espérait que cela le distrairait de la douleur qui, dans l'esprit d'Orlando, accompagnait inévitablement l'acte sexuel. Il regarda le visage d'Alain, étudiant les expressions de la passion qui traversait ses yeux pour qu'il sache à la seconde même où ces expressions changeraient. Elles seraient le baromètre par lequel il jugerait de ses actions.

Alain leva les yeux vers le masque de concentration sans faille d'Orlando. Il sentait les préoccupations du vampire mais il n'en connaissait pas la cause et par conséquent ne pouvait pas deviner comment l'aborder. Pourtant, il avait obtenu la première partie de ce qu'il voulait : les mains d'Orlando sur son corps. Tout ce qui restait à faire, c'était de mettre ses propres mains sur le corps d'Orlando. Cependant, il soupçonna que son second souhait serait beaucoup plus lent à se réaliser.

Orlando libéra Alain assez longtemps pour atteindre la table de nuit et attraper le tube de lubrifiant qu'il gardait là pour aider à soulager sa solitude durant l'isolement des heures de clarté. Il le posa sur le lit à portée de main et encadra le visage d'Alain de ses mains, ses longs doigts caressant les joues du sorcier, ses pouces se rejoignant sous le menton, pour incliner suffisamment sa tête pour qu'Orlando puisse déposer un baiser sur les lèvres accueillantes. L'inclinaison de sa tête était suffisante pour étirer la brûlure sur le cou d'Alain, lui rappelant l'importance de leur union.

Quand leurs lèvres se séparèrent, Orlando chercha sur le visage d'Alain le moindre signe d'hésitation, de peur ou de doute. Quand il n'y découvrit que du désir, de l'impatience et de la luxure, il attrapa le lubrifiant, recouvrant ses doigts de gel frais. Il pouvait le sentir dans la chaleur de sa peau, chaleur provenant du sang d'Alain circulant toujours dans ses veines. Cette pensée le fit un peu sourire alors qu'il regardait Alain écarter les jambes comme une invitation. Depuis les deux jours qu'ils se connaissaient, Alain lui avait montré plus de confiance, avait eu plus foi en Orlando que quiconque depuis sa transformation. Il lui avait offert son sang, sa vie à travers leur lien et maintenant son corps. Ressentant beaucoup d'humilité devant ces dons, il glissa ses doigts habiles entre les jambes d'Alain. Les doigts qui glissèrent de ses testicules à son entrée étaient doux, même hésitants. Alain écarta plus largement les jambes, dans l'espoir d'encourager Orlando ou, au moins lui rappeler qu'il le voulait. Le pouce d'Orlando massa le périnée alors que le bout de son doigt s'installa contre son entrée. Alain se détendit et poussa contre le doigt d'Orlando, l'invitant à l'intérieur. Il résista à l'envie irrépressible d'attirer Orlando pour caresser son beau vampire. Il devait le laisser donner le rythme.

En se penchant pour embrasser son sorcier, Orlando lui donna ce qu'il demandait, glissant un doigt dans son corps. Il attrapa le soupir ravi d'Alain avec sa bouche avant de relever la tête pour regarder son visage. L'extase qu'il y vit le rassura, c'était agréable pour Alain. Se sentant plus confiant, il commença à bouger son doigt, d'avant en arrière, caressant les parois intérieures, cherchant le faisceau de nerfs spongieux dont il savait qu'il mènerait Alain au plaisir.

Le halètement qui s'échappa de la bouche d'Alain quand Orlando trouva le nœud de chair fut comme une musique aux oreilles du vampire. Quand il vit les yeux d'Alain se fermer et son visage crispé par le plaisir, il se souvint du sens du mot joie. Il osa ajouter un deuxième doigt, étirant l'entrée d'Alain. Le gémissement du sorcier donna à Orlando un moment de panique mais avant qu'il puisse s'excuser ou retirer ses doigts, Alain chuchota.

— Continue.

Orlando était hypnotisé par le spectacle d'Alain se tordant de plaisir sous son contact. Ses yeux errèrent sur son corps, notant les changements que la passion avait suscités : les mamelons pointaient, les yeux étaient vitreux, les lèvres gonflées entrouvertes et bien sûr l'érection flagrante. Orlando voulait se pencher et déguster les gouttes de fluide qu'il pouvait voir s'accumuler à l'endroit où le sexe d'Alain cognait son estomac. Il ne pouvait cependant pas trouver le courage dont il avait besoin afin de surmonter les expériences de son passé. Peut-être plus tard, si Alain avait encore envie de lui.

Alain flottait sur une vague de désir, pris entre ciel et terre par les caresses d'Orlando, mais le rythme prolongé le rendait fou. Il avait besoin d'Orlando en lui, pour qu'il le remplisse, pour qu'il ne fasse plus qu'un avec lui. Aussi merveilleux qu'étaient ses doigts, ce n'était pas ce qu'il voulait. Il aurait voulu pouvoir dire à Orlando comment il se sentait, mais avec les caresses, le don de parler l'avait abandonné. Se sentant incroyablement audacieux, il attrapa le lubrifiant à côté de lui sur le lit et tendit timidement le bras vers le membre d'Orlando, espérant que son contact encouragerait le vampire à accélérer leur consommation.

Orlando attrapa sa main avant qu'il puisse établir le contact. Alain voulut protester mais les lèvres du vampire se refermèrent sur les siennes, arrêtant ses paroles et volant à nouveau ses pensées. Le tube retomba de sa main, oublié. Il n'avait pas l'intention de laisser Orlando faire tout le travail, mais tous ses efforts pour prendre toute sorte de contrôle étaient récupérés. Acceptant finalement que d'insister davantage risquerait de bloquer son nouvel amant, il se détendit sur le matelas, se mettant, ainsi que son plaisir, entièrement entre les mains d'Orlando.

L'acceptation d'Alain était un aphrodisiaque puissant, mais même alors, Orlando fut tenté d'utiliser ses doigts pour l'amener à son apogée et de se laisser décoller en contemplant le plaisir de son amant. Cela éviterait tout risque de le blesser s'ils faisaient l'amour de cette façon. Mais les mains d'Alain se collèrent sur ses épaules, le pressant de bouger sur lui. Orlando allait le lui accorder, mais il ne retira pas immédiatement ses doigts pour donner à Alain ce qu'il voulait. À la place, il ajouta un troisième doigt, déterminé à préparer son amour afin qu'il n'en sente pas la douleur.

Le visage d'Alain ne changea pas quand Orlando glissa le troisième doigt en lui. Ils l'étiraient parfaitement, le faisant se sentir libre et en attente. Les sons de son plaisir s'échappèrent de ses lèvres, en miaulements et soupirs, halètements et cris, une symphonie d'une beauté inégalée pour le cœur d'Orlando. Le vampire savait ce qu'il était, son créateur lui avait assez souvent dit à quel point il était pathétique et maladroit. Qu'il puisse apporter à son sorcier un tel plaisir satisfaisait un désir dans son cœur dont il n'avait jamais eu conscience. Dans un éclair de lucidité, il se rendit compte qu'il chercherait toujours de nouvelles façons de faire plaisir à Alain. Cette prise de conscience lui donna le courage dont il avait besoin pour passer à l'étape finale. Il était clair qu'Alain le désirait, mais Orlando ne pouvait pas comprendre pourquoi. Les mains encourageantes du sorcier et ses cuisses écartées étaient des signes qu'Orlando ne pouvait pas mal interpréter.

Doucement, il releva les jambes d'Alain sur ses épaules, ouvrant pleinement le sorcier pour lui, et inclina ses hanches pour faciliter son entrée. Il attrapa un oreiller et le glissa sous les hanches d'Alain, en le soutenant.

— Tout va bien ? demanda-t-il.

— Oui, dit Alain retrouvant à nouveau sa voix. J'ai besoin de toi. S'il te plaît, fais-moi l'amour.

Le son de la supplique d'Alain, la pensée qu'il avait réduit le sorcier à la mendicité, chavira Orlando. Il ne pouvait pas nier plus longtemps sa demande. Il se positionna et commença à se balancer contre le corps d'Alain. Même préparé comme il l'était, le petit pli résista au début, frustrant Orlando dans ses tentatives d'être doux.

— Je suis désolé, murmura-t-il en poussant plus fort, provoquant un gémissement du sorcier alors que son gland forçait le muscle protecteur.

— C'est... si bon, haleta Alain alors qu'il inclinait ses hanches, essayant d'attirer Orlando plus profondément. Tu me fais du bien.

Orlando poussa plus fort, gardant d'une main de fer sur les rênes de sa passion. Il ne voulait pas se laisser aller et risquer de blesser Alain. Il ne pouvait pas. Il avait promis qu'il ne lui ferait plus jamais de mal.

La tête d'Alain ballotta sur l'oreiller alors qu'il sentait Orlando commencer à bouger plus profondément en lui. C'était merveilleux. La grosse verge du vampire le détendait presque au point de la douleur et lui donnait l'impression qu'on le remplissait complètement et qu'on le poussait au bord du précipice. Et il n'avait pas encore touché le fond. Il attrapa les hanches d'Orlando, l'encourageant à pousser avec plus de force.

Orlando se battait pour garder son contrôle, luttant pour ne pas céder à son désir de lâcher prise et de baiser Alain jusqu'à lui faire traverser le matelas. Une baise irréfléchie n'était pas ce qu'il voulait offrir à son sorcier et il voulait donner à Alain toute la tendresse qu'il n'avait jamais connue. Pendant un temps, il maintint un rythme lent, mais la chaleur du corps d'Alain, l'étroitesse qui le serrait, le retenant à l'intérieur, sapèrent peu à peu le contrôle d'Orlando pour qui il était de plus en plus difficile de poursuivre leurs ébats.

Alain n'hésitait pas à le supplier.

136

— Plus dur, plaida-t-il, voulant sentir Orlando bouger plus profondément en lui. S'il te plaît.

Orlando cessa de se contrôler pendant un moment et ses hanches claquèrent durement contre Alain, enfonçant profondément son sexe dans le corps de son amant. Ce dernier poussa un cri aigu sous cette incroyable sensation mais Orlando n'entendit que le cri, pas le plaisir derrière lui. Il paniqua et commença à vouloir se retirer.

— Non ! supplia Alain quand il sentit qu'Orlando commençait à s'écarter. Reste en moi.

Ses mains s'accrochèrent à tout ce qu'il pouvait agripper du corps d'Orlando, essayant de le ramener.

Orlando fit une pause.

— Alain ? demanda-t-il avec hésitation.

Les mains d'Alain tirèrent de nouveau sur les hanches d'Orlando, le voulant plus profondément.

— Recommence à bouger.

— Tu es sûr ? demanda Orlando.

— Mon Dieu, oui ! s'exclama Alain. Bouge !

Orlando commença à pousser à nouveau à la demande d'Alain, pas tout à fait en claquant en lui comme il venait de le faire, mais certainement avec plus de force qu'auparavant.

— Trop bon, murmura Alain à nouveau. Si bon, n'arrête pas.

Ses mots sortaient en même temps qu'Orlando poussait, en un flux constant d'encouragements qui dissipa ce qui restait de ses doutes. Il trouva un rythme qui satisfaisait sa propre conduite passionnée et semblait plaire aussi à Alain. Il se dit qu'il pourrait continuer comme ça pour toujours, enfoncé jusqu'à la garde dans le corps accueillant d'Alain.

Les glissements incessants d'Orlando sur sa prostate envoyèrent des étincelles danser le long des nerfs d'Alain. La force et le rythme étaient juste suffisants pour l'amener au bord de l'extase sans le faire basculer. Il pouvait sentir ses testicules se resserrer, se dresser contre son corps dans un prélude à sa libération, mais il avait besoin de plus de stimulation pour y parvenir.

— Je vais jouir, grogna-t-il, diminuant sa cadence.

— Permets-moi, l'exhorta Orlando, remplaçant la main d'Alain par la sienne, massant les boules légèrement poilus avant de fermer son poing sur la hampe d'Alain. Son pouce glissa sur la fente, là où Alain était le plus sensible. C'était la touche dont il avait besoin. Ses yeux se fermèrent, son dos se voûta, son orgasme monta en lui, sa semence jaillit pour couvrir la main d'Orlando et son propre abdomen.

Orlando sentit la contraction commencer profondément en Alain, ses muscles serrant fort son érection. Il continua de plonger dans le corps d'Alain et de masturber sa hampe, étirant ce moment aussi longtemps qu'il le put avant de céder à sa propre libération. Il frémit lorsqu'elle le déchira et s'effondra sur Alain. Les bras du sorcier serrèrent ses épaules alors que ses jambes glissaient vers le bas pour encercler les hanches d'Orlando.

— Mon vampire, murmura Alain, embrassant les cheveux d'Orlando alors qu'il berçait son amant contre lui.

— Mon sorcier, répondit Orlando avec un sourire plein d'émerveillement alors qu'il se penchait pour embrasser doucement Alain.

Il avait un amant maintenant, quelqu'un qui l'acceptait avec toutes ses insécurités et sa malédiction. Orlando se jura qu'il ne prendrait jamais Alain pour acquis.

Ils s'allongèrent ainsi, bras et jambes enlacées, corps toujours unis, pendant de longues minutes, chacun tirant réconfort de la présence de l'autre. Finalement, Orlando glissa sur le côté, se retirant avec soin, puis se leva et se dirigea vers la porte.

— Attends, dit Alain.

Orlando se retourna vers lui d'un air interrogateur.

— Qu'en est-il de Jean ? demanda Alain.

Orlando eut un petit rire.

— Il est parti pendant que tu étais endormi, mais j'allais seulement à la salle de bain pour chercher une serviette afin que nous puissions nous nettoyer un peu. Je reviens tout de suite.

Alain se rallongea et attendit le retour d'Orlando. Quand il revint, un instant plus tard, il nettoya tendrement la preuve de leur passion, Alain attrapa sa main et l'attira sur le lit, contre lui. Il posa sa tête dans le creux de l'épaule d'Orlando et se blottit contre son vampire.

— Tu n'as pas à prendre soin de moi, dit-il doucement à Orlando. Je ne suis pas en verre.

— Peut-être que je veux prendre soin de toi, répliqua Orlando sur la défensive, en commençant à s'éloigner.

Alain le suivit, drapant ses bras et ses jambes autour de lui pour le maintenir en place.

— Et tu as merveilleusement pris soin de moi, dit-il pour l'apaiser. Mais je ne suis pas une fleur fragile qui se flétrira au moindre contact. Tu me touches comme si tu avais peur que je me casse.

Orlando se crispa à la sensation d'emprisonnement des bras et des jambes d'Alain, mais il se rendit compte que le sorcier voulait tout simplement le câliner.

— Je sais à quel point cela peut faire mal, dit-il à Alain. Je ne veux pas te faire ça. Je ne veux pas te blesser.

— Tu ne me blesseras pas, le rassura Alain. Ne sais-tu pas à quel point tu me fais me sentir bien ?

— Non, dit doucement Orlando. Je n'ai jamais laissé personne me prendre de cette manière. Je ne peux pas.

Alain réfléchit à ces paroles en silence. Il savait qu'Orlando avait été violé par le vampire qui l'avait créé. Se pouvait-il que la seule expérience d'Orlando ait été avec ce monstre ? Il avait besoin de le lui demander, s'il voulait savoir comment aborder Orlando, mais il n'avait pas la moindre idée de comment poser sa question sans faire empirer les choses.

— Tu n'as jamais... commença Alain, cherchant les mots justes.

— Je n'ai jamais eu d'amant, termina Orlando, en s'asseyant.

Les bras d'Alain essayaient de le maintenir en place, mais il se dégagea.

— Je vais te raconter, dit-il, mais je ne peux pas le faire si tu me tiens.

Alain le laissa partir, roulant sur son dos.

— Tu n'as pas à me le raconter si tu n'es pas prêt.

Il n'avait pas vraiment envie d'entendre toute l'histoire. Le changement d'Orlando à la simple évocation de son passé était criant. Il pouvait sentir le retrait émotionnel aussi bien que physique d'Orlando, comme s'il était perdu dans le cauchemar de son passé. La lumière dans ses yeux était grisée et sa peau avait pâlit, signes visibles de sa détresse.

— Je vais devoir t'en parler un jour ou l'autre, déclara sourdement Orlando. Ce sera moins douloureux si tu me quittes maintenant que si tu le fais plus tard.

Alain s'assit.

— Qu'est-ce qui te fait penser que je vais partir ? demanda-t-il. J'ai fait une promesse et j'ai bien l'intention de la tenir. Ou l'aurais-tu déjà oublié ?

— Je n'ai pas oublié, dit Orlando en glissant délicatement ses doigts sur le cou d'Alain. Mais tu ne voudras plus de moi après avoir entendu mon histoire.

— Je sais que rien de ce que tu pourras me dire ne me fera changer d'avis, mais jusqu'à ce que tu le croies, dis-moi comment il se fait que quelqu'un d'aussi beau et attentionné que toi n'a jamais eu d'amant.

Alain était sûr de ses sentiments pour Orlando, mais il se doutait que ce qu'il était sur le point d'entendre serait crucial pour leur avenir ensemble.

— Parce que je n'en ai jamais voulu, dit Orlando.

Sa voix était froide et détachée, comme s'il reportait simplement quelque chose qui était arrivé à quelqu'un d'autre. Il ne pouvait pas regarder Alain alors qu'il parlait, ses yeux se concentrant aveuglement sur le mur au-dessus du lit.

— Mon créateur m'avait vu, un jeune soldat en uniforme, innocent et ne connaissant rien du monde qui l'entourait et il m'a désiré. Il m'a fait sortir de mon régiment et m'a forcé à partager son lit.

Alain se tendit en entendant ces mots. Il savait qu'Orlando avait été maltraité, mais il ne savait pas que le viol avait été sa première expérience avec le vampire.

— Je n'avais jamais été touché avant cette nuit-là, mais il ne s'est pas soucié de mon innocence ou de mes cris de douleur. Ses dents et ses ongles ont déchiqueté ma peau alors qu'il me déchirait en deux.

La voix d'Orlando ne changea pas d'un iota, mais il était de nouveau pris dans le cauchemar, luttant de toutes ses forces pour échapper au vampire qui jouait avec lui, le laissant espérer qu'il y parviendrait avant de s'abattre à nouveau sur lui pour infliger une autre blessure sur le garçon impuissant qu'il avait été. Finalement, il s'était lassé de ce jeu et avait épinglé Orlando sur le sol, pour le violer sans pitié. Cela avait été suffisant pour briser l'esprit du jeune homme.

— Lorsque j'ai été complètement brisé à ses pieds, il m'a complètement vidé à sec et m'a forcé à boire son propre sang, le faisant glisser dans ma gorge, totalement indifférent au fait que j'aurais préféré mourir plutôt que d'être transformé comme il l'avait fait. Il m'a violé presque tous les jours et il semblait s'attendre à ce que je profite de ses attentions. Mes supplications et mes plaidoiries n'avaient aucune importance. Il s'est moqué de moi quand je lui ai dit que c'était douloureux ; il me reprochait d'être faible quand je saignais. Comme si ce n'était pas assez humiliant, il pouvait généralement me forcer à au moins un orgasme, malgré mon refus. Il se délectait de la honte que j'éprouvais parce que je ne pouvais pas contrôler les réactions de mon corps à ses machinations. Puis, quand il avait fini de me torturer de cette façon, il essayait de me transformer en monstre tel que lui, me forçant à faire à d'autres, des mortels en général, ce qu'il m'avait fait. J'essayais d'être gentil avec eux, de leur donner autant de plaisir que je pouvais, mais ils détestaient mon contact autant que je détestais celui de mon créateur.

Alain tressaillit en entendant les tourments qu'Orlando avait dû souffrir et il était certain de n'en avoir entendu que la plus petite partie.

— Je ne déteste pas ton contact, dit-il doucement.

Cela semblait une chose insignifiante à dire face à l'horrible histoire d'Orlando, mais c'était la seule assurance qu'il avait à lui offrir.

— Tu ne m'as rien apporté d'autre que du plaisir.

Orlando sourit, tremblant, ses yeux revenant sur Alain.

— Comprends-tu à présent pourquoi je suis si prudent ?

— Oui, mais ce ne sera pas nécessaire. Pas avec moi. Je veux que tu me touches. Je veux sentir ton pouvoir. Je veux sentir ce qui se passe quand tu te laisses aller. Je te le dirais si je voulais que tu t'arrêtes.

Une pensée soudain, le frappa.

— As-tu apprécié ce que nous avons fait ensemble ?

Orlando resta bouche bée devant Alain.

— Je n'avais jamais ressenti avec personne ce que j'ai ressenti avec toi tout à l'heure, déclara-t-il, les yeux brillants à la mémoire de ce qu'Alain et lui venaient de partager. Je n'avais jamais pensé qu'il était possible de se sentir autant connecté à une autre personne. Ce doit être le lien.

Alain sourit, voyant le flux de chaleur de nouveau dans le regard d'Orlando et leva la main du vampire à ses lèvres avant de la poser sur son cœur.

— Oui, accorda-t-il doucement, 'notre lien'.

Il voulait croire que ce lien entre eux allait bien au-delà des promesses scellées par la brûlure sur son cou. Il ouvrit ses bras à Orlando, espérant que le vampire voudrait le rejoindre afin qu'ils puissent se reposer.

Orlando laissa Alain l'attirer dans son étreinte, s'installant dans le cercle rassurant des bras de son sorcier.

XXI

FINALEMENT, LE grondement dans l'estomac d'Alain le réveilla. Il regarda la créature dans ses bras et s'émerveilla de sa bonne fortune. Il savait que les autres allaient le prendre pour un fou de s'être associé à un vampire de son plein gré, mais Alain connaissait son propre cœur. Et son cœur lui disait de ne jamais laisser Orlando partir. Le vampire n'était pas prêt à croire toute déclaration qu'Alain pourrait faire, alors il les garda en lui-même quand les yeux couleur café s'ouvrirent et rencontrèrent les siens. À la place, il sourit simplement et embrassa tendrement les lèvres d'Orlando.

— As-tu bien dormi ? demanda-t-il.

— Les vampires ne dorment pas vraiment, pas comme vous le faites, mais oui, c'était vraiment agréable.

Et c'était le cas. Pour la première fois depuis des années, aucun cauchemar n'était venu le troubler pendant son repos. Au lieu de cela, des visions d'Alain au sommet de sa passion avaient rempli ses rêves. Il était sur le point de demander à Alain s'il était intéressé par un rappel lorsqu'il entendit l'estomac du sorcier donner un autre grondement fort.

— Il semblerait que tu aies besoin de te nourrir, observa Orlando.

Tout en parlant, il se livra à un tendre baiser. Il voulait attendre pour assouvir son désir matinal, mais il ne pouvait pas attendre pour goûter à nouveau aux lèvres d'Alain.

Ce dernier sourit en s'excusant quand ils se séparèrent.

— Je n'ai rien mangé d'autre depuis le dîner d'hier soir que la pâtisserie que Thierry m'a apportée ce matin.

— Je ne fais pas un très bon boulot en prenant soin de toi, se réprimanda Orlando en regardant l'horloge.

Dix heures trente. Le Bistro Saint Vincent devrait être encore ouvert pour quelques heures et il savait que les propriétaires lui ouvriraient la porte quelle que soit l'heure.

— J'ai trente-six ans, répondit Alain avec le sourire. Je n'ai pas besoin d'un baby-sitter.

— Et j'ai deux cent cinquante et un ans. De plus, tu es sous ma responsabilité à présent.

Il vit le regard que lui lança Alain.

— Comme je suis sous la tienne, se hâta-t-il d'ajouter. Nous devons prendre soin l'un de l'autre. Il y a un restaurant en bas de la rue où nous pouvons aller dîner. En fait, tu peux dîner et je vais te tenir compagnie.

— Cela ne va-t-il pas les déranger si tu ne manges pas ? demanda Alain, choisissant ses mots avec soin.

Orlando rit. Il comprenait pourquoi Alain posait la question. Les restaurateurs parisiens n'étaient pas très tolérant envers les personnes qui prenaient place sans rien commander.

— Ils me connaissent là-bas. Je commanderai du vin et ils devront se contenter de ça.

Il se leva et traversa la pièce. Alain ne pouvait pas s'empêcher de suivre du regard la forme svelte d'Orlando allant nu vers son armoire pour récupérer des vêtements propres. Il soupira de contentement. Il était vraiment un homme très chanceux.

— Donc, tu peux boire autre chose en dehors du sang ? demanda Alain en commençant aussi à s'habiller.

— Je peux boire ou manger tout ce que je veux, répondit Orlando en mettant ses chaussures. Mais seul le sang me nourrit. Tout le reste ne fait que me traverser. Je commande du café, du vin ou même parfois un repas afin de ne pas attirer l'attention sur moi. Ou, comme ce soir, parce que les propriétaires sont gentils avec moi et que je veux les aider à gagner leur vie. Cela a tendance à mettre ceux qui m'entourent plus à l'aise s'ils me voient agir normalement.

— Ce qui leur semble normal pour eux, tu veux dire, rectifia Alain.

— Bien entendu. Bien que 'normal' soit un terme relatif. Allons manger. Nous pourrons parler davantage au restaurant.

Alain hocha la tête et suivit Orlando au restaurant. Comme le vampire l'avait dit, il y était connu. Dès qu'ils entrèrent, une femme âgée aux cheveux gris argentés vint à leur rencontre, aux petits soins pour Orlando et regardant Alain avec soupçon. Orlando prit la main d'Alain dans la sienne et dit :

— Ne vous inquiétez pas, Madame Marceline, Alain sait ce que je suis et il a choisi d'être quand même avec moi. Vous n'avez pas à vous soucier de lui.

Les mots d'Orlando firent toute la différence dans l'attitude de la femme. Tout à coup, Alain devint le préféré de la patronne. Elle les plaça à une petite table à l'arrière du restaurant, à l'abri des autres tables, séparé par un muret et une jardinière pleine de lierre.

— Asseyez-vous ici, insista-t-elle. Personne ne vous dérangera.

Elle leur tendit les menus et disparut dans la cuisine.

— Elle est très protectrice, observa Alain.

— Je viens ici depuis des années. Au début, elle me demandait pourquoi je n'amenais jamais de fille avec moi. Finalement, je lui ai avoué que je préférais les hommes. Cela l'a fait taire pour le reste de la soirée, mais la fois suivante où je suis venu, elle a commencé à me demander pourquoi je ne ramenais jamais de garçon avec moi. J'ai fini par lui dire la vérité. Sais-tu ce qu'elle m'a dit ?

— Non, quoi ?

— Elle a dit que toute personne qui me regardait et ne voyait en moi que le vampire était soit aveugle, soit stupide et qu'un jour je rencontrerais quelqu'un qui ne serait ni l'un ni l'autre. Je n'ai plus de famille. Mes parents et ma sœur étaient morts pour moi dès le moment où j'ai été transformé et étaient réellement morts avant que j'arrive à m'échapper. Jean, Madame Marceline et Monsieur Daniel sont à présent ce qui se rapproche le plus d'une famille pour moi.

— Donc tu m'as amené ici pour voir si je passais le test ? le taquina Alain.

— Non, je t'ai amené ici parce que tu avais faim. Si nous avions fait à ma façon, nous serions encore dans ma chambre avec beaucoup moins d'espace et de vêtements entre nous, rétorqua Orlando.

Ses paroles envoyèrent un regain de désir dans les veines d'Alain. Les yeux d'Orlando étincelaient de l'autre côté de la table et Alain pensa que peut-être son amant l'avait écouté lorsqu'il avait dit ne pas être en verre. Alain se demanda à quelle vitesse le service allait se dérouler afin qu'ils puissent revenir à l'appartement et à l'exploration de leur nouvelle relation. Puis Monsieur Daniel arriva à leur table pour prendre leur commande, suggérant divers plats qu'Alain devait absolument essayer. Alain vit l'affection dans le regard d'Orlando quand il observait le vieil homme et sut qu'il allait apprécier

144

chaque plat que l'homme avait suggéré, même si cela devait lui prendre toute la nuit.

— Et une bouteille de Fixin, si vous en avez, ajouta Orlando quand Alain eut fini de commander.

— Pour toi j'ai toujours une bouteille de Fixin, ajouta Monsieur Daniel. J'ai même une bouteille de 1996.

Il se précipita pour passer la commande.

— Es-tu donc amateur de vin ?

— Pas du tout, mais Monsieur Daniel est originaire d'une ville proche de Beaune, où le Fixin est produit et il est très fier de ses racines. J'ai étudié des revues d'œnologie pour savoir quelles années étaient bonnes et pourquoi, pour lui dire ce qu'il veut entendre. Il ne sait pas que je peux à peine y goûter, expliqua doucement Orlando. Je te fais confiance pour garder mon secret.

— Bien entendu, répondit Alain. Est-ce que quoi que ce soit a encore un goût ?

— Juste le sang, dit tristement Orlando. Tout le reste est insipide. Cela n'est pas mauvais, c'est seulement comme boire de l'eau – pas de goût du tout ou très peu.

Alain essaya d'imaginer ce que c'était que de n'avoir aucun goût sauf celui du sang. Il ne pouvait même pas accepter cette idée et le dit à Orlando qui rit en retour.

— Mais chaque personne a une saveur différente, donc nous ne nous en lassons pas.

— Ne vas-tu pas te lasser de n'avoir que mon sang à boire ? demanda nerveusement Alain.

Le souvenir du bouquet du sang d'Alain explosa à nouveau sur sa langue, presque aussi réel que s'il venait de mordre le sorcier.

— Jamais, jura-t-il. Ton sang est un banquet pour moi, plein de saveurs. Je le savourerai aussi longtemps que tu vivras.

Il n'avait pas pensé à ce qui se passerait ensuite. Il serait libéré de l'obligation qui l'empêchait de boire le sang des autres, mais il n'avait aucune idée de ce que serait sa réaction face à cette liberté.

— Quand nous serons rentrés à ton appartement, promit Alain, sentant à nouveau son désir grandir en lui à la pensée de nourrir Orlando.

— Quand j'aurai faim, répliqua Orlando. C'est mieux d'attendre et de manger correctement plutôt que de grignoter.

— Et quand auras-tu faim ? demanda Alain.

— Demain matin probablement, compte tenu ce que j'ai bu aujourd'hui, et de cette façon, nous serons capables de voir combien de temps ta magie me protège après un vrai repas.

Alain frissonna. Il espérait persuader Orlando de se nourrir à son cou plutôt que de nouveau à son bras. Cela semblait être le geste ultime pour lui montrer qu'il avait confiance en lui et il voulait faire cette proposition le plus tôt possible. Sans compter que l'expérience serait sans doute encore plus érotique que tout ce qu'Orlando et lui avait déjà partagés.

Madame Marceline arriva alors avec l'entrée d'Alain. Les œufs en meurette étaient une spécialité de la maison, lui assura-t-elle, alors qu'elle débouchait le vin et versait un verre à chacun d'eux.

— Bon appétit, dit-elle en s'éloignant, les laissant seuls à nouveau.

La conversation se calma un peu pendant qu'Alain mangeait son plat et qu'Orlando sirotait son vin.

— Nous avons oublié de porter un toast, déclara tout à coup Alain.

— À quoi allons-nous trinquer ? demanda Orlando.

— Au succès de l'alliance et aux partenariats qui se formeront, suggéra Alain, et particulièrement à notre... partenariat.

Orlando sourit et trinqua avec Alain avant de porter le verre à ses lèvres. Alain regarda, fasciné, comme les lèvres de rubis s'écartaient et que la langue rose se précipitait pour attraper la dernière goutte de vin qui s'attardait pour l'avaler. C'était un des spectacles les plus sensuels qu'Alain ait jamais vu, surtout quand il imaginait que c'était son sang, plutôt que le vin qui colorait la bouche d'Orlando. Il sirota son propre vin pour compléter le toast puis se pencha par-dessus la table pour attirer la tête d'Orlando vers la sienne afin de lui donner un baiser profond. Il pouvait goûter le vin sur la langue d'Orlando alors qu'il envahissait la bouche du vampire avec sa langue.

Orlando laissa Alain siroter le reste de vin sur sa langue. Tout doucement, il le mordit, aspirant deux petites gouttes de sang.

— Mmm, un mélange parfait de saveurs enivrantes, ronronna-t-il quand il rompit le baiser. Je ne me lasserai jamais de ce goût !

Alain détourna le regard, ému aux larmes par la profession exubérante d'Orlando. Ce n'était pas la déclaration d'amour qu'il voulait entendre, mais c'était une expression d'intérêt durable, ce qui était un progrès, dans la mesure où Alain était concerné. Il savait qu'Orlando était lié à lui par magie, mais il voulait que leur lien aille plus loin que cela. Il était certain que c'était le cas, mais une part de lui avait besoin de l'entendre dire qu'il le reconnaissait, parce que son cœur était pleinement engagé.

Alain reporta son attention sur la nourriture devant lui. Il avait toujours apprécié les œufs en meurette, mais ceux-ci étaient spectaculaires. Il était heureux qu'Orlando l'ait amené là et il savait qu'il allait devenir un habitué s'il continuait à passer du temps à l'appartement d'Orlando, une chose qu'il espérait ardemment faire.

Monsieur Daniel amena le plat suivant, une salade de tomates fraîches avec une sauce à la moutarde de Dijon. Les tomates étaient mûres et la sauce piquante, une combinaison parfaite.

— Comment as-tu trouvé cet endroit ? demanda Alain à Orlando. Je veux dire, c'est juste en bas de ta rue, mais comment pouvais-tu savoir que c'était bon ?

— Quand j'ai emménagé dans le quartier, je cachais toujours ce que j'étais, expliqua Orlando. Donc j'ai essayé d'agir aussi normalement que possible, étant donné que je ne pouvais pas sortir en plein jour. J'ai demandé dans le voisinage quelle était la meilleure boulangerie, le meilleur café, le meilleur restaurant, toutes les choses qu'un non-vampire voudrait savoir. Et pendant plusieurs années, j'ai maintenu la mascarade en feignant de mener une vie normale. Finalement, cependant, c'est devenu trop problématique, mais j'ai continué à venir ici pour la compagnie. Je suppose que je devrais être content de connaître toutes les bonnes adresses à présent.

Dès que les mots furent sortis de sa bouche, Orlando réalisa ce qu'il présumait.

— Je suis désolé, je n'aurais pas dû...

Alain le fit taire d'un baiser.

— À moins que tu ne me chasses, dit-il quand il se retira, je vais passer tout mon temps libre chez toi. Mon appartement n'a pas de pièce sans fenêtres et je ne veux pas prendre le risque de te brûler ou pire. Alors, me chasses-tu de chez toi ?

— Non ! Mais je n'aurais pas dû supposer...

— Peut-être pas, mais il semblerait que ton hypothèse me convienne parfaitement, lui assura Alain. Il n'y a pas d'autre endroit où je préférerais être.

Il tendit la main en travers de la table et prit celle d'Orlando dans la sienne, simplement pour la tenir. Il s'agissait d'un geste simple mais cela toucha profondément Orlando.

Même ceux qui l'avaient désiré, dans le passé, avant qu'ils se rendent compte de sa vraie nature, n'avaient jamais pris le temps de lui tenir la main. Ils s'étaient toujours précipités tout droit au lit, jusqu'à ce qu'Orlando leur montre ses crocs. Puis ils se précipitaient vers la porte.

Alain et lui restèrent assis là, les mains unies, et ce pour le reste du repas. Ce furent les heures les plus intimes et les plus romantiques dont Orlando pouvait se souvenir, avec simplement la main d'Alain dans la sienne, entrelacées sur une table d'un petit bistrot dans un quartier calme. Rien d'extraordinaire. Rien d'élaboré. Même rien de prévu. Ce tendre geste spontané remplit des endroits de son cœur dont Orlando ne savait même pas qu'ils étaient vides. Il voulait dire à Alain ce qu'il ressentait, mais il ne connaissait pas les mots pour le dire et certainement pas d'une manière qui exprimerait la grandeur de l'intimité du moment. Alors il le tint simplement, réticent à libérer sa main même quand le temps fut venu de payer l'addition et de partir.

Alain ne s'était pas plaint. Cela n'avait pas eu d'importance qu'il ait dû manger le reste de son repas d'une seule main. Il n'avait pas eu l'intention de relâcher la prise d'Orlando. Heureusement, le bœuf bourguignon qu'il avait commandé n'avait pas besoin de couteau. Pas plus que le dessert. Monsieur Daniel et Madame Marceline lui avaient souris amicalement à chaque fois qu'ils étaient venus à la table et avaient vus leurs mains toujours jointes. Dans l'ensemble, Alain ne pouvait pas imaginer de meilleure façon de passer le dîner. Il avait eu un repas délicieux pour un prix raisonnable, ce qui était toujours un plus à Paris, mais plus important encore, il avait passé une soirée tranquille et romantique avec son nouvel amant. Il était tenté de se pincer pour être sûr qu'il ne rêvait pas. Il n'avait pas eu d'amant depuis la mort de sa femme, pas de véritable amoureux, juste la chaleur occasionnelle d'un corps pour l'aider à passer la nuit. Cette relation ne serait pas comme ça. Elle serait comme son mariage aurait dû être.

XXII

L'ESPRIT D'ORLANDO s'emballa alors qu'Alain et lui retournaient à son appartement. Alain lui avait dit qu'il voulait passer tout son temps libre chez lui. Cela signifiait-il qu'Alain voulait emménager avec lui ? Orlando n'avait aucune idée de combien il le voulait jusqu'à ce que l'idée lui traverse l'esprit. Dès qu'elle l'eut fait, il savait qu'il ne serait jamais heureux avec rien de moins que ça. Dans son esprit, il réarrangea la chambre pour libérer de l'espace pour les effets personnels d'Alain, cataloguant ce qu'il voulait garder et ce qu'il était prêt à remplacer, ce qu'ils devaient faire pour rendre l'appartement habitable pour Alain. Il s'était même demandé s'il ne valait pas mieux chercher un appartement plus grand puisque le sien n'avait qu'une chambre et un salon. La cuisine était minuscule, à peine assez grande pour la table de café et les deux chaises qu'il avait dedans. La même chose était vraie pour la salle de bain. Si Orlando était dans le salon durant la journée, les rideaux devraient être fermés et il n'y avait pas de fenêtre dans la chambre. Ce qui ne donnait à Alain aucun endroit où aller pour voir la lumière du jour, à part en dehors de l'appartement, ce qui semblait injuste à Orlando.

— Arrête de penser aussi fort, dit Alain à côté de lui.

— Quoi ? Non, je vais bien, bégaya Orlando, en fouillant dans ses poches pour trouver les clefs de la porte de son immeuble.

— Tu n'es pas bien, répondit Alain. Tu avais ce regard intense de concentration sur le visage et une ride entre les sourcils. Tu es inquiet à propos de quelque chose. Tu n'as pas à me le dire si tu ne veux pas, mais si cela n'a pas à voir avec nous, il n'y a rien que tu puisses faire à ce sujet ce soir. Alors cesse de t'inquiéter.

— C'était à propos de nous, admit doucement Orlando alors qu'ils grimpaient l'escalier menant à son appartement. Cet endroit est trop petit et la

149

chambre n'a même pas de fenêtres et je suis une créature des ténèbres ce que tu n'es pas, et comment est-ce que cela va pouvoir marcher ?

Alain prit les clefs des doigts d'Orlando et ouvrit la porte de l'appartement, conduisant le vampire à l'intérieur puis vers le canapé. Avant même de considérer de répondre aux préoccupations d'Orlando, il attira le vampire contre lui et l'embrassa tendrement, avec le même mélange de romance et de tendresse qui avait coloré le repas tout entier au bistrot.

— Je ne sais pas, répondit-il honnêtement, mais je sais que nous pouvons rendre cela possible. Mon sang te donne une certaine protection contre la lumière du soleil, donc tu n'as pas à passer toutes les heures du jour dans l'obscurité. Je sais que nous n'en savons pas encore beaucoup sur cette protection mais nous allons apprendre. Et mon appartement est plus petit que le tien, alors ce n'est pas comme si j'étais habitué à beaucoup d'espace. Je ne dis pas que ce sera facile de faire des ajustements, mais je suis prêt à essayer si tu l'es aussi.

— Je suis prêt, dit Orlando. J'étais en fait…

Il s'arrêta, embarrassé par ses pensées antérieures.

— Quoi ? demanda gentiment Alain. Tu étais quoi ?

— Je pensais à la façon de réorganiser mes affaires pour faire de la place aux tiennes. Et puis je me suis rendu compte que je faisais encore des hypothèses. Rien ne t'oblige à emménager avec moi, Alain. Je le veux – je pense que tu le sais déjà – mais si tu préfères rester chez toi et simplement me rendre visite ou que je vienne te voir quand j'ai faim, ça me va.

— Si ce n'était, dit Alain faisant un geste entre eux, qu'une question de te nourrir pour de te protéger des rayons du soleil, comme ce sera probablement le cas pour les autres paires de vampires et de sorciers, alors peut-être que je voudrais garder mon appartement, mais nous avons déjà largement dépassé les paramètres de l'alliance. Oui, nous sommes partenaires, mais nous sommes beaucoup plus que cela et nous l'avons été dès la première fois où tu m'as laissé t'embrasser. Vois-tu réellement Payet et Bellaiche blottis sur un canapé après un dîner romantique pour deux ?

Orlando rit à l'image qu'Alain avait créée avec ses mots.

— Non, admit-il, je ne peux pas imaginer cela du tout. Je suis désolé d'être ridicule et si peu sûr de moi, mais je n'ai aucune idée de ce que c'est que d'avoir un amant. Je ne sais pas ce qui est autorisé ou non, ce qui est exagéré de présumer et ce qui est trop peu, si...

Les lèvres d'Alain sur les siennes le coupèrent à nouveau. Il ferma les yeux et accepta le baiser passionné avec son réconfort et sa promesse de choses à venir.

— Il n'est pas question de raison ou de tort, murmura Alain contre les lèvres d'Orlando. Nous n'avons qu'à seulement nous rendre mutuellement heureux. Je ne sais pas d'où viennent ces inquiétudes, mais je ne vais pas me mettre en colère parce que tu fais quelque chose que je n'aime pas ou parce que tu fais une supposition. Je ne suis pas comme ça. De plus, chaque relation est différente. Nous avons tous deux à apprendre les besoins de l'autre. Nous ferons cela ensemble comme nous l'avons promis.

Orlando sourit, d'un doux sourire béat qui illuminait tout son visage de l'intérieur. Alain fut frappé par la beauté de ce visage mis en évidence par son sourire. Il baigna pendant un moment dans la chaleur de la main qu'Orlando levait à son cou, caressant tendrement la marque de leurs vœux. Il se pencha en avant et embrassa les lèvres souriantes du vampire.

— Emmène-moi au lit, murmura-t-il quand il recula.

XXIII

LA CONFIANCE implicite contenue dans ces quatre mots stupéfia Orlando. Alain voulait de lui. Orlando savait, quelque part au fond de son esprit, qu'il n'aurait pas dû être surpris par les mots d'Alain. Leur interaction au dîner, et depuis lors, avaient toutes soulignées l'intérêt continu d'Alain, mais l'expérience antérieure d'Orlando brouillait sa pensée. Pour commencer, cela l'étonnait qu'Alain ait voulu laisser un vampire le toucher une première fois. Qu'il le veuille une deuxième fois était au-delà du domaine d'expérience d'Orlando. Il chercha dans les yeux d'Alain le moindre signe d'hésitation, mais n'y trouva que du désir. Il aurait voulu goûter son sang, juste pour se rassurer, mais il n'était pas certain non plus qu'aucun des deux ne soit prêt à mélanger l'alimentation et l'amour. C'était des lignes dangereusement floues, parce que si Orlando perdait le contrôle, il pourrait sévèrement nuire à Alain, sans bien sûr le vouloir, et ce n'était pas un risque qu'il était prêt à prendre. Pas encore en tout cas.

Stupéfié par le silence d'Orlando, Alain se leva et tendit la main.

— Viens, montre-moi ce que tu veux, l'exhorta-t-il.

Orlando mit sa main dans celle d'Alain et laissa le sorcier le conduire dans la chambre à coucher. C'était bizarre, étrange d'être conduit dans sa propre chambre par quelqu'un d'autre, mais c'était aussi agréable en quelque sorte. Dans ce domaine, Alain y allait avec confiance, une confiance qu'il était prêt à partager avec Orlando. Le vampire traînait derrière lui alors qu'Alain bougeait confortablement sur le lit et se débarrassait de ses vêtements comme si Orlando et lui avaient fait cela des centaines ou des milliers de fois. Il laissa son boxer en place, ne voulant pas qu'Orlando se sente contraint et s'étendit sur le lit, faisant un signe de la main au vampire.

Orlando fit une pause, comme il l'avait fait avant, et s'enivra de la vision devant lui. Alain étalé sur son lit, attendant, accueillant, cette fois encore invitant Orlando à le toucher.

— Montre-moi ce que tu veux, répéta Alain en se mettant à l'aise et s'ouvrant à son amant.

Orlando le regarda encore un moment puis se débarrassa de ses propres vêtements aussi rapidement qu'Alain l'avait fait. Il s'installa sur le lit, à cheval sur la taille du sorcier et se pencha pour planter des baisers ludiques sur les yeux, le front, le nez, le menton et les joues d'Alain. Le sorcier se détendit et le laissa explorer, sans même tressaillir quand les baisers se transformèrent en de malicieuses morsures. Orlando aurait pu le mordre d'après ce qu'Alain lui avait confié. Il était trop heureux qu'Orlando le touche enfin pour se soucier de la forme que ces caresses prenaient. Les mains d'Orlando vinrent se poser sur ses bras, appuyant doucement, et le sorcier comprit et laissa ses bras reposer inertes le long de son corps plutôt que de chercher à atteindre Orlando, de l'attirer pour un baiser ou une caresse. Il haussa mentalement les épaules et décida de voir cela comme une sorte de séduction inversée. Il voulait séduire Orlando en lui donnant le contrôle qui lui était clairement nécessaire, autant de fois qu'il le faudrait.

Cela sembla bien fonctionner, si le feu qui brûlait dans les yeux d'Orlando était une indication. Alain ne se rappelait pas avoir jamais vu une expression aussi convaincante auparavant. Il voulait se livrer complètement. Les lèvres d'Orlando bougèrent encore sur son visage et il sentit un petit pincement sur sa pommette gauche. Il lui fallut un petit moment pour comprendre ce que c'était. Le croc d'Orlando avait pris sa peau en passant et ouvert une fente minuscule. Ses nerfs frissonnèrent alors qu'il sentait une petite traînée de sang suinter de sa peau. Puis, le contact électrique de la langue d'Orlando fut là, lapant la goutte, scellant la ligne.

Orlando culpabilisa à l'instant où il remarqua la coupure sur le visage d'Alain. Il n'avait pas voulu ajouter sa soif de sang à l'équation, mais il ne pouvait tout simplement pas laisser Alain saigner, surtout pas d'une blessure qu'il avait causée, même mineure. Il baissa la tête au-dessus de la fente et élança sa langue pour le guérir, attrapant les gouttes errantes au passage. Il avait souhaité plus tôt pouvoir goûter au sang d'Alain pour être sûr que le sorcier était sincère dans son désir. Ce goût illicite apaisa ses dernières craintes. Alain voulait cela autant que lui. Il baissa la tête et l'embrassa minutieusement, sa langue revendiquant d'urgence la bouche du sorcier.

153

Alain goûta son propre sang sur la langue d'Orlando et à ce moment-là, il crut même goûter sa propre excitation. Il put presque comprendre la fascination d'Orlando. Il suça la langue qui avait agressivement envahit sa bouche, tirant de la langue d'Orlando le goût de sa propre saveur. Il mordit malicieusement le muscle humide, le taquinant comme le vampire l'avait fait au restaurant. Alain savait que ses propres dents ne le pénétreraient pas comme les crocs d'Orlando l'avaient fait, mais il espérait que le jeu serait aussi amusant pour Orlando que cela l'avait été pour lui.

Il eut tort. Orlando le repoussa immédiatement.

— Ne le fais pas, dit-il. Ne me mords pas. Nous n'avons aucune idée de ce que mon sang pourrait te faire et je ne veux pas risquer de te perdre.

Il n'ajouta pas que son créateur l'avait torturé de cette façon, le mordant cruellement, même quand cela ne servait plus aucun but. Sa peau ne portait pas de traces des crocs de son créateur, mais son cœur était toujours déchiqueté par le traitement qu'il lui avait infligé.

— Tu ne me perdras pas, promit Alain. Les petites morsures, même celles qui attirent le sang comme celle-ci et celle du restaurant me rendent fou. Je voulais te rendre la pareille, mais si cela t'inquiète tant que ça, je garderai mes dents pour moi.

— Merci, dit Orlando, en baissant la tête pour embrasser tendrement Alain une fois de plus avant de s'éloigner vers sa marque et au-delà, vers la clavicule d'Alain et sa poitrine.

Il connaissait déjà le plaisir qu'il avait à toucher et embrasser la peau d'Alain, mais il en voulait encore. Il mordilla la peau, de petites morsures d'amour ludiques qui piquaient pendant une seconde et qui coupaient la respiration d'Alain, espérant à chaque fois qu'Orlando le mordrait pour de bon.

Les morsures ne vinrent jamais. Les crocs d'Orlando restèrent en sécurité loin de sa peau, seules ses lèvres et sa langue entrèrent en jeu alors qu'il traçait son chemin en descendant sur le corps d'Alain, guettant les signes de ce qui lui plaisait.

Le sorcier était toujours immobile, laissant Orlando l'explorer à nouveau, comme il l'avait déjà fait deux fois, mais cela lui était de plus en plus difficile de s'abstenir de toucher le vampire.

— S'il te plaît, murmura-t-il finalement. Laisse-moi te toucher aussi. Permets-moi te faire te sentir aussi bien que je le suis en ce moment.

Orlando hésita. Il voulait ce qu'Alain offrait, mais il avait peur de lui aussi, effrayé de laisser quelqu'un d'autre, même Alain, avoir le contrôle dans ce domaine, même pour quelques minutes.

— Tout ce que tu as à dire c'est non, dit doucement Alain, regardant la bataille émotionnelle dans les yeux d'Orlando. Je ne ferai jamais quelque chose que tu ne veux pas.

Pour Alain, cette promesse n'était même pas nécessaire. Il n'avait jamais été un amant dominant, préférant s'occuper de son partenaire avant lui-même, appréciant la tendresse, les gestes doux plutôt que les gestes brusques, mais il en savait assez sur le passé d'Orlando pour comprendre qu'il ne savait pas à quoi s'attendre. Il avait besoin d'être rassuré et Alain voulait le lui donner encore et encore jusqu'à ce que finalement, il y croit.

Orlando lutta contre ses démons. Il était presque certain qu'Alain ne se lèverait pas pour partir s'il disait non, et pourtant il ne voulait pas refuser à son amant une demande aussi simple. Cela ne devrait pas être un tel défi de laisser quelqu'un le toucher. Finalement, il proposa un compromis.

— Au-dessus de ma taille et seulement tes mains.

Doucement, comme s'il amadouait un cheval sauvage, Alain tendit la main pour caresser le visage d'Orlando. Il espérait que ce serait acceptable puisqu'il avait déjà touché Orlando ainsi auparavant. Lorsqu'Orlando ne se recula pas, ses mains dérivèrent lentement plus bas, traçant chaque ligne et chaque contour, guettant chaque arrêt de sa respiration, chaque indication de plaisir ou de déplaisir, de sorte que cette expérience soit agréable au-delà des rêves les plus fous d'Orlando.

Ce dernier ferma les yeux dès qu'Alain toucha son visage. Il voulait savourer les douces caresses qui étaient si différentes de la violence qui avait toujours été pratiquée sur lui. Il craignit pendant un instant que les images cauchemardesques de son passé n'enflent et ne le submergent quand il ferma les yeux, mais les mains d'Alain, si différentes de celles de son agresseur, l'apaisaient et gardaient ses souvenirs au loin. Petit à petit, il se détendit et commença à profiter des caresses des callosités sur sa peau, taquinant ses épaules, ses bras, sa poitrine.

— Sais-tu à quel point tu es beau ? demanda Alain, sa voix rauque envoyant des frissons dans la colonne d'Orlando. Tu es la plus belle créature que je n'ai jamais vue. Je veux t'adorer et si tu ne me laisses pas utiliser mes lèvres pour t'embrasser, alors je les utiliserais pour te dire à quel point tu es spécial.

Il continua de parler, les mots doux faisant l'éloge de son amant alors que ses mains et ses doigts s'enhardissaient, toujours à la limite imposée par Orlando, mais avec plus de ferveur puisqu'il continuait à accepter ses caresses.

Orlando était perdu dans son propre monde. Personne ne l'avait jamais touché avec le soin et la tendresse dont Alain faisait preuve. Personne ne lui avait murmuré de louanges comme Alain en versait sur lui. Personne n'avait jamais respecté ses limites comme Alain le faisait. Il savait qu'il pouvait faire confiance à son sorcier. Il l'avait su dès la première gorgée de son sang, mais Alain le prouvait une fois de plus. Orlando n'avait jamais su jusqu'à cet instant combien les contacts d'une autre main, de la main d'un amant étaient bons.

Voyant Orlando s'abandonner à ses caresses et accepter son amour par son toucher, Alain devint encore plus audacieux, cherchant activement à augmenter le désir de son amant. Il glissa ses pouces d'avant en arrière sur les mamelons d'Orlando, les amenant dans le même état d'excitation tendue que son érection. Il voulait descendre plus bas pour envelopper le sexe d'Orlando dans son poing, mais le vampire avait expressément dit au-dessus de la taille, et Alain ne voulait pas trahir sa confiance, pas après l'avoir finalement convaincu de lui donner quelque chose. Il devrait juste travailler dans les limites fixées pour lui donner autant de plaisir que possible, espérant lui donner peut-être envie de plus.

Le dos d'Orlando se voûta par réflexe quand les pouces d'Alain commencèrent à lui masser les mamelons. Le mouvement pressa son aine contre celle d'Alain, recouvrant le tissu de l'érection contenue du sorcier, frottant contre ses testicules. Il se rejeta en arrière alarmé, mais les mains d'Alain le calmèrent.

— Rien que tu ne veuilles pas, rappela-t-il à Orlando en caressant les bras du vampire.

Intérieurement, Alain tressaillit à la réaction d'Orlando dont le corps ne portait aucune marque, ne montrant aucun signe des mauvais traitements qu'Alain savait qu'il avait endurés. Il se demanda si c'était un effet secondaire d'être un vampire. Il aurait presque souhaité qu'il y ait des cicatrices, quelque chose pour le guider vers certains gestes, certaines caresses qu'il pouvait faire ou pas. En l'occurrence, toutes les cicatrices étaient dans le cœur et l'esprit d'Orlando et Alain ne pouvait pas voir où elles étaient pour lui offrir réconfort et soin. Tout ce qu'il pouvait faire était de tenter de transmettre son désir, son amour dans les limites fixées par Orlando jusqu'à ce qu'il puisse gagner la confiance inconditionnelle de son amant.

Il fallut un moment à Orlando pour se remettre du choc de sa propre réaction mais les caresses peu exigeantes d'Alain le bercèrent à nouveau dans un sentiment de sécurité et quand il commença à réagir, les caresses retrouvèrent leur intensité, le ramenant à une excitation ardente. Plusieurs fois,

Alain se surprit à hésiter à toucher Orlando d'une façon particulière, craignant que cela puisse ressembler trop aux violences qu'il avait subites. Chaque fois, il se forçait à continuer avec des caresses qu'il pourrait normalement supporter, faisant confiance au vampire pour l'arrêter si les lignes commençaient à se brouiller dans son esprit. Ils devaient déjà faire face à suffisamment de défis ensemble actuellement, il refusait d'en créer des supplémentaires.

— Embrasse-moi, demanda doucement Alain, pinçant les mamelons d'Orlando, pétrissant sa poitrine, essayant de l'exciter afin qu'il perde le contrôle.

La douce requête fit disparaître les dernières réserves d'Orlando. Il s'étendit à côté d'Alain, l'embrassant avec toute la passion et la tendresse que le sorcier lui inspirait. Tout en le faisant, il fit glisser le boxer d'Alain et l'ôta, les laissant tous les deux nus. Leurs peaux se frottèrent ensemble alors qu'Orlando poursuivait le baiser, les amenant de plus en plus loin l'un dans l'autre. Quand il releva finalement la tête, Alain le regardait avec tendresse, les yeux langoureux.

— Fais-moi l'amour, murmura-t-il. Emmène-moi à cet endroit où toi seul peux le faire.

Orlando frissonna. Il était toujours stupéfait que lui, un vampire sans valeur, puisse offrir à Alain quelque chose d'agréable qu'il ne trouvait nulle part ailleurs. À part son créateur, personne n'avait jamais rien voulu de ce qu'Orlando avait à offrir. *Jusqu'à maintenant*, se rappela-t-il. Il pouvait donner à Alain ce qu'il voulait. Il pouvait apporter l'extase au sorcier. Il roula sur le côté et saisit le tube de lubrifiant qui lui faciliterait le chemin, enduisit ses doigts alors qu'il baissait la tête pour embrasser à nouveau les lèvres d'Alain. Il le caressa plusieurs fois, profitant de la vue de son amant se tordant sous son contact. Il descendit ses doigts plus bas, au-dessus des bourses d'Alain jusqu'à la peau délicate qui se cachait derrière. Alain s'ouvrit volontairement, avec impatience même, accueillant les doigts d'Orlando. Il soupira de plaisir quand le bout d'un doigt passa à plusieurs reprises sur son entrée.

— Ne me taquine pas, supplia-t-il. J'ai besoin de te sentir.

C'était une supplication à laquelle Orlando n'avait pas l'intention de résister. Il poussa doucement, glissant son doigt à l'intérieur, jusqu'à la première phalange, puis plus profondément quand il entendit Alain gémir de plaisir. Le sorcier était au paradis avec Orlando nu contre lui, ses doigts exerçant leur magie dans son corps. Il se pencha pour capturer de ses lèvres celles d'Orlando, voulant une connexion supplémentaire avec son amant.

Très rapidement, un doigt ne suffit plus. Alain était toujours détendu de leur rapport sexuel antérieur et n'avait pas besoin d'une préparation aussi minutieuse. Il attendit qu'Orlando s'en rende compte mais le vampire poursuivit avec des mouvements lents et minutieux.

— C'est bon, le pressa Alain. Mets un autre doigt.

— Je ne veux pas te blesser, protesta Orlando.

— Tu ne me blesseras pas.

La force et l'assurance qu'il mit dans ses mots, convainquirent Orlando et il donna à Alain ce qu'il voulait, glissant un second doigt dans le muscle serré.

Alain gémit encore.

— Plus, plaida-t-il, mais Orlando ne répondit pas à son ton suppliant.

Pourtant il le voulait, mais il voulait être certain que cela ne nuirait pas à Alain, donc il prit son temps, croisant ses doigts, l'étirant et le préparant tendrement. Alain le supplia un peu plus, mais quand il devint clair qu'Orlando ne se laisserait pas influencer, il préserva son souffle et se concentra plutôt à caresser son amant, bougeant ses mains partout sur le visage, la poitrine et le dos d'Orlando. Il avait envie d'aller plus bas, mais il ne le ferait pas sans sa permission.

Les mains d'Alain distrayaient momentanément Orlando alors qu'il se penchait dans les caresses, mais il retrouva son attention quand les hanches d'Alain se cambrèrent contre ses doigts.

— Remplis-moi, murmura Alain. Fais-moi tout ce que tu veux.

Orlando renonça à résister, se déplaça sur Alain et le pénétra. C'était plus facile cette fois, remarqua-t-il en passant, alors que le passage étroit d'Alain se resserrait sur lui, le serrant doucement, massant toute sa longueur. C'était au tour d'Orlando de gémir à la chaleur glorieuse qui l'entourait, le remplissait, lui réchauffant le cœur et l'âme. Il commença à bouger lentement, sentant le sphincter d'Alain se serrer le long de son sexe, comme pour le retenir à l'intérieur, puis se détendre alors qu'il s'enfonçait dans cet accueil enthousiaste. Il se mit sur les coudes pour pouvoir aligner leurs corps entiers. Les jambes d'Alain vinrent se glisser autour de sa taille alors que le sorcier soulevait ses hanches pour répondre aux mouvements de balancier d'Orlando. Le rythme qui avait pourtant débuté si lentement délibérément, ne tarda pas à s'accélérer rapidement.

Les mains d'Alain se serrèrent autour des bras d'Orlando, si étroitement qu'il était sûr qu'il devait faire mal au vampire. Il força ses doigts à se détendre et ses mains à retomber sur les draps. Il ne ferait pas de mal à Orlando, pas même de cette façon. Il trembla sous la puissance des poussées de son amant, son membre effleurant sa prostate et il savait qu'il n'allait pas pouvoir durer longtemps à ce rythme. Puis Orlando se déplaça, juste assez pour refermer ses doigts autour de l'érection d'Alain, et le nouvel angle conduisit le gland d'Orlando droit vers son point sensible. Avec un hurlement, Alain convulsa, son orgasme le déchirant et le laissant vidé sur le lit. Orlando s'enfonça encore plusieurs fois avant qu'Alain sente son amant inonder son passage avec sa propre libération.

XXIV

— ENCORE ! PLUS fort cette fois, ordonna Pascal Serrier d'une voix ennuyée avec de se retourner vers son premier officier. Je suis surpris que nous n'ayons pas eu plus de réaction après Versailles, observa-t-il, en regardant avec un sourire sauvage le claquement d'un fouet suivi d'un cri de douleur. Pas une seule observation en vingt-quatre heures. Habituellement, Chavinier aurait déjà riposté.

— Je ne sais pas, répondit Claude Blanchet en haussant les épaules. Nous n'arriverons à rien avec celui-là. Soit il ne sait rien, soit sa tolérance à la douleur est phénoménale.

— Encore ! ordonna Pascal.

Il regarda Éric.

— Tu étais ami avec eux avant d'avoir compris que tu faisais fausse route. Qu'en penses-tu ?

— Je pense que personne n'a jamais compris ce qui se passait dans l'esprit de Chavinier, répondit Éric, ignorant le corps sanglant derrière lui. Cela semble étrange, cependant, que toutes les activités aient cessé. Même les cellules que nous connaissions semblent s'être évaporées.

— Le frapper ne semble pas fonctionner, l'interrompit Claude. Il crie mais ne dit rien. Peut-être que quelque chose de plus... invasif serait plus efficace.

Pascal sourit brutalement.

— Fais-toi plaisir, dit-il à Claude. Rappelle-toi simplement que nous voulons qu'il soit conscient et capable de nous parler.

— Je ne lui couperai pas la langue, promit Claude, mais tout le reste est de bonne guerre.

Pascal se mit à rire. Éric fronça les sourcils. Il n'avait jamais été un partisan de la violence qui semblait être une pratique courante chez ses

160

nouveaux collègues. Aussi longtemps qu'ils ne lui demanderaient pas de participer, cependant, il n'interviendrait pas. Il n'avait aucune idée de comment il réagirait si l'un de ses anciens amis s'était retrouvé dans la même situation que le malheureux sorcier derrière lui. Il n'était pas certain qu'il serait capable de détourner le regard devant la souffrance de quelqu'un qu'il avait connu.

— Qu'est ce qui pourrait inciter Chavinier à rappeler ses agents ? demanda Pascal à Éric.

Éric grimaça lorsqu'il entendit un cri de douleur suivre la question de Claude sur les plans de Chavinier. Il était impressionné quand le sorcier qu'ils torturaient ne répondit pas. Il espérait que Chavinier savait quel fidèle disciple il avait. Une loyauté comme celle-là ne pouvait être commandée, elle ne pouvait qu'être gagnée.

— Je ne peux même pas l'imaginer, dit Éric en réponse à la question de Pascal. Quelque chose de grand, cependant. Il a passé trop de temps à la mise en place de l'organisation pour la retirer pour quelque chose de mineur.

— Alors, nous devons trouver ce que c'est afin de pouvoir l'arrêter, déclara Pascal.

— Et comment proposez-vous de faire cela ? demanda Éric alors qu'un nouveau cri déchirait la pièce.

Il ne put pas s'en empêcher. Il se retourna avec une fascination morbide pour voir ce que Claude faisait au pauvre homme. Il dut se retourner immédiatement pour éviter de vomir. Claude avait coupé la main de l'homme et actuellement pelait la peau de son bras, le sang rouge s'accumulant sur le carrelage aux pieds de l'homme.

Un mouvement dans l'ombre attira l'attention d'Éric.

— Qu'est-ce que Robert fait ici ? demanda-t-il à Pascal. Je pensais qu'il était sorti en mission.

— Il l'était, répondit Pascal. Laisse-moi voir ce qu'il a à dire. Profite du spectacle en attendant.

— Peut-être que je vais participer cette fois, répondit calmement Éric.

— Fais-toi plaisir. Peut-être pourras-tu enseigner à Claude quelques subtilités, dit Pascal avec un geste dédaigneux de la main envers le sorcier gémissant alors qu'il traversait la pièce pour parler à Robert Pacotte.

Éric se retourna pour regarder ce qui restait du sorcier autrefois si fier. Son expression durcit alors qu'il rencontra à travers la pièce les yeux remplis de douleur de l'autre.

— Je suis désolé mais c'est nécessaire, Marc, murmura-t-il avant de jeter une malédiction qui provoqua des convulsions d'agonie au sorcier.

L'homme se raidit brusquement puis s'effondra contre ses contraintes, de toute évidence, mort. Lorsque Claude le foudroya du regard pour avoir tué son jouet, Éric haussa les épaules :

— Je suppose qu'il n'était pas aussi fort que je le pensais.

Claude s'éloigna du corps avec colère. Éric fit le tour de la pièce du regard, lisant la déception sur certains visages tandis que d'autres semblaient satisfaits qu'il ait fait ce qu'ils n'osaient pas. Tout le monde n'approuvait pas la joie malsaine de Claude. De plus, ils avaient obtenu tout ce qu'ils pouvaient de Marc, pas grand-chose en fait, et Éric n'avait jamais été en mesure de supporter le penchant de Claude pour la torture. Interroger était une chose, mais Claude prenait plaisir à causer de la souffrance pour la souffrance.

Décidé à savoir ce que Robert avait appris, il se leva de sa chaise et rejoignit Pascal à temps pour entendre la fin du rapport du sorcier.

— ... se réuniront à la gare de Lyon demain matin à quatre heures.

— Intéressant, dit Pascal. Bon travail.

— Chavinier ? demanda Éric.

— Vampires, répondit Pascal. Apparemment, ils ont une réunion. Cela ne ressemble pas aux vampires, non ?

— Non, convint Eric, pas du tout. Je n'ai jamais entendu parler d'eux se réunissant ainsi avant.

— Je pense qu'on devrait planter leur fête, dit Pascal d'une voix traînante. Et trouver ce qui est assez important pour les attirer tous au même endroit.

Éric frissonna. Même après deux ans, il ne s'était pas habitué à ce ton. Heureusement, Pascal anticipait toujours ses réactions.

— Combien ? demanda Éric. Et qui voulez-vous envoyer ?

— Robert mérite une récompense. Je vais le laisser y aller. Il peut choisir un groupe pour l'accompagner mais pas plus de vingt, je pense. Je ne veux pas envoyer Claude. Il oublie parfois simplement d'écouter. Nous ne devrions pas les déranger si leur réunion ne nous affecte pas. Je ne veux pas m'en faire des ennemis sans aucune raison.

— Cela me semble judicieux, convint Éric. Je devrais disposer des dégâts de Claude.

Pascal regarda à nouveau le sorcier mort.

— Il casse toujours ses jouets.

Éric haussa les épaules. Il n'y avait pas de bonne réponse à cette affirmation. Avec un sort rapide, il invoqua un manteau et l'enroula autour du corps de Marc, le tissu rouge s'assombrissant alors qu'il absorbait le sang. Un autre geste du poignet et l'ensemble se retrouva dehors en un clin d'œil.

— Où l'as-tu envoyé ? demanda Pascal.

— À la porte de Chavinier, bien entendu, répondit Éric. Mes sorts ne peuvent pas pénétrer ses défenses, mais je peux lui laisser des cadeaux dehors. Peut-être que ça va le secouer un peu.

Pascal se mit à rire.

— J'aime ta façon de penser.

XXV

LE MALAISE qui accompagnait toujours l'aube réveilla Orlando de son repos à une double prise de conscience. Il était au chaud et en sécurité dans les bras d'Alain et il avait faim. Il se déplaça assez pour pouvoir scruter le visage endormi de son amant. Il avait fait cela qu'une seule fois avant, couché dans son lit avec Alain dormant dans ses bras, mais c'était différent cette fois. Le sentiment d'appartenance était tellement plus fort cette fois. Ils étaient amants à présent et ce, dans tous les sens du terme. Alain avait laissé Orlando le prendre deux fois, avait accepté, même invité les caresses d'Orlando, avait respecté ses peurs et ses limites. Il ne restait plus qu'au vampire à se nourrir correctement. Une fois que cela arriverait, leur lien serait complet.

Alain s'agita dans son sommeil, se décalant près d'Orlando. Le vampire savait qu'il devait laisser son amant se reposer, mais il ne put s'empêcher de déposer un doux baiser sur les lèvres de l'autre homme. Alain s'agita encore, ouvrant des yeux endormis.

— Rendors-toi, murmura Orlando. Je ne voulais pas te réveiller.

— Pourquoi es-tu réveillé ? demanda Alain endormi.

— Le lever du soleil, répondit Orlando. Même ici, dans une chambre sans fenêtres, mon instinct me pousse à chercher un abri. Je lutte contre moi-même chaque matin.

Alain hocha la tête, en se réveillant lentement.

— Aussi longtemps que je serai à proximité, tu n'auras pas à craindre la lumière du soleil.

— Je le sais ; mais ma réaction n'est pas si facile à contrôler. Cela peut me réveiller, mais pas me contrôler. Je serai à tes côtés quand la bataille arrivera, de nuit ou de jour, promit Orlando.

C'était aussi proche d'une déclaration de ses sentiments qu'il était capable de le faire.

164

— Et je serai aux tiens, promit Alain en retour. Est-ce que le malaise dure toute la journée ? Tu semblais bien hier.

— C'est pire à l'aube, répondit Orlando et j'étais assez occupé hier pour ignorer ce qui persistait. Habituellement, je me repose de telle sorte que la lumière du jour m'épargne. Cela devra changer à présent.

— Un peu sans doute, admit Alain, mais nous pouvons faire la plupart de notre travail de nuit, de sorte que tu te sentiras plus à l'aise. Je ne voudrais pas que tes instincts interfèrent avec ta concentration durant un combat.

Orlando hocha la tête.

— Nous allons voir comment ça va se passer, dit-il. Une fois que Serrier se rendra compte que nous avons formé une alliance, il attaquera probablement plus dans la journée, pensant nier notre utilité.

— Ne penses-tu pas qu'il sera surpris quand il réalisera que vous pouvez vous déplacer à la lumière du soleil ? demanda Alain.

— J'espère que ce sera une surprise des plus désagréables !

— Serais-tu véhément ? demanda Alain.

— Ils ont tué la femme de Thierry. Je sais qu'ils ont tué ton fils. Ils te tueraient si jamais ils le pouvaient. Cela fait d'eux mes ennemis. Avant que je te rencontre, c'était juste quelque chose qui se passait au loin, n'ayant rien à voir avec moi, mais je te connais à présent et cela change tout. Ils n'attaquent pas simplement des sorciers. Ils attaquent mon sorcier et c'est inacceptable. Et si la réunion se passe comme nous l'espérons, en plus de former des partenariats, cela deviendra personnel pour assez de vampires pour faire de cette alliance un succès.

— La réunion sera couronnée de succès. Nous nous sommes trouvés l'un l'autre. Bellaiche et Payet se correspondent. Deux vampires et seulement cinq sorciers et nous avons déjà deux paires. Ça va fonctionner.

Pendant qu'ils parlaient, Orlando pouvait sentir sa faim devenir de plus en plus insistante, mais il ne savait pas comment aborder le sujet. Heureusement, Alain le sauva de cette maladresse.

— Tu avais dit que tu aurais faim ce matin. Est-ce le cas ?

Orlando hocha la tête, croyant entendre de l'empressement dans la voix d'Alain, bien qu'il ne puisse pas l'imaginer se sentir ainsi. Bien sûr, le fait qu'Alain choisisse d'être là, qu'il le laisse le mordre, était radicalement différent de l'expérience d'Orlando, quand il avait été forcé et que cela faisait partie d'un viol.

Alain inclina la tête, exposant le pouls palpitant de son cou.

— Viens alors, bois à ta faim.

165

Orlando fixa le cou nu d'Alain. Il avait été submergé la veille par l'intimité de joindre leurs corps, mais ce n'était rien comparé au fait de voir Alain offrir son cou, non pas à contrecœur comme il l'avait fait dans le cimetière quand ils s'étaient rencontrés deux jours plus tôt, mais volontairement. Orlando tremblait presque de peur d'accepter l'offre d'Alain Et s'il ne pouvait pas se contrôler ? Et s'il blessait Alain ? Et si... ?

— C'est bon, l'apaisa Alain. J'en ai envie autant que toi. S'il te plaît, faisons-nous ce plaisir.

Orlando ne put s'en empêcher. Il baissa sa tête sur la chair palpitante, enregistrant l'odeur d'Alain et le parfum de sexe qui s'attardait. Il voulait faire ça bien, même si cela lui demandait chaque once de maîtrise de soi qu'il avait. Il allait trouver un moyen d'en faire profiter Alain autant qu'il avait aimé lui faire l'amour. Sa langue s'élança hors de sa bouche pour lécher la peau douce, la lavant gentiment, la préparant pour ses crocs.

Alain connaissait la routine à présent, savait qu'Orlando n'allait pas juste plonger dedans. Il se détendit sous la langue le chatouillant, des vrilles de désir dansant le long de ses nerfs, et laissa Orlando le préparer comme il l'entendait. Il n'allait certainement pas se plaindre d'avoir les lèvres d'Orlando sur son cou. La première petite morsure était si douce qu'Alain la sentit à peine. Toutes ses taquineries lui donnaient envie de plus. Il inclina la tête, essayant de se pousser davantage contre la bouche d'Orlando.

— Sois patient, murmura Orlando contre sa peau. Je ne veux pas te faire de mal accidentellement.

Alain voulait lui dire qu'il ne pouvait pas lui nuire en prenant ce qu'il avait librement offert, mais il garda le silence. Les crocs d'Orlando pouvaient certainement faire beaucoup de dégâts si Alain bougeait tout à coup. Cela ne changeait pas son désir d'avoir Orlando se nourrissant à son cou, il lui suffisait de se rappeler de rester immobile.

Les lèvres d'Orlando mordillèrent son cou, continuant à l'exciter.

— S'il te plaît, le supplia Alain, l'anticipation faisant rage en lui et le faisant durcir à nouveau sous les couvertures.

Orlando lécha le cou d'Alain une dernière fois avant de laisser ses crocs s'installer contre la peau, pinçant légèrement. Sa langue se déplaça à l'arrière de ses dents, recueillant le sang qui jaillissait, il le sentit ainsi que l'empressement d'Alain. Il n'y avait pas la moindre hésitation dans le sang d'Alain qu'il n'y en avait eu dans sa voix et dans ses yeux. Aucune. Alain le voulait autant qu'Orlando en avait besoin. Il poussa un peu plus loin, laissant ses crocs faire leur chemin lentement dans la chair vierge d'Alain.

Orlando prit son temps, s'attardant à chaque gorgée de sang, savourant le pouvoir de la magie d'Alain et les révélations qui inondèrent ses papilles gustatives. Il connaissait déjà les saveurs basiques de son sang : son intégrité, son honnêteté, son désir. Cette fois, il rechercha les épices, les subtilités qui les liaient ensemble. Une nuance de regret ombra son cœur, pas exigeante, mais juste là. *Son fils*, pensa Orlando. Son attachement à ses amis était au cœur de son caractère comme de sa magie. Il dut étouffer sa jalousie quand il goûta cette dévotion. Il le voulait tout à lui, mais il savait que c'était déraisonnable. Une partie de ce qui l'attirait chez Alain était justement le cœur généreux du sorcier. La colère se cachait dans les coins de ce cœur, elle ne le dirigeait pas mais elle alimentait sa détermination. *La guerre*, devina Orlando. Au milieu de cette colère, cependant, se trouvait une lueur d'espoir. Était-ce ce que l'alliance lui apportait ? Orlando l'espérait. Cela l'encouragea, pensant qu'il avait un certain rôle dans le bonheur d'Alain.

Comme il continuait à savourer la variété des goûts, il put sentir la passion s'emparer de lui. La charge qu'Alain ressentait à ce sujet était purement sexuelle et elle engloutit rapidement Orlando. Il poussa ses crocs plus profondément, aussi profondément qu'il l'avait fait avec son sexe quand ils avaient fait l'amour, en commençant à le sucer pour de bon, tirant la nourriture dont il avait besoin pour son corps mais également l'assurance dont il avait besoin pour son cœur.

Alain frissonna sous le coup de fouet de la sensation. Il savait que d'avoir les crocs d'Orlando dans son cou serait encore plus intense que de le sentir se nourrir à son poignet ou dans le pli de son coude. Il ne s'était pas attendu à ce que ce soit plus intense que lorsqu'Orlando lui faisait l'amour. Pourtant ça l'était. La connexion allait plus loin que tout ce qu'il avait jamais ressenti, le liant au vampire – son vampire – d'une manière qu'il n'aurait pas imaginé possible. Il pouvait sentir sa force de vie, sa magie, s'écouler hors de lui vers Orlando, mais il ne ressentait aucune diminution à cause de cela. Au contraire, il se sentit plus fort de ce partage, de ce don. Son désir grandit rapidement, à chaque poussée des crocs d'Orlando, à chaque traction de ses lèvres. Il fit traîner une main sur le dos des vampires, sur les muscles qui ondulaient sous son contact, enfilant finalement ses doigts dans la soie filée des cheveux de son amant. Les mains d'Orlando ne se promenaient pas comme il l'aurait souhaité ; mais même sans elles, Alain pouvait sentir l'extase se profiler, sans cesse plus proche. Il aurait juré, si on le lui avait demandé, que quelqu'un lui suçant le cou n'aurait pas pu le faire jouir, mais il se rendit rapidement compte à quel point il aurait eu tort. Encore un peu et il aurait un orgasme avec les seuls crocs d'Orlando. Cette pensée était tout ce qui lui fallut. La chaleur se répandit à partir du creux de son ventre, se précipitant à travers lui, picotant chaque terminaison nerveuse et son corps frémissant sous ce qu'il ressentait. Il gémit alors que l'enfouissement des crocs de son amant intensifia sa sensibilité exacerbée.

Orlando savait qu'Alain appréciait la sensation de ses crocs pénétrant sa chair. Il pouvait le goûter dans le sang d'Alain et l'entendre dans les petits sons de plaisir qui s'échappaient de ses lèvres entrouvertes. Ces sons et la passion dans le sang d'Alain suscitèrent une faim identique chez Orlando. Il était pris au dépourvu, cependant, quand tout à coup, le plaisir dégénéra. Alain se tendit sous lui alors qu'Orlando continuait d'aspirer et il goûta à la joie de l'extase qui se précipitait dans le corps d'Alain, puis la complète satiété et le sentiment d'appartenance que revendiquait Alain. C'était suffisant pour pousser Orlando à ses limites. Il désengagea ses crocs alors que sa propre apogée le prit et qu'il se libéra contre le côté d'Alain.

— En as-tu pris assez ? demanda doucement Alain, sa voix rendue rauque par la passion.

Orlando fit un point rapide et décida que c'était assez.

— Oui, j'ai bu à ma faim.

— Est-ce toujours aussi... intime ?

— Jamais avant aujourd'hui, admit Orlando, mais c'est différent avec toi. Tout est différent avec toi.

Alain hocha la tête. C'était quelque chose d'autre qu'ils auraient à explorer, supposa-t-il, ainsi que de voir combien de temps sa magie permettrait de le protéger du soleil.

— Est-ce que tu sens ma magie te protéger ?

Orlando hocha la tête.

— Alors levons-nous. Je veux te montrer Paris à la lumière du jour.

XXVI

LE SOURIRE d'Orlando était radieux alors qu'ils rentraient à l'appartement. Alain et lui avaient passé toute la journée à errer autour de Paris et le soleil ne l'avait pas dérangé du tout. Sa relation avec Alain lui donnait une chance d'avoir à nouveau une vie normale. Ils avaient erré dans les rues, jetant un œil dans les magasins qui étaient habituellement fermés au vampire, explorant les parcs et les places, les cours et les cafés. Ils avaient marché main dans la main ou bras dessus bras dessous, la parfaite image d'amants amoureux. Alain avait même emmené Orlando au Louvre, montrant au vampire ses tableaux et ses sculptures préférés. Alors qu'ils se tenaient devant la sculpture 'Les Esclaves' de Michel-Ange, Alain avait passé ses bras autour d'Orlando et avait déposé un baiser dans son cou.

— La sculpture n'est rien comparée à toi, avait-il murmuré.

La journée avait été parfaite et Orlando attendait avec impatience une soirée toute aussi parfaite. Un coup à la porte perturba son euphorie. Il fronça les sourcils. Le soleil n'était pas encore couché, c'était trop tôt pour que Jean ou les autres arrivent. Personne n'était attendu avant le coucher de soleil et cela n'arriverait pas avant une bonne heure. Il ouvrit la porte prudemment pour trouver Thierry sur son palier. Ses traits se durcirent alors qu'il regardait l'autre sorcier.

— Tu es en avance, dit-il froidement, reculant pour le laisser entrer.

Alain vint à ses côtés alors qu'il parlait.

— Je voulais vous parler, expliqua Thierry les regardant tous les deux.

— Je vais dans l'autre pièce alors, dit Orlando, afin de vous laisser un peu d'intimité.

— J'aimerais te parler aussi, dit Thierry, après que j'aie eu une chance de parler à Alain. Je te dois des excuses et j'aimerais avoir une chance de m'expliquer.

Orlando haussa un sourcil, surpris du changement d'attitude de Thierry.

— Très bien, accepta-t-il. J'écouterai quand tu seras prêt. Pour l'instant, cependant, je vais vous laisser parler.

Il commença à sortir de la pièce mais Alain attrapa sa main pour l'embrasser doucement.

— Merci, murmura Alain quand il libéra Orlando.

Le vampire hocha la tête et laissa les deux sorciers seuls.

— Je suis allé à Versailles hier, commença Thierry, pour veiller Aleth. Quand ce sera terminé, j'amènerai ses cendres à la maison et je les disperserai comme elle me l'avait demandé.

— Mon Dieu, Thierry ! s'exclama Alain. Je ne voulais pas te laisser faire cela seul. J'aurais dû être avec toi.

— Non, j'avais besoin de le faire moi-même, répondit Thierry, bien que je ne sois pas contre l'idée de boire un verre à sa mémoire quand nous aurons le temps. Je me suis rendu compte de quelque chose durant la crémation. L'alliance doit fonctionner. Je sais que j'ai eu des doutes, mais c'est du passé. Je ferai tout ce qui est nécessaire pour que cela fonctionne. Tout. Je ne veux pas laisser Serrier gagner.

— Je suis heureux que tu le voies ainsi, dit Alain.

— Et toi ? demanda Thierry. Tu vas bien ?

— Oui, répondit Alain. Mieux que je ne l'aie jamais été depuis la mort d'Edwige et d'Henri, c'est sûr. Et peut-être même mieux que je l'étais avant cela

— Te rend-il heureux ?

— Très.

Thierry hocha la tête. C'était tout ce qu'il avait besoin d'entendre.

— Je te soutiens, assura-t-il à Alain. Si nous devons en arriver là.

— Je ne pense pas que ce soit le cas, répondit Alain. Ce que nous partageons est entre nous. Cela n'a aucun impact sur l'alliance.

— Si tu le dis, accepta Thierry. Cependant, je me demande si tout le monde le verra de cette manière.

Il haussa les épaules.

— Ce n'est pas important. Tu es heureux. C'est tout ce que j'ai besoin de savoir.

Thierry saisit le menton d'Alain et inclina sa tête en arrière, examinant la brûlure.

— Cela me semble moins enflammé aujourd'hui. Est-ce que cela te dérange toujours ?

Alain secoua la tête.

— Ton sort a fait son travail. Merci, par la même occasion de ne pas avoir enlevé toute la douleur.

— Tu ne voulais pas que je le fasse, expliqua Thierry.

Il pencha la tête d'Alain dans l'autre sens, examinant les traces laissées par les crocs d'Orlando.

— Celles-là sont nouvelles, observa-t-il avec désinvolture.

— Oui, confirma Alain avec un sourire d'autosatisfaction.

— Comment te sens-tu ? Cela t'affecte-t-il ?

— L'effet est incroyable, mais pas comme tu crois. Nous avons passé toute la journée à nous promener à pied autour de la ville et je ne suis même pas fatigué. Orlando n'était pas gêné par le soleil, même après toutes ces heures.

Alain sourit de nouveau aux souvenirs d'Orlando se délectant des couleurs de la ville, même en cette fin d'automne, alors qu'il se tenait dans le Jardin du Luxembourg et regardait les enfants piloter leurs bateaux dans la fontaine.

— C'est une bonne chose, dit Thierry. Espérons simplement que cela continue de cette façon. Cela ne nous sera d'aucune aide si les sorciers sont trop drainés pour se battre après avoir nourri les vampires.

— J'aurais pu me battre aujourd'hui si cela avait été nécessaire, assura Alain à Thierry. Comme je te l'ai dit, je ne peux pas me souvenir de la dernière fois où je me suis senti aussi bien.

Le sourire d'Alain dit à Thierry tout ce qu'il avait besoin de savoir. Cela faisait deux ans que Thierry n'avait pas vu Alain sourire aussi ouvertement. Peut-être qu'Orlando l'aidait finalement à guérir. Il l'espérait de tout cœur. Alain n'avait pas besoin de supporter toute cette douleur. Il voulait s'assurer qu'Orlando sache la vérité afin qu'il puisse l'aider, décida Thierry.

— Voudrais-tu me laisser parler seul à seul avec Orlando pendant quelques minutes ? Il est important pour toi, ce qui le rend important pour moi. Nous avons pris un mauvais départ. Je voudrais arrondir les angles avec lui.

— Tu es un homme bon, Thierry, répondit Alain. Je vais chercher Orlando et je vous laisse seuls. Sois prudent avec lui, cependant. Il est très fragile.

Comme toi mon ami, pensa Thierry mais il hocha simplement la tête.

L'ambiance se refroidit considérablement quand Orlando arriva. Ni le vampire, ni le sorcier ne savait quoi dire l'un à l'autre sans Alain pour faire tampon.

— Je te dois des excuses, dit finalement Thierry, brisant ainsi le silence. Alain te dira que j'ai tendance à agir d'abord et à réfléchir ensuite. J'ai réagi sévèrement cette fois, en tombant dans les stéréotypes plutôt que de te voir pour qui tu es.

Orlando secoua sèchement la tête.

— Alain et moi sommes amis depuis plus de trente ans. Je veux seulement ce qui est le mieux pour lui, essaya encore Thierry.

— Tout comme moi, répondit Orlando.

— Je m'en rends compte à présent, dit Thierry pour rapidement rassurer Orlando tout en faisant un pas vers lui. C'est tout simplement qu'il m'a fallu du temps pour arriver à cette conclusion. Tu ne l'as peut-être pas remarqué, mais Alain est plus fragile qu'il n'y paraît.

— Que veux-tu dire ? demanda Orlando, intrigué malgré lui.

Il y avait là une occasion unique d'en apprendre au sujet de son amant.

— Tu m'as entendu mentionner son fils, commença Thierry. T'a-t-il dit quoi que ce soit au sujet d'Henri ?

— Non, répondit Orlando.

— La guerre venait juste de commencer, il y a un peu plus de deux ans, raconta Thierry. Alain était très visible et très bruyant, essayant de faire balancer l'opinion publique de notre côté, et il a attiré l'attention des sorciers rebelles. L'un d'eux est allé chez lui, ayant planifié de lui tendre une embuscade. Alain n'était pas là, mais son ex-femme et son fils étaient à la maison, ils lui rendaient visite avec la femme d'un ami – Eric – et les enfants. Edwige n'était pas sorcière et Henri était trop jeune et n'avait pas encore reçu de formation. Edwige a réussi à cacher l'amie et ses enfants dans un placard, mais ce qui les a laissés, Henri et elle prendre de plein fouet l'attaque du sorcier. Entre-temps, Alain et moi sommes arrivés... il était trop tard pour les sauver. Quand Alain les a vu, a vu ce que le sorcier leur avait fait... il est devenu comme fou. Il a jeté chaque sort qu'il connaissait au sorcier, ne se préoccupant pas de les contrôler comme il l'aurait fait habituellement. Il ne s'est pas arrêté avant que le sorcier ne soit plus qu'un tas de cendres fumantes. Mais... avant de mourir, il avait dévié l'un des sorts d'Alain droit sur le placard où l'amie d'Edwige se cachait. Nous ne les avons retrouvés qu'après que tout soit terminé. Éric a réagi... mal quand il a entendu dire que c'était un sort d'Alain qui avait tué sa famille. Il a quitté nos rangs et a rejoint les sorciers noirs. Alain se blâme toujours pour leurs morts et la défection d'Éric.

— Ce n'était pas de sa faute, insista Orlando. Il ne savait pas qu'ils étaient là.

— Non il ne le savait pas, convint Thierry, mais Éric le lui a reproché et Alain l'a accepté.

— C'est le regret que j'ai senti, murmura Orlando.

— Quoi ? demanda Thierry.

— Rien, répondit Orlando. Je pensais juste à voix haute. Pourquoi me racontes-tu cela ?

— Parce que c'est évident qu'Alain tient profondément à toi. Je sais que tu ne veux pas lui faire de mal. Et même si je sais que tu ne veux pas le blesser, du moins intentionnellement, je voulais que tu saches quelles étaient ses cicatrices. Il est plus heureux aujourd'hui que je ne l'avais vu depuis qu'ils sont morts et je sais que je dois te remercier pour ça. Je n'ai pas fait une très bonne première impression, mais j'aimerais que nous devenions amis si tu es prêt, ou du moins alliés, finit Thierry.

— As-tu changé d'avis sur le partage de ton sang avec un vampire ? demanda Orlando.

— Je ferai tout ce qui sera nécessaire, insista Thierry. Ils m'ont pris ma femme. Je ne leur permettrai pas de prendre quelqu'un d'autre.

Orlando hocha la tête, en pensant combien ces mots faisaient écho à ses propres pensées qu'il avait eu plus tôt dans la journée et il tendit la main à Thierry.

— Excuses acceptées, dit-il. Tu as clairement des qualités rédemptrices pour qu'Alain te considère comme son ami.

Il adoucit ses paroles avec un sourire.

Thierry prit la main tendue, la secouant pour sceller leur accord.

XXVII

ALAIN JETA un coup d'œil dans le salon, ne voulant ni les interrompre ni envahir leur conversation, mais il avait besoin de voir s'ils faisaient la paix. En les voyant se serrer la main, il se glissa dans la cuisine, les laissant finir leur conversation

— Tu peux quitter ta cachette près de la porte, l'appela Thierry dès qu'il recula d'un pas.

Alain rougit alors qu'il revenait dans le salon.

— Je n'étais pas en train de vous écouter. Je voulais juste m'assurer que vous alliez bien tous les deux.

Orlando sourit et lui tendit la main. Alain se rendit immédiatement à ses côtés, enroulant son bras autour de la taille d'Orlando.

— Nous avons tous les deux convenus que tu es important pour nous et que nous sommes tous les deux importants pour toi. C'est une raison suffisante pour que nous soyons amis.

Alain regarda Thierry qui hocha la tête.

— C'est une bonne chose, dit Alain. Je suis content. Plus nous pourrons travailler ensemble, plus l'alliance sera forte.

S'il ne s'était pas tenu aussi près, Alain était sûr qu'il n'aurait jamais remarqué la tension qui avait soudain quitté Orlando mais avec son bras autour de la taille du vampire, il sentit la subtile libération.

— Que se passe-t-il ? demanda-t-il à Orlando.

— Le coucher du soleil, expliqua Orlando. Il faudra un certain temps, j'imagine, avant que je puisse ignorer le cycle du soleil. Je sais que le soleil n'a plus d'emprise sur moi, mais mes instincts sont plus difficiles à surmonter.

— Alors vous étiez à l'extérieur toute la journée ? demanda Thierry.

— Hors de l'appartement, de toute façon, dit Alain. Nous avons visité de nombreuses curiosités de la ville, nous étions ainsi au soleil et à l'ombre.

Orlando sourit en se rappelant avoir vu le soleil se refléter sur le dôme doré des Invalides. Il avait vu l'extérieur de la construction d'innombrables fois de nuit, mais jamais à la lumière du jour. La pierre jaune brillait chaleureusement dans la faible lumière automnale et l'or brillait presque assez pour aveugler des yeux non habitués à la luminosité. Alain l'avait laissé rester et regarder fixement, sans le presser. Cela avait été encore plus spécial que de voir la lumière. Les autres vampires, même Jean, n'aurait pas eu suffisamment de patience pour l'inexpérience d'Orlando, mais la patience d'Alain semblait sans limites.

— Et comment te sens-tu à présent ? demanda Thierry à Orlando.

— Comme si je pouvais aller dehors un jour de plus, répondit Orlando, laissant derrière lui les souvenirs pour le moment. La couverture magique d'Alain est aussi forte maintenant qu'elle l'était ce matin. Je ne sais pas combien de temps cela va durer, mais cela fait déjà au moins dix heures.

— Même si elle ne durait que la moitié de ça, dit Thierry, cela serait suffisant pour finir n'importe quelle bataille dans laquelle nous serions engagés. La stratégie typique de Serrier a toujours été d'attaquer et de se retirer rapidement. Cela dure en général moins d'une heure. Même si nous ajoutons du temps pour que les vampires arrivent et rentrent chez eux, cela durerait toujours moins longtemps que ce que la magie d'Alain t'a protégé aujourd'hui.

Orlando s'émerveilla de la facilité soudaine de la conversation. C'était comme si, ayant pris la décision d'accepter Orlando, Thierry lui accordait soudain la même valeur qu'il le faisait avec Alain. Orlando n'était pas tout à fait sûr de savoir comment réagir, mais Alain salua clairement le changement d'attitude de Thierry, de sorte qu'il décida de se détendre et d'apprécier.

— Cela suppose que nous ayons un plan d'attaque ou que Marcel ait des renseignements concernant l'endroit de la prochaine attaque de Serrier. Si ses sorciers nous attrapent simplement dans la rue ou même en patrouille pendant la journée, nous n'aurons pas l'avantage supplémentaire de l'aide des vampires, contra Alain. Si nous pouvions trouver au moins quelques couples qui soient volontaires pour partager un peu plus, nous pourrions ajouter ces vampires à la liste.

— Combien devra boire un vampire pour que cela soit possible ? demanda Thierry en se tournant vers Orlando. Alain est évidemment volontaire, comme je le suis, mais nous avons besoin de savoir quoi dire aux autres.

— Je me suis nourri ce matin, comme je le fais normalement et la magie s'attarde encore. Je ne sais pas si elle va persister jusqu'à ce que j'aie à nouveau faim, mais je me nourris en général tous les deux ou trois jours, répondit Orlando, ressentant un frisson qu'une autre personne puisse donner de l'importance à son opinion.

— Si la magie ne dure pas aussi longtemps, nous pourrions simplement faire une rotation du programme de sorte que chaque vampire ne patrouille durant la journée que tous les deux ou trois jours. Nous ne voulons pas surcharger les sorciers, suggéra Thierry.

— Ni les vampires, dit Orlando, commençant à se sentir plus audacieux pour donner son avis aux deux hommes. La suralimentation peut nous rendre malade aussi, et je ne sais pas combien de temps la protection durerait si j'en avais moins pris.

— Nous devrons continuer à l'expérimenter jusqu'à ce que nous sachions comment cela fonctionne, répondit Alain. Cela pourrait être différent pour chaque vampire.

Un coup à la porte interrompit leur discussion. Alors qu'Orlando s'y dirigeait pour faire entrer les nouveaux arrivants, Alain se tourna vers Thierry.

— Es-tu sur d'être d'accord avec ça ?

— Oui, répondit Thierry. C'est comme je te l'ai déjà dit. Tu es heureux et je ne t'ai pas vu comme ça depuis un moment. S'il te rend heureux, alors je suis tout à fait pour. Je garderai un œil sur lui de la même manière que je le fais pour toi.

— Merci, dit Alain tranquillement.

À la porte, Orlando accueillit Jean chaleureusement, serrant la main tendue de l'autre vampire. Jean garda sa main dans une prise ferme alors qu'il scrutait attentivement son visage.

— Tu sembles... heureux, dit-il finalement, en pensant qu'il ne se souvenait pas d'avoir déjà vu une telle expression de contentement sur le visage de son ami.

— Thierry a dit la même chose à propos d'Alain, répondit Orlando, son sourire s'élargissant encore plus. J'ai passé toute la journée à errer dans Paris et regarde-moi. Pas de vieillissement de la peau, pas d'aspect cendreux. Tu n'aurais jamais pu savoir que j'étais allé à l'extérieur, pourtant nous sommes à peine restés à l'intérieur, sauf pour visiter le musée du Louvre.

— Combien as-tu bu ? demanda Jean

— Une quantité normale, répondit Orlando. Pas plus.

— Alors, je ne vais pas trouver de marques de morsures partout sur le corps de ton Avoué ? le taquina Jean.

— Bien sûr que non ! s'exclama Orlando. Je ne voudrais pas mélanger les deux.

— Tu aurais dû, dit Jean avec un haussement d'épaules, en commençant à traverser le couloir en direction du salon.

— Attends, appela Orlando. J'avais peur de lui faire mal.

— Tu apprendras à te faire confiance avec le temps, lui assura Jean. Et quand ce sera le cas, ce sera comme rien que tu aies jamais connu.

Orlando entendit les mots de Jean avec un silence stupéfait, ne sachant pas comment répondre. Déjà que les deux expériences, faire l'amour à Alain et se nourrir sur lui étaient bien au-delà de l'expérience qu'Orlando connaissait, penser qu'il y ait encore plus était pour lui inconcevable.

Voyant que Jean se dirigeait vers le salon, Orlando se hâta de le rattraper. Il entra dans la pièce pour trouver une ambiance très différente de celle qu'il avait quittée. La franche camaraderie qu'il avait partagé avec Alain et Thierry avait disparue, remplacée par un silence tendu qu'il était temporairement incapable de comprendre. Puis il se rendit compte que les deux sorciers ne savaient pas s'ils pouvaient traiter Jean de la même façon qu'ils l'avaient traité. Il voulait leur dire qu'ils le pouvaient, mais il n'était pas vraiment sûr que ce soit la vérité. Ni que ce soit le lieu pour le faire. Il retourna s'asseoir près d'Alain, voulant renforcer l'image de leur unité.

Enfin, en ayant marre du silence, Orlando se tourna vers Jean.

— Nous discutions de la meilleure façon de travailler ensemble, dit-il à l'autre vampire, espérant relancer la conversation.

Jean secoua simplement la tête. Orlando était sur le point d'essayer à nouveau quand un autre coup retentit à la porte. Il alla rapidement ouvrir et fit entrer les autres sorciers qui étaient là la veille. Ils le suivirent vers le salon, s'éparpillant autour de la pièce mais se tenant clairement à l'écart de Jean. Orlando réprima un soupir quand il retourna à sa place, à côté d'Alain. Il avait vu ses espoirs augmenter quand Thierry l'avait accepté, mais il apparaissait que cela ne s'appliquait qu'à lui, pas à tous les vampires. Pas plus que son acceptation de Thierry ne s'étendait à tous les sorciers.

— As-tu pris soin d'Aleth ? demanda Marcel à Thierry.

Ce dernier hocha la tête, la bouche serrée en repensant à la façon dont il avait passé les dernières vingt-quatre heures.

— Bien, dit Marcel. Alain, est-ce que ça va ?

Alain sourit et serra la main d'Orlando.

— Mieux que je l'aie été depuis longtemps, répondit-il.

Marcel lui sourit en retour.

— Adèle, as-tu préparé la pièce pour ce soir ?

— Je l'ai fait, répondit-elle. J'ai mis un sortilège d'alarme aussi pour que je sache si quelqu'un a dérangé mes sorts. Personne ne l'a fait.

— Bonne idée, déclara Marcel. J'ai de mauvaises nouvelles. Marc était porté disparu après la bataille de Versailles. Son corps a été déposé sur mon palier ce matin. Il a été torturé avant d'être tué.

Un murmure choqué traversa les sorciers.

— Blanchet ! cracha Thierry. Un jour je vais mettre les mains sur ce con et il va regretter le jour où il est né.

— Calme-toi Thierry, lui conseilla Marcel. Son temps viendra, mais quand ce sera le cas, je ne veux pas de son sang sur tes mains à moins que cela soit sur un champ de bataille. Ne t'abaisse pas à son niveau.

Thierry continua à marmonner dans sa barbe, son pouvoir crépitant et faisant jaillir des étincelles autour de lui.

— Vous devriez savoir que l'effet de la magie du sang d'Alain dure depuis le lever du soleil ce matin, interrompit Orlando, indigné.

Il pouvait comprendre que Marcel vérifie auprès d'Adèle puisque son travail avait consisté à préparer la pièce. Il pouvait même comprendre sa demande concernant les mentalités de Thierry et d'Alain puisqu'ils étaient la clef de cette alliance. Il comprenait les horreurs de la torture pour l'avoir vécu pendant une centaine d'années puisque son créateur s'y adonnait de la pire des manières, mais tout en comprenant le choc de Marcel, ce qu'il avait le plus de mal à comprendre, c'est pourquoi le vieux sorcier parlait de quelque chose de totalement indépendant avant de vérifier les progrès de Jean en ce qui concernait leurs plans, d'autant plus que leurs plans, l'espérait-il, devaient empêcher que de telle horreurs se reproduisent.

Marcel haussa un sourcil.

— C'est une bonne nouvelle, convint-il. Combien de temps êtes-vous resté exposé au soleil ?

— La plupart de la journée, répondit Alain. Nous nous sommes promenés en ville, ne nous mettant à l'abri que lorsque nous voulions visiter un musée en particulier.

Jean attendit en silence, satisfait de la flexibilité que les effets de la magie semblaient leur donner, mais ayant besoin que Marcel fasse l'effort de l'inclure. Les sorciers étaient venus à lui, et non l'inverse et il était important pour lui qu'ils s'en souviennent.

— Cela sera-t-il suffisant pour convaincre les autres vampires de participer pleinement à l'alliance ? demanda Marcel.

— Cela les intriguera certainement, répondit Jean. Cela dépendra cependant de ce que vous leur demanderez.

— Ce que nous leur demanderons, interrompit Orlando. Ne le voyez-vous donc pas ? Vous vous comportez comme si nous étions deux groupes distincts. Si nous agissons ainsi, si nous pensons de cette façon, cela ne marchera jamais. Nous devons nous faire mutuellement confiance afin que nous puissions travailler ensemble.

— Orlando a raison, ajouta Alain. Les sorciers ne s'engageront pas non plus s'ils nous voient divisés. Ils doivent voir que nous y croyons complètement ou ils ne consentiront jamais à être mordus autant de fois qu'il le faudra pour trouver une correspondance.

— Comment allons-nous faire alors ? demanda Marcel. Je... Nous avons besoin de suggestions concrètes, se reprit-il avec une inclinaison de tête conciliante en direction de Jean.

Jean lui retourna le signe de tête et attendit de voir ce que les autres avaient à dire.

— Nous pouvons commencer par laisser les autres voir les marques de morsures sur vos poignets et sur le cou d'Alain, ainsi les sorciers verront que cela ne laisse pas de dommages permanents de se faire mordre, suggéra Thierry.

— Et Jean et moi sommes la preuve qu'un vampire peut mordre un sorcier et ne pas être blessé, ajouta Orlando.

— Leur faire entendre cela sera-t-il suffisant ? demanda Adèle. Certains pourraient suggérer que vous n'étiez pas ceux qui les ont mordus, qu'en fait le vampire qui a fait ça est malade ou mort quelque part.

— Quel en serait le but ? demanda Jean. Pourquoi aurais-je demandé aux vampires de se réunir et de faire quelque chose alors que je croyais que cela leur nuirait ?

— Vous ne le feriez pas, répondit Adèle. Mais peut-être que faire une démonstration, pour le bien des sceptiques des deux côtés, sera utile. Si vous mordiez l'un de nous ou si Orlando mordait Alain où tous pourraient le voir, cela convaincrait tout le monde qu'ils sont en parfaite sécurité.

Un frisson traversa Alain à cette pensée. Il n'était pas sûr, après l'expérience de ce matin, d'être capable de se contrôler si Orlando le mordait en public.

— Si cela s'avère nécessaire, je le ferai, déclara Jean en voyant les échanges sur les visages d'Alain et Orlando.

Il n'avait pas confiance dans ces deux-là pour ne pas faire plus de spectacle que nécessaire. Il savait qu'ils ne le feraient pas exprès, mais ils étaient si évidemment épris l'un de l'autre qu'il avait peur qu'ils oublient où ils étaient et ce qu'ils faisaient. Ce n'était pas l'impression qu'il voulait donner à chaque faction. Il croisa les yeux de Raymond et y vit la méfiance à peine voilée. Il soupira doucement, souhaitant trouver un autre moyen que la menace pour s'assurer la coopération du sorcier.

— Ce serait également utile, si ceux d'entre nous qui ont déjà été mordu montrent notre volonté que cela se reproduise, ajouta Thierry.

— Volonté ? demanda Adèle. Je n'ai pas vu beaucoup de bonne volonté de ta part hier.

— Depuis hier, j'ai enterré ma femme, souligna Thierry, acerbe. Cela a changé ma façon de voir les choses.

— Naturellement, interrompit Marcel, prévenant une dispute qui n'aurait servi à rien. Et c'est une bonne idée. J'imagine que nous devons encourager tout le monde à participer, du moins au début. Y a-t-il quelqu'un sur qui vous pouvez compter, Jean, pour faire le premier pas, puisqu'Orlando et vous avez déjà trouvé un partenaire ?

— Je pense que oui, répondit Jean en pensant à Angélique.

Elle était toujours ouverte pour l'aventure. Si elle venait, il était presque certain d'être en mesure de la persuader d'être la première à chercher son homologue parmi les sorciers. Il y en avait un autre qui le serait, mais Jean espérait ardemment qu'il ne serait pas présent.

XXVIII

ILS CONTINUÈRENT à discuter et à débattre jusqu'à ce qu'il soit temps de partir pour la gare, ne laissant à Raymond aucune chance de parler seul avec Thierry. Raymond en était presque content. Après avoir écouté la discussion, il commençait à soupçonner qu'il ne trouverait aucun allié en Thierry. L'autre sorcier semblait en effet avoir pleinement accepté la situation d'Alain. Raymond grinça des dents de frustration. Il n'osait rien faire qui ébranlerait l'alliance, et pourtant il était sûr que c'était une idée dangereuse. C'était déjà assez mauvais qu'ils aient parlé de partager assez de sang pour protéger un vampire au cours d'une bataille qui ne durerait que quelques heures au plus. Maintenant, ils parlaient d'étendre la protection à toute une journée. Seulement si le sorcier était volontaire, disaient-ils, mais Raymond était certain que cela allait rapidement devenir une exigence et non plus une suggestion. Ils verraient. Lorsque les sorciers commenceraient à mourir de morsures de vampires, alors ils verraient et peut-être alors ils l'écouteraient quand il essayait de leur dire quelque chose.

Marcel insista sur le fait pour qu'ils voyagent séparément vers le lieu de la réunion.

— Nous attirerons moins l'attention sur nous de cette façon, expliqua-t-il.

Ils quittèrent l'appartement un à la fois jusqu'à ce qu'il ne reste plus qu'Alain et Orlando. Orlando attrapa la main d'Alain et l'attira à lui pour l'embrasser.

— Nous y allons ensemble, déclara-t-il.

Alain l'embrassa avec légèreté.

— Je ne voudrais pas qu'il en soit autrement.

Ils quittèrent l'appartement main dans la main et se dirigèrent dans les rues désertes vers la station de métro. Leurs yeux ne cessèrent de balayer les alentours tout le long de leur chemin vers leur destination, tous deux vigilants à ce qui pourrait les menacer. Comme ils arrivaient à la gare de Lyon, Alain crut apercevoir un sorcier noir, mais quand il regarda à nouveau, personne n'était là. Ne voulant pas avoir l'air d'avoir peur des ombres, il ne dit rien mais augmenta sa vigilance alors qu'ils marchaient vers la station. Ils trouvèrent la salle d'attente qu'Adèle avait préparé sans problème, se glissant à l'intérieur aussi discrètement que possible, ne voulant pas attirer l'attention sur la porte ensorcelée.

En regardant autour de la pièce, Alain soupira de frustration en voyant clairement le fossé dans la salle. Les sorciers étaient rassemblés d'un côté et les vampires de l'autre.

— Nous avons du pain sur la planche, murmura Alain à Orlando, la division lui rappelant rien de plus que les danses maladroites auxquelles il avait assisté à l'adolescence, les garçons d'un côté, les filles de l'autre, ne sachant pas comment franchir ce fossé.

Orlando hocha la tête.

— Peut-être que si nous restons ensemble, au milieu, ils viendront à nous.

— Ça vaut la peine d'essayer mais j'ai besoin de parler à Marcel. Je reviens tout de suite, convint Alain.

Orlando regarda son amant se diriger vers l'aîné des sorciers. Il ne pouvait pas entendre ce qu'ils disaient à cette distance, mais il pouvait lire les préoccupations d'Alain dans chaque ligne de son corps.

— J'ai cru voir un des acolytes de Serrier quand nous avons quitté la station de métro, dit doucement Alain à Marcel.

Marcel hocha la tête, apparemment pas surpris.

— Tu pensais vraiment que nous pourrions faire cela sans qu'il y ait de fuite ? demanda-t-il.

— Je suppose que non, répondit Alain. Nous devons être sur nos gardes.

— Les sorts d'Adèle tiendront, l'assura Marcel. Nous sommes en sécurité ici. Et quand nous partirons, nous aurons, espérons-le, de nouveaux alliés pour nous aider à faire face à ce qui se trouve au-delà de cette porte.

Alain hocha la tête et retourna aux côtés d'Orlando au milieu de la pièce. Les sorciers qui vinrent auprès d'eux hochèrent la tête ou parlèrent à Alain en passant, mais aucun d'eux ne s'attarda. Les vampires firent de même, parlant à Orlando mais repartant rapidement de leur côté de la pièce

À quatre heures précises, Marcel et Jean s'avancèrent vers le centre de la pièce, rejoignant Alain et Orlando. Marcel prit une profonde inspiration alors qu'il inspectait la foule rassemblée. Il espérait que ce serait un succès, parce qu'il savait ce qui les attendait dehors.

— Merci d'être venus, commença Marcel. J'imagine que vous vous demandez tous pourquoi je vous ai invités à venir ici, en ce moment. Dans nos rôles de général de la Milice de la Sorcellerie et de chef de la Cour de Paris, Jean Bellaiche et moi avons formé une alliance dans l'espoir de gagner la guerre dans laquelle nous sommes actuellement engagés.

— La guerre nous affecte tous, continua Jean, réunissant les vampires d'un regard. Si les forces élémentaires du monde sont perturbées parce qu'il n'y a aucun sorcier pour les maintenir en équilibre, nous en souffrirons aussi, probablement avant les non-magiques, parce que nous sommes des créatures de magie même si nous ne l'utilisons pas. En échange de noter aide, des mesures seront mises en place pour nous garantir une protection égale devant la loi.

— Et vous croyez à cela ? cria une voix dans la foule.

— Je le crois, dit Jean. Le sang ne ment pas.

— Avez-vous goûté à son sang ? demanda un autre vampire.

Jean hocha la tête.

— Chavinier est sincère.

— Le sang d'un sorcier est un poison, annonça un troisième vampire. Comment avez-vous pu boire son sang et y survivre ?

— Ce n'est pas du poison, répondit Jean. En fait, la magie contenue dans le sang du bon sorcier peut nous protéger du soleil.

Un murmure traversa la foule à cette déclaration. Quand le silence fut rétabli, Jean poursuivit :

— Un partenariat entre un vampire et un sorcier peut nous donner la capacité de nous déplacer à la lumière du jour sans effet néfaste.

— C'est impossible ! cria le premier vampire.

— Non, ça ne l'est pas, Stéphane, le contra Jean. Je suis resté dans la lumière et j'ai survécu, et Orlando a passé toute la journée d'hier, dehors en ville.

Le murmure reprit, plus fort cette fois, car les vampires avaient écouté les paroles de Jean et commençaient à comprendre les implications de l'alliance proposée. Marcher à nouveau au soleil...

— Nous ne pouvons pas prouver que leur sang nous protège du soleil jusqu'à son lever, ajouta Orlando, mais il est assez facile de vous prouver que leur sang ne nous fait pas de mal. Regardez.

Il plongea son regard dans les yeux d'Alain et quand le sorcier hocha la tête, il releva la manche d'Alain pour que la foule assemblée puisse voir la marque de morsure qui se trouvait là.

Marcel, Thierry et Adèle se déplacèrent tous à côté d'Alain, relevant leurs propres manches pour montrer également les marques sur leurs poignets.

— Alors, nous choisissons simplement un sorcier et nous le mordons ?

Les murmures venaient des sorciers à présent alors qu'ils se hérissaient au commentaire cynique.

— Ce n'est pas aussi simple, dit Jean. Vous devez trouver le bon sorcier. Quand ce sera le cas, vous devriez ressentir la magie du sorcier vous envelopper, comme une couverture ou un filtre entre vous et le reste du monde. Seul le sang de ce sorcier vous protégera.

— Il ne faut que quelques gouttes, ajouta Orlando, sentant le malaise grandir parmi les sorciers.

— Ce n'est qu'une légère piqûre et cela ne m'a pas du tout laissé le sentiment d'être vidé, assura Alain aux sorciers, choisissant de ne pas décrire l'expérience après sa première morsure.

Il n'était pas sûr que cela soit aussi intense pour eux que cela l'avait été pour Orlando et lui. Il voulait regarder Orlando, sourire au souvenir de ce qu'ils avaient partagés à l'alimentation de ce matin, mais il n'osa pas croiser son regard, refusant de révéler l'intensité de ses sentiments à la foule assemblée. Ce qu'ils avaient créé entre eux était trop privé et n'avait rien à voir avec l'alliance ou la façon dont les autres partenariats allaient se développer.

— Et qu'en est-il du reste d'entre nous ? le défia une sorcière.

— Aucun de nous n'a été blessé en étant mordu, Caroline, répondit Marcel.

— J'aimerais entendre cela de chaque personne, si cela ne vous dérange pas, insista Caroline.

— C'était une expérience que je suis impatiente de répéter, affirma fermement Adèle que la discussion rendait impatiente.

— Je suis sain et sauf, ajouta Thierry, tout aussi fermement, se retournant pour regarder Raymond.

— Je... Je vais bien, déclara maladroitement Raymond, incapable de cacher complètement son malaise.

Alain se renfrogna, mais ne dit rien. Il ne voulait pas que l'illusion d'une désunion survienne.

— Nous devons le faire, dit Marcel à l'intention des deux groupes. Nous ne pouvons pas nous permettre de perdre cette guerre et la formation de partenariats basée sur la chimie du sang donne aux vampires une polyvalence qu'ils n'auraient pas eue autrement. Nous ne voulons pas nous retrouver au milieu d'un combat pour perdre la moitié de nos alliés parce que le soleil va se lever. De même, nous ne voulons pas que Serrier attaque seulement à la lumière du jour quand, sans sorcier partenaire, les vampires ne peuvent pas se battre.

— Donc, nous allons nous aligner et les laisser nous mordre ? demanda un des sorciers.

— Oui, David, répondit Thierry. C'est exactement ce que nous allons faire.

Puis il se dirigea vers les vampires en remontant sa manche, poignet retourné pour n'importe quel vampire qui serait prêt à y aller le premier.

La tension dans la pièce fit un bond, les yeux de chaque vampire verrouillés sur l'étendue de peau. Pourtant, aucun d'eux ne bougea.

— Ceci est une parodie de ce qui devrait être l'acte le plus important que nous ferons, protesta Stéphane. Pour simplement... les mordre comme ça, avec tout le monde qui regarde.

— Aurais-tu peur de ne pas pouvoir te contrôler Stéphane ? le défia Jean, provoquant des gloussements parmi les autres vampires qui étaient familiers de l'humeur du vampire.

La tension s'atténuant quelque peu, Jean survola les visages de ses amis et partisans, les membres de sa Cour.

— Je sais ce que je vous demande à tous de faire, mais en public ou non, cela doit être fait. Si nous avions plus de temps, si nous connaissions un moyen plus rapide, je ne demanderais à aucun d'entre vous de briser ce qui a toujours été un tabou pour nous, mais nous n'avons pas le luxe du temps. Je ne peux vous forcer à faire quoi que ce soit et je ne le ferais pas, même si je le pouvais, mais je vous demande, en tant que chef en qui vous avez placé votre confiance, de le faire, de prendre un petit avant-goût, juste assez pour savoir.

XXIX

UNE FEMME brune s'avança enfin, prenant la main tendue de Thierry et la portant à ses lèvres. Il y eut un sursaut collectif quand sa bouche se posa sur son poignet.

Thierry essaya de ne pas se crisper quand il sentit ses crocs sur sa peau et quand la piqûre devint morsure. Presque immédiatement elle releva la tête, testant clairement la saveur de son sang.

— Peux-tu goûter sa magie, Angélique ? demanda Jean.

— Je le peux, dit-elle en hochant la tête, savourant encore l'effervescence que la magie ajoutait, avec une acidité qu'elle a identifia comme de la douleur. Mais, je ne ressens pas ce que tu as décrit.

— Alors, essaie quelqu'un d'autre, dit Jean. Il m'a fallu cinq essais pour trouver celui dont le sang me protégera.

Angélique regarda autour d'elle comme pour voir qui mordre ensuite. Adèle s'avança immédiatement, offrant ainsi son poignet.

Alain jeta un regard au reste des sorciers alors qu'Angélique baissait sa tête sur le poignet d'Adèle. Aucun des autres ne bougea. Il soupira de frustration et regarda autour de lui pour trouver quelqu'un qu'il pourrait inciter à suivre l'exemple donné par Thierry, Adèle et Marcel. Il ignora complètement David. Après le commentaire fait par l'autre sorcier et étant donné leur histoire, Alain n'allait même pas essayer cette voie. La même chose s'appliquait à Caroline mais uniquement pour son commentaire. Ses yeux se posèrent sur Laurent Copé, le lieutenant de Thierry. Laurent était assez jeune pour apprécier l'aventure. Alain se pencha vers Orlando et murmura :

— Je vais faire bouger les sorciers, je reviens tout de suite.

— Je vais voir ce que je peux faire du côté des vampires, répondit Orlando tout aussi doucement.

Ils se séparèrent aux côtés opposés de la pièce, chacun d'eux cherchant un visage familier ou de confiance.

Alain se dirigea droit vers Laurent.

— Allez Laurent, le pressa-t-il. Aide-moi à faire démarrer cela.

— Je ne sais pas, Alain, hésita Laurent. C'est quand même beaucoup demander.

— De quoi as-tu peur ? le défia Alain.

— Je n'ai pas peur, rétorqua Laurent. Je ne vois tout simplement pas les avantages que le général perçoit.

— Comment, ne peux-tu pas les voir ? demanda Alain frustré. Tu penses qu'un vampire peut soumettre un sorcier ? Ou tu penses qu'ils ne vont pas tenir parole et nous aider ?

— Peut-être un peu des deux, admit Laurent.

— Ils tiendront parole, dit Alain, parce que nous avons quelque chose qu'ils veulent. Deux choses qu'ils veulent, en fait. Nous avons le pouvoir de faire promulguer des lois qui les protégeront contre la discrimination, et notre sang qui leur permettra de vivre une vie presque normale. S'ils manquaient à leur parole, ils perdraient tout ce que nous avons à leur offrir.

— Donc, tu leur fais confiance ? demanda Laurent.

— Sur ma vie, répondit Alain, pensant à quel point sa déclaration était vraie.

Il inclina la tête pour que Laurent puisse voir la marque de crocs sur son cou.

— C'est comme ça que je leur fais confiance.

Cela allait bien plus loin que cela, bien sûr, mais Alain ne voulait pas étaler sa relation avec Orlando. Cela aurait seulement compliqué la situation.

Laurent fixa un instant le cou d'Alain.

— Très bien, accepta-t-il finalement en partant vers le groupe de vampires.

Alain soupira. S'il devait avoir cette conversation avec chaque sorcier, ils n'auraient jamais fini avant l'aube. Il regarda autour de lui, voyant que quelques-uns des autres sorciers avaient commencé à combler le fossé qui existait encore entre les deux groupes. Il se faufila à travers la foule, à la recherche d'autres qu'il pourrait encourager quand il se retrouva face à face avec David Sabatier. Il n'avait rien contre l'autre sorcier, bien qu'il ne puisse pas en dire autant de David, mais Alain n'avait pas apprécié la façon dont David avait défié l'autorité de Marcel.

— Tu nous quittes déjà ? gronda Alain.

— Qu'est-ce que ça peut te faire si je le fais ? répondit David sur le même ton, ennuyé comme toujours, qu'Alain prenne une place centrale dans les plans de Marcel alors qu'il était laissé de côté.

— Je veux que cela fonctionne, expliqua Alain. Et les attitudes comme la tienne n'aident pas.

— Ouais, eh bien, pour ma part, je ne t'aime pas beaucoup non plus, asséna David. Ce n'est pas parce que tu es le petit chien de Marcel que tout le monde doit t'apprécier.

Il poussa Alain pour passer, le renversant presque au sol. Alain attrapa le bras de David et le tordit.

— Qu'est ce qui te dérange autant ? demanda-t-il.

— Toi, rétorqua, David. Et les airs que tu prends. Juste parce que tu as trouvé un vampire pour te sucer le sang ne signifie pas que le reste de nous le fera.

Il poussa à nouveau Alain pour passer, s'arrêtant brusquement.

— Qu'est-ce que c'est que ça ? demanda-t-il, attrapant le menton d'Alain en l'inclinant pour révéler la marque.

— Rien qui n'ait à voir avec toi, répondit Alain, secouant la tête pour libérer son menton.

De l'autre côté de la pièce, Orlando avait eu plus de chance avec les vampires, mais quand il entendit les cris commencer, il se retourna vers les sorciers. Quand il vit un sorcier attraper Alain, il perdit son sang-froid et courut à travers la salle, sans se soucier de qui il bousculait en chemin. Son seul souci était d'arrêter l'autre sorcier qui faisait du mal à Alain. Ce dernier bloqua le sort que David lança sur Orlando en légitime défense d'un mouvement du poignet. Puis la main d'Orlando fut sur la gorge de David qu'il épingla contre un mur.

— Touche-le encore une fois et je te tuerai, le menaça Orlando totalement sérieux.

Personne ne blessait ceux dont il se souciait.

Alain posa une main apaisante sur l'épaule d'Orlando.

— C'est bon, il ne m'a pas blessé, l'assura-t-il. Laisse-le partir maintenant.

Orlando regarda David pendant un long moment avant de le relâcher.

— Souviens-toi de ce que je t'ai dit, avertit-il le vampire.

— Tu penses toujours qu'ils ne pourront pas vaincre un sorcier ? demanda ostensiblement Alain à David. Tu serais mort s'il l'avait voulu. Maintenant, penses à ce que lui et les siens pourraient faire à nos ennemis.

Jean et Marcel arrivèrent à leurs côtés à ce moment-là.

— Que se passe-t-il ? demanda Marcel.

— Rien, dit Alain. Nous étions seulement en train de persuader David que les vampires étaient des alliés capables. Je pense qu'il est convaincu à présent, n'est-ce pas, David ?

David hocha la tête, ayant l'air un peu intimidé.

— Bien, dit Marcel. Alors, remettons-nous à trouver des partenaires à nos alliés. Si nous nous battons entre nous, nous donnons la victoire à Serrier et à ses sorciers. Est-ce ce que vous le voulez ?

Son regard sévère atterrit sur chaque sorcier à tour de rôle, les conduisant vers les vampires.

Alain croisa pour la première fois les yeux d'Orlando depuis que son amant avait pris sa défense. Ils auraient le temps d'en parler plus tard, mais Alain prit ces quelques secondes pour s'assurer qu'Orlando allait bien et il pouvait voir que le vampire faisait de même. C'était révélateur de ce à quoi ils seraient confrontés lorsque l'heure de la bataille viendrait. David avait été arrêté d'un sort et Orlando l'avait stoppé avec des menaces. Les sorciers de Serrier ne seraient pas aussi faciles à décourager.

Les vampires et les sorciers grouillaient, mal à l'aise, pendant plusieurs minutes, se mélangeant les uns les autres mais ne sachant pas exactement comment amorcer le processus d'appariement. Petit à petit, les individus eurent le courage d'offrir leur poignet ou d'attendre qu'on leur en offre un.

Au milieu de la foule, Adèle scanna les visages, à la recherche de ceux qui l'intéressaient. Elle rejeta tout de suite les femmes. Elle ne voyait aucun intérêt à partager cette expérience avec quelqu'un de son propre sexe. Elle avait vu les étincelles ente Alain et Orlando et elle voulait la même chose pour elle. Elle n'avait rien ressenti quand Angélique l'avait mordue, donc maintenant elle avait l'intention de trouver un homme.

— Je suis Adèle Rougier, dit-elle, approchant l'un des vampires, le poignet tendu.

— Yves Levy, répondit-il en prenant sa main.

Il leva son poignet vers sa bouche avec hésitation.

— C'est bon, l'assura-t-elle. Je sais à quoi m'attendre.

Sa bouche se ferma sur sa peau, sa langue l'effleurant pour la préparer. Adèle sentit un frisson la parcourir à l'idée de ce qu'il allait faire. Les crocs d'Yves piquèrent sa peau puis sa langue fut de retour. Elle le regarda dans expectative, mais il secoua la tête. Déçue, mais toujours déterminée, elle sourit et le remercia avant de partir, cherchant la prochaine personne à qui elle offrirait son sang.

Mireille regarda le spectacle depuis les coulisses. Elle avait dit à monsieur Lombard qu'elle voulait assister à la réunion et il ne le lui avait pas interdit, mais il avait refusé de venir lui-même. Il l'avait mise en garde de bien réfléchir à ce qu'elle choisirait de faire et lui avait rappelé qu'elle pouvait refuser de participer à l'alliance en affirmant son engagement premier. Elle avait apprécié le geste, mais alors qu'elle regardait les premières paires se former et voyait la stupeur qui traversait le visage de Josée alors qu'elle goûtait le sang qui la protégerait, Mireille sut qu'elle devrait faire partie de cette alliance. C'était trop important pour simplement la laisser aux autres.

Timide de nature, et à l'abri par son travail, Mireille trouvait cela difficile d'approcher l'un des sorciers. La situation était extrêmement gênante.

— Est-ce aussi inconfortable pour vous que cela l'est pour moi ? demanda une voix de femme derrière elle.

Mireille se retourna, surprise que quelqu'un ait réussi à s'approcher aussi près sans qu'elle s'en rende compte. Une sorcière blonde se tenait là, un demi-sourire sur son visage.

— Je dois admettre que j'ai été dans des situations plus confortables, convint Mireille avec un petit rire léger.

— Je suis Caroline Bontoux, dit la sorcière. Puisque nous devons faire cela, autant essayer. Peut-être aurons-nous de la chance et nous n'aurons à faire cela qu'une fois.

— Ce serait bien, dit Mireille en souriant. Je suis Mireille Fournier.

Caroline prit une profonde inspiration et leva la manche de sa veste, découvrant la peau lisse de son poignet aux crocs du vampire.

— Je ne devrais pas être si nerveuse, commenta Mireille alors qu'elle prenait le poignet de Caroline. Je suis un vampire depuis des décennies. Je fais cela tous les jours, depuis une éternité.

— Au moment de votre choix et probablement pas cinq minutes après avoir rencontré quelqu'un, souligna Caroline. C'est bon, je suis consentante pour que vous le fassiez.

Rassurée, Mireille leva le poignet de l'autre femme vers ses lèvres. Elle prépara la peau rapidement mais soigneusement, pas certaine que Caroline sache comment elle réagirait si elle persistait. C'était du travail après tout, pas du plaisir. Elle mordit aussi légèrement qu'elle le put, juste assez pour prélever du sang. C'était ce qu'Orlando avait dit. Quelques gouttes étaient suffisantes pour savoir.

190

Mireille était devenue bonne pour cerner les gens d'un regard. Elle devait l'être. Sa vie et son gagne-pain dépendaient de sa capacité à se procurer du sang qui serait agréable à boire. En regardant la femme dont elle venait d'avaler le sang, Mireille s'était attendue à une saveur simple pour aller avec sa légère constitution.

Elle avait tort. Peut-être que c'était la magie qui faisait la différence, mais le sang de Caroline était aussi riche qu'un bon vin, avec des harmonies d'une confiance en soi qui contrastait avec son approche de Mireille et des nuances d'un pouvoir clairement magique. Comme elle considérait la saveur, elle se rendit compte qu'elle ressentait la sensation de couverture que Jean avait décrite.

— Bonjour, partenaire, dit-elle avec un sourire.

Elle aimait ce qu'elle avait goûté. C'était une personne avec qui elle pourrait travailler, quelqu'un en qui elle pourrait avoir confiance.

Caroline lui sourit en retour.

— C'était facile et relativement indolore. Je suppose que maintenant, nous pouvons rejoindre les autres.

— Je le pense aussi, convint Mireille, prête à s'amuser du spectacle des vampires et des sorciers essayant de travailler malgré la situation embarrassante.

Son amusement s'envola lorsque Patrick Devoy s'approcha d'elles. Mireille n'avait jamais apprécié Patrick, le trouvant prétentieux et dominateur, mais quand il l'ignora complètement pour atteindre la main de Caroline, ce fut plus qu'elle ne put en supporter. Elle se positionna entre eux.

— Dégage, siffla-t-elle, elle a déjà un partenaire.

Patrick sembla prêt à la défier mais Caroline prit la main de Mireille.

— Et je suis assez satisfaite de celle que j'ai, ajouta-t-elle en s'éloignant avec Mireille. Allons parler à Alain, suggéra-t-elle. Il pourra nous en dire plus sur ce à quoi nous devons nous attendre maintenant que nous nous sommes trouvées.

Elle ignora ostensiblement l'autre vampire alors qu'elle marchait vers l'endroit où Alain et Orlando se tenaient.

Orlando était heureux de voir que Mireille était venue et qu'elle avait trouvé une sorcière. Jean lui avait dit qu'il l'avait invitée, mais il n'était pas certain qu'elle puisse venir à la réunion.

— Nous devrions rassembler les partenaires appariés ensemble, dit Caroline à Alain en faisant un clin d'œil à Orlando. Cela évitera toute confusion quant à savoir qui a encore besoin d'un partenaire.

Orlando la regarda, surpris, se demandant si quelque chose s'était passé, mais Mireille secoua la tête. Quoi qu'il en soit, cela pouvait attendre. Alain était d'accord avec Caroline et se dirigea vers un côté vide de la pièce, disant à ceux qu'il dépassait de les rejoindre s'ils avaient trouvé leur partenaire.

Adèle regarda autour d'elle, ses choix de plus en plus restreints parmi les vampires. Elle savait que celui qui lui correspondait était là, quelque part. Elle devait seulement le trouver. Soupirant de frustration, elle se retourna et se retrouva face à face avec un Dieu doré parmi les hommes. Pendant un moment, elle resta sans voix, son poignet se leva de son propre chef, dans une offre muette.

Le vampire baissa les yeux vers son poignet, la peau lisse marquée par les morsures de nombreux crocs. Une moue de mécontentement déforma légèrement ses lèvres pendant un instant.

— Vous n'avez pas eu peur, je vois, observa-t-il.

Le commentaire était suffisant pour sortir Adèle de sa léthargie.

— À moins que je sois la première sorcière dont vous goûtez le sang, vous n'avez aucun droit de me critiquer, rétorqua-t-elle. Je veux que cette alliance fonctionne et cela signifie laisser les vampires me mordre jusqu'à trouver le bon. Si cela vous dérange, je trouverai quelqu'un d'autre.

Elle se tourna comme si elle allait s'éloigner. Elle n'avait pas fait un pas avant qu'une pression sur son bras la fasse revenir.

— Je ne vous ai pas dit de partir, dit-il avec son accent britannique.

Adèle fit la moue.

— Vous ne m'avez pas, non plus, demandé de rester.

— Devrais-je demander ? Vous m'avez offert votre poignet.

— Et vous l'avez rejeté quand vous avez vu que d'autres étaient passés avant vous, rétorqua Adèle. Maintenant, soit vous me mordez, soit vous me laissez partir. Nous perdons du temps.

— Vos désirs sont des ordres, répondit le vampire, levant son bras à nouveau mais en tirant sa manche en arrière afin de pouvoir atteindre un morceau de peau intact.

Adèle fut surprise mais elle n'essaya pas de l'arrêter alors qu'il baissait la tête vers le milieu de son avant-bras et le mordit doucement. C'était en fait la morsure la plus tendre qu'elle avait reçu de toute la matinée. Elle attendit, alors qu'il relevait la tête, le rejet inévitable.

— Je m'appelle Jude, dit-il avec un sourire.

— Vous voulez dire que cela a marché ? demanda-t-elle étonnée.

— Ça a fonctionné, affirma-t-il. Et puis-je vous demander votre nom ?

— Adèle, répondit-elle, réalisant encore difficilement sa bonne fortune.

Elle le regarda et sourit tout à coup. Oh oui, elle aurait plaisir à travailler avec lui.

De plus en plus de paires se formaient et les rejoignirent de leur côté de la pièce. Alain donna à Orlando le nom de chaque sorcier et Orlando lui fournissait le nom de chaque vampire. Angélique trouva son partenaire qui, à la grande surprise d'Alain se trouva être David. Fabienne Bruguière s'associa à Mathieu Gastineau, l'un des subordonnés d'Alain. Laurent fit équipe avec Blair Nichols, Orlando lui apprit qu'il était récemment arrivé de Los Angeles. Alain observa leurs interactions afin de voir si l'un d'entre eux ressentait la même émotion intense qui les avait percutés presque immédiatement Orlando et lui, à la fois. Certains des couples semblaient plus à l'aise que d'autres, mais si certains avaient ressenti ce qu'Orlando et lui avaient éprouvé, ils le cachaient bien.

Alors que le nombre de couples grandissait, Thierry se sentit de plus en plus frustré de ne pas trouver son partenaire. Après tout ce qui s'était passé, il ne pouvait pas croire qu'il ne pouvait pas trouver son homologue. Alain gardait un œil attentif sur Thierry, voyant dans les étincelles de magie qui entouraient son ami, l'escalade de sa colère. Lorsque tous les vampires non appariés eurent rejeté Thierry en tant que partenaire, sa colère prit le meilleur en lui et il perdit le contrôle de sa magie. Alain lança un sort de canalisation, propulsant l'explosion de Thierry vers la porte, le seul endroit de la pièce dont il était sûr que cela ne blesserait personne. Au moment où le sort allait la frapper, la porte s'ouvrit et un homme inconnu entra à grands pas, prenant le poids de la magie de Thierry directement en pleine poitrine.

XXX

PERSONNE NE bougea pendant un moment, puis l'homme fit un autre pas dans la pièce. Thierry le regarda stupéfait, incrédule, cataloguant mentalement les caractéristiques classiques du nouvel arrivant, les épaules fines et les longs cheveux sombres. Bien que mal orienté et mal défini, l'éclair de magie qui avait échappé à son contrôle aurait dû mettre l'autre homme à terre, pourtant cela ne semblait même pas l'affecter. Thierry se retourna, recherchant Marcel des yeux, espérant que le vieux sorcier aurait ne serait-ce qu'un début d'explication. Marcel avait l'air aussi perplexe que lui et n'avait clairement aucune réponse à donner.

Les yeux de Thierry passèrent d'Alain à Orlando qui se trouvaient avec les autres paires. Alain semblait tout aussi confus que lui. Manifestement, Alain n'avait pas supprimé l'effet de sa magie.

— Que vient-il de se passer ? murmura Alain, fixant toujours l'homme en colère qui marchait vers Thierry.

— Je n'en ai aucune idée, répondit Orlando tout aussi doucement mais ses yeux étaient fixés sur un spectacle différent.

Jean s'était pétrifié dès que la porte s'était ouverte et n'avait pas bougé depuis, d'après ce qu'Orlando pouvait en juger. En outre, il pouvait voir l'expectative dans le regard des autres vampires qui passait entre Jean et le nouveau venu.

Merde ! pensa Jean, luttant pour garder un masque d'indifférence calme en place. De tous les vampires de Paris, c'était le seul qu'il ne voulait pas voir. Il s'avança pour intercepter l'autre vampire, espérant que ses façades de civilité tiendraient.

— Noyer, dit-il avec une fausse jovialité. Je ne m'attendais pas à vous voir ici.

Sébastien s'arrêta et regarda Jean.

194

— Et pourquoi pas ? demanda-t-il. Je pensais que vous aviez appelé la Cour à cette réunion.

Jean était pris. Il avait invité ses amis à la rencontre, mais Noyer et lui n'étaient plus des amis depuis plus de quatre cents ans. De toute évidence, quelqu'un n'avait pas respecté son message.

— Je ne m'attendais pas à vous voir tenir compte des convocations, tempéra Jean.

— Vous pensiez mal, rétorqua Sébastien. Donc, de quoi s'agit-il ?

Son geste était presque dédaigneux.

— Nous construisons une alliance ente les vampires et la Milice de la Sorcellerie, intervint Marcel.

— Et vous faites cela en attaquant tous ceux qui franchissent la porte ? le défia Sébastien incrédule.

— C'était un accident, expliqua Alain, venant aux côtés de Marcel. Nous n'attendions plus personne à cette heure tardive. La porte semblait l'endroit le plus sûr pour projeter un peu de magie perdue.

Sébastien sembla accepter l'explication.

— Alors, quels sont les termes de cette alliance ? demanda-t-il.

Alain et Marcel expliquèrent la situation puisque Jean était devenu à nouveau silencieux. Quand ils eurent terminé, Sébastien regarda autour de lui la foule assemblée. Le langage corporel prenait soudain un sens et il pouvait voir clairement qui était jumelé avec qui.

— Je devrais donc mordre les sorciers non attribués jusqu'à ce que je trouve quelqu'un ? vérifia-t-il.

— C'est de cette façon qu'on travaille, convint Orlando.

— Alors, je vais commencer par celui dont la magie m'a frappé en entrant. Cela semble un échange assez juste.

— Il suffit de prendre quelques gouttes, recommanda Orlando avec insistance. Vous n'êtes pas le premier à le mordre ce soir. Vous ne voudriez pas le vider.

Thierry s'avança, croisa les yeux de Sébastien, les verts rencontrant les noisettes. Thierry crut y voir de la colère, mais il refusa de présenter des excuses. Il remonta sa manche pour révéler son poignet marqué par plusieurs morsures et le tendit hardiment à Sébastien.

Sébastien fut impressionné. Quiconque était prêt à se faire mordre à nouveau après autant de morsures, méritait son respect. Peu importe avec quel soin chaque vampire avait agi, l'effet cumulatif de ces morsures devaient faire mal. Il n'y avait cependant aucune hésitation dans l'attitude du sorcier. Voyant que l'une des morsures n'avait pas été fermée correctement et suintait toujours, Sébastien lapa simplement le sang plutôt que de le mordre à nouveau, utilisant sa langue pour fermer la plaie. Il se rendit rapidement compte que les quelques gouttes qu'il avait goûté n'étaient pas suffisantes. Il sentait dans l'autre homme un chagrin qui reflétait le sien et une détermination, même un entêtement qui pourrait rivaliser avec le sien. Il leva la tête et étudia le beau visage du sorcier, les yeux verts durs correspondants à la détermination qu'il avait goûtée, les cheveux blonds ébouriffés comme si le sorcier ou quelqu'un avait passé ses doigts dans la chevelure. Oui, il pourrait travailler avec celui-là.

— L'avez-vous senti ? demanda Orlando. Cela devrait vous faire penser à une couverture qui vous entoure.

— Je n'aurais pas dit une couverture, répondit lentement Sébastien, sans jamais quitter Thierry des yeux. C'est plus comme me glisser dans ma veste préférée, prêt à sortir et à affronter le monde, mais oui, je l'ai senti.

Thierry poussa un soupir de soulagement. Il avait un partenaire. Il serait capable d'honorer sa promesse à Aleth et de faire que l'alliance fonctionne.

— Thierry Dumont, dit-il au vampire.

— Sébastien Noyer, répondit le vampire, en lui tendant la main.

Thierry la prit, impressionné par la prise ferme. Oui c'était quelqu'un avec qui il pourrait travailler.

— Désolé d'interrompre cette petite fête entre amoureux, dit Adèle caustique, mais j'aimerais savoir ce qui s'est passé quand Sébastien est entré. Pourquoi la magie de Thierry ne l'a-t-elle pas arrêté ?

— Pourquoi votre magie ne l'a-t-elle pas arrêté ? répéta Jean.

— Parce que j'ai mis un sort pour admettre les vampires et les sorciers de la Milice, rétorqua Adèle. Vous ne m'avez pas dit que je devais filtrer les vampires.

— M'auriez-vous retiré de la sélection ? demanda Sébastien. Je ne pensais pas que nous avions sombré si bas.

— Ce n'est pas le problème, intervint Marcel. Comme l'a soulevé Adèle, la magie de Thierry ne vous a pas affecté du tout, n'est-ce pas Sébastien ?

Sébastien considéra la question.

— Je l'ai senti, répondit-il finalement. Je savais que j'avais été frappé mais cela ne m'a pas blessé.

— Les vampires sont-ils immunisés contre la magie ? demanda Caroline. Ou est-ce quelque chose concernant Thierry et Sébastien ?

— Cela devrait être assez facile à vérifier, observa Alain. Un simple sort, une lévitation par exemple. Si cela fonctionne, alors c'est quelque chose entre Sébastien et Thierry, sinon ce sont les vampires.

Il regarda Orlando.

Puis-je essayer ? demanda-t-il. Cela devrait te soulever de quelques centimètres au-dessus du sol.

Orlando hocha la tête en signe d'acceptation.

— J'ai confiance en toi, dit-il.

Alain murmura les mots d'un sort basique de lévitation. Orlando sentit la magie s'étendre à lui et l'entourer, mais il resta solidement planté sur le sol.

— Ce n'est pas un test concluant, souligna Jean. Qui sait quel effet l'Aveu de Sang a sur votre magie ?

Un murmure traversa les vampires au mot 'Avoué'. Jude, le plus proche d'Alain attrapa son menton et lui fit pencher la tête, révélant la marque. La main d'Orlando se ferma immédiatement sur le poignet de Jude.

— Lâche-le, dit Orlando de sa voix la plus raisonnable, mais son emprise se resserra fortement alors qu'il parlait jusqu'à ce que Jude libère le menton d'Alain. Laisse Thierry essayer, suggéra Orlando.

Alain sentit monter la colère à la pensée que quiconque lance un sort, même inoffensif, à Orlando mais il savait qu'il pouvait faire confiance à Thierry. Il croisa les yeux de son meilleur ami et soutint son regard quelques instants comme pour lui rappeler d'être prudent. Thierry hocha la tête en signe de compréhension, amusé qu'Alain soit si protecteur. Il jeta le même sort qu'Alain avait utilisé et regarda alors qu'Orlando flotter à deux centimètres du sol.

— La magie fonctionne donc sur les vampires qui ne sont pas nos partenaires ? demanda Caroline, commençant à lancer le même sort de lévitation en visant Jude, Jean, Orlando et Sébastien.

— N'essaye pas ! ordonna brusquement Alain, en se mettant devant Orlando. Nous avons prouvé la chose. Il n'y a pas de raison de continuer à le tester.

Il sentit la main d'Orlando sur son épaule et sut qu'il était déraisonnable, mais la pensée que la magie de quelqu'un d'autre puisse toucher Orlando déclenchait tous les instincts de jalousie qu'il possédait.

— Si nous avions su cela depuis le départ, nous aurions pu éviter toutes ces morsures, dit Laurent en frottant son poignet endolori.

D'autres sorciers sourirent.

— Et comment aurions-nous pu savoir cela ? demanda Alain avec un sourire désabusé. Même maintenant, c'était à partir d'un accident. Tout ce processus est une grande expérience.

— Assez parlé de cela. Je veux tout savoir sur cette marque sur ton cou, exigea David. Qu'est-ce que c'est et qu'est-ce que cela a à voir avec l'alliance ?

— Je te l'ai déjà dit auparavant, cela n'a rien à voir avec toi, répondit Alain.

— Peut-être pas, rétorqua David, mais les vampires savent clairement ce que c'est. Je pense que nous méritons nous aussi de le savoir.

— C'est une promesse, répondit rapidement Alain. Je ne laisserai aucun autre vampire me mordre et Orlando ne se nourrira de personne d'autre.

— Pourquoi diable as-tu fait… ? commença David.

— Ça suffit, l'avertit Thierry.

Il savait tout de l'antagonisme de David à l'égard d'Alain, basé sur ce que David considérait comme un traitement préférentiel après le décès de la femme et des enfants d'Éric. Il avait vu leur accrochage plus tôt, mais Orlando était intervenu avant qu'il puisse le faire. Cette fois, cependant, il valait mieux qu'il intervienne.

— Alain t'a déjà dit ce que tu avais besoin de savoir. Cela n'a aucune incidence sur l'alliance.

— La décision qu'Alain et Orlando ont prise était un choix personnel, ajouta Marcel. Ni Bellaiche ni moi n'espérons que quelqu'un d'autre fasse le même engagement qu'ils ont choisi de faire. Tout ce que nous attendons, c'est que les sorciers laissent leurs partenaires boire avant une bataille afin qu'ils soient protégés si nous sommes encore en train de nous battre alors que le soleil se lève. Des volontaires pourraient également être sollicités pour des patrouilles de jour, mais encore une fois, je souligne que cela devra être un acte volontaire et les deux partenaires devront être d'accord. Il s'agit d'une alliance militaire et non pas d'une affaire personnelle, à moins de choisir en tant qu'individus de faire en sorte d'emprunter cette voie.

Marcel fit une pause pour ménager son effet et attendre que tous les regards de la pièce soient sur lui. Il éleva un peu la voix pour que tout le monde puisse l'entendre.

— Il a été porté à mon attention que vingt sorciers noirs sont à l'affût, à nous attendre en dehors de la gare. Puis-je suggérer que nous formions un plan pour nous en occuper ?

XXXI

LE SILENCE fut la première réaction à l'annonce de Marcel. Puis une cacophonie de protestations et d'accusation survint. Marcel attendit patiemment que les cris et les récriminations s'apaisent.

— Je ne sais pas comment ils l'ont découvert, commença-t-il, faisant face à certaines préoccupations criées. Et non, ce n'est pas un piège. Nous sommes ici au même titre que vous et vous le savez, vous tous, que la magie noire n'est pas pratiquée ici. Vous l'auriez goûtée et assez d'entre vous m'ont mordu pour savoir que je ne suis pas hypocrite.

— Vous ne vouliez pas seulement nous surprendre avec cette nouvelle, dit Alain. Vous avez quelque chose en tête.

Il ne demanda pas à Marcel comment il savait pour les sorciers. Il ne répondait jamais à ces questions de toute façon et cela n'était pas important de savoir comment il savait. Ce qui importait, c'était de faire sortir tout le monde en toute sécurité. Sortir simplement hors de la pièce n'était plus une option.

— Cela semble aussi être le bon moment pour tester notre nouvelle alliance, répondit Marcel. Voici ma suggestion. Lorsqu'Adèle lèvera le sort de protection de la salle, nous aurons un petit créneau avant qu'ils envisagent d'essayer quoi que ce soit. Ils ne viendront pas après nous, ils savent que nous sommes trop nombreux pour qu'ils attaquent. Ils vont très probablement essayer de nous prendre quand nous sortirons par la porte croyant que nous ne savons pas qu'ils sont là. Si nous ne sortons pas par le biais de la porte, nous pouvons les surprendre et les enlever avant qu'ils puissent faire leur rapport à Serrier.

À L'EXTÉRIEUR, caché dans l'ombre, Robert regardait attentivement la porte. Les vampires étaient à l'intérieur depuis près de deux heures, ce qui était

199

intéressant en soit, mais ce qui était encore plus remarquable était la présence d'un certain nombre des sorciers de Chavinier. Robert ne savait pas ce qui se passait à l'intérieur. La pièce était ensorcelée au point qu'il ne pouvait pas écouter ce qui s'y passait. Ce qui était très suspect. Que pouvait bien dire les sorciers de Chavinier à une assemblée de vampires ? Il ne le savait pas et cela le rendait nerveux. Il espérait que les vampires ne seraient pas intéressés par ce que c'était. Peut-être même se mettraient-ils en colère et le débarrasseraient-ils de quelques sorciers.

Il regarda autour des quais et trouva certains de ses agents également cachés au loin dans des alcôves et des coins sombres. Il leur avait ordonné de se mettre en position pour qu'ils aient tous une vue dégagée de la porte. Ils étaient là pour regarder et faire leurs rapports, mais s'ils pouvaient obtenir, en quelques sorts, d'enlever quelques sorciers avant de partir, ce serait encore mieux. Ils ne pouvaient pas tous sortir en même temps. La porte n'était pas assez large. Ils devraient sortir par petits groupes. Après la première attaque, ils comprendraient qu'ils avaient été découverts, mais si ses agents et lui pouvaient en emmener un ou deux avant d'aller faire leurs rapports, cela en vaudrait la peine.

Un mouvement dans l'ombre attira son attention. Il jeta un regard noir à Dominique Cornet, ses yeux ordonnant au sorcier le silence. Ils ne pouvaient pas se permettre d'être détecté ou leur opportunité serait perdue. Dominique se réinstalla dans un silence maussade. Robert secoua la tête. Pascal allait devoir avoir une conversation avec le jeune sorcier. Robert n'aimait pas du tout son attitude.

Il jeta un coup d'œil à sa montre. Les vampires ne pouvaient pas s'attarder plus longtemps sinon ils seraient piégés par la lumière du jour. Dans peu de temps, ils allaient devoir sortir par cette porte. Et espérons-le, les sorciers sortiraient avec eux.

— NE PAS sortir par la porte ? demanda Jean. Alors comment pourrons-nous sortir ?

Il regarda autour de lui les murs solides de la pièce.

— Magie, répondit Marcel avec un sourire. C'est un problème simple d'envoyer les vampires n'ayant pas de partenaires vers les niveaux inférieurs de la station où ils pourront prendre un métro pour rentrer chez eux avant que le soleil se lève. Quant à ceux qui n'auront plus ce souci une fois qu'ils auront l'opportunité de se nourrir sur leur partenaire, je suggère que ces vingt paires se portent volontaires pour rester et arrêter les sorciers. Les autres devront suivre les vampires sans partenaires à la maison, juste pour s'assurer qu'ils ne sont pas plus intelligents que mes espions l'ont suggéré.

— Nous ne pouvons transporter nos partenaires, rappela Alain à Marcel.

— Alors, nous formerons donc des équipes de quatre, suggéra Thierry, chaque sorcier sera responsable du vampire de l'autre sorcier et de lui-même. Nous sauterons ensemble puis les couples se reformeront dehors.

— Ce que tu as fait plus tôt à Orlando pourrait fonctionner. Le sorcier bloque les sorts du sorcier et le vampire le soumet. Simple mais efficace. Si le vampire peut retirer la baguette des mains du sorcier, la plupart d'entre eux seront impuissants.

— Grâce à leur rapidité, cela ne devrait pas être long, mais même si nous avons à en jeter plusieurs fois, nos sorts ne nuiront pas à nos partenaires puisque notre magie ne les affecte pas, répondit Alain. Les vampires sont-ils volontaires ?

Il jeta un regard autour de la pièce.

— Qui restera avec moi ? demanda Jean, stimulant les siens de faire un pas en avant.

Focalisé sur les vampires comme il l'était, il ne vit pas le choc ou la résignation sur le visage de Raymond quand il parla sans consulter son sorcier.

Alain croisa les yeux d'Orlando.

— Nous, bien sûr, se porta-t-il volontaire quand son amant hocha la tête.

— Comme nous, déclarèrent simultanément Thierry et Sébastien.

Leurs regards se verrouillèrent après qu'ils aient parlé, chacun pensant à nouveau combien il serait facile de travailler ensemble.

— Cela fait trois, dit Jean. Qui d'autre ?

Adèle s'avança, traînant Jude avec elle.

— Compte sur nous.

Jude lui lança un regard furieux mais elle l'ignora. Il allait devoir comprendre qu'elle n'attendait rien d'un homme.

Alain étouffa un petit rire quand il vit le regard sur le visage de Jude. Il avait perdu le compte des fois où il avait vu cela se produire. Les hommes regardaient Adèle et voyaient son beau visage sans jamais la colonne vertébrale en acier qui se cachait sous la surface soyeuse. Ils la sous-estimaient la première fois qu'ils la rencontraient, mais personne ne faisait cette erreur deux fois. Elle n'avait pas de patience pour leur condescendance et n'hésitait pas à leur faire savoir comment elle se sentait.

201

Il regarda autour de lui pour voir quelle autre paire ferait un pas en avant. Il ne s'attendait pas à voir David le faire, cependant il pouvait voir le sorcier dans une conversation animée avec une vampire magnifique dont les mains étaient peintes au henné. Ses gestes l'hypnotisèrent pendant un instant.

— Angélique Bouaddi, lui murmura Orlando à l'oreille. Elle gère un service de... pour les vampires qui n'ont pas envie de chasser. Contre paiement, elle leur fournit un corps consentant.

Alain gloussa.

— Une maison close pour vampire ?

Orlando gloussa en écho.

— Exactement.

Alain secoua la tête. *Pauvre David*, pensa-t-il. *Pauvre David collet monté, tu vas avoir un choc.*

— Cette paire devrait être intéressante à regarder.

Angélique finit par convaincre David d'être volontaire, s'avançant d'un pas pour les ajouter au nombre croissant de nouveaux partenaires. Mireille et Caroline s'étaient également portées volontaires, complétant le rang des combattants. Vingt couples pour vingt sorciers.

— Bien, dit Marcel. Maintenant, toutes les paires doivent trouver un autre couple pour que le transport puisse avoir lieu. Si les vampires sans partenaire veulent me rejoindre, je prendrais soin de vous. La chose la plus importante est de faire cela simultanément. L'explosion de magie attirera nos ennemis et les rendra vulnérables à l'attaque des volontaires. Tous les autres seront en sécurité, en dehors du chemin.

Thierry regarda les vingt-cinq vampires non appariés. Même un sorcier du calibre de Marcel aurait des problèmes avec un sort assez puissant pour déplacer autant de monde en une seule fois. Il regarda Marcel un moment.

— Tu vas jouer l'appât ! s'exclama-t-il, comprenant le plan de Marcel.

— Qui pourrait plus les tenter ? demanda Marcel. Cela ne vous donnera que quelques secondes, pendant ce temps les autres et toi devrez les occuper. J'en suis sûr. Tout ira bien le temps qu'il me faudra pour jeter mon propre sort. Et avant que tu le dises, je ne demanderais pas à l'un d'entre vous de le faire à ma place. Vous devez combattre nos ennemis. Capturez-les si vous le pouvez. Tuez-les dans le cas contraire. Ils ne doivent pas rapporter la nouvelle à Serrier, et ils ne laisseront pas passer l'occasion de se frotter à moi. Je ne souhaite pas mourir. Je ne m'attarderai pas plus longtemps que nécessaire pour les attirer, mais nous devons les prendre à leur propre piège.

Thierry soutint le regard de Marcel pendant un long moment.

— Sais-tu où ils sont ?

— Je sais où ils étaient, répondit Marcel. J'ai disposé quelques sections dans le quartier.

Il indiqua à Thierry les emplacements des sorciers. Thierry regarda les autres et commença à donner des ordres, divisant les groupes en place, les éparpillant à travers le niveau principal de la station où ils seraient les mieux placés pour faire tomber leurs cibles aussi rapidement que possible. Finalement, il se tourna vers une paire de plus qui ne s'était pas portée volontaire.

— Michel, j'ai besoin de toi et de ton partenaire pour surveiller la porte. Ne laissez pas entrer les sorciers noirs quoi qu'il en coûte. Pouvez-vous gérer cela ?

Michel rencontra les yeux de son partenaire Olivier. Olivier hocha la tête derrière lui, ses yeux sombres étaient déterminés.

— Nous y ferons face, promit Michel.

— Très bien. Alors, allons-y, déclara Thierry.

Il regarda autour de lui une dernière fois.

— Quand tu seras prête, Adèle.

— Attends, dit Sébastien. La petite quantité de sang que nous avons prise sera-t-elle suffisante pour nous protéger si le soleil se lève pendant la bataille ?

Thierry regarda L'horloge.

— Nous avons près d'une heure avant le lever du soleil. Si nous sommes encore en train de nous battre, nous aurons autre chose à nous soucier que du lever du soleil.

Sébastien fronça les sourcils, sur le point de dire au sorcier que pour un vampire, rien n'était plus dangereux que le lever du soleil, quand il comprit exactement ce que son partenaire voulait dire. Il hocha la tête.

— Nous ferions mieux de commencer alors.

— Nous allons nous assurer que vous serez à la maison avant le lever du soleil, ajouta Thierry impudemment. Quand tu veux, Adèle.

XXXII

TOUT LE monde attendait avec impatience qu'Adèle abaisse ses barrières. Il n'était pas nécessaire d'être subtil cette fois. Ils voulaient que les sorciers détectent les sorts et sortent de leurs cachettes. Un petit coup de sa baguette fit tomber les sorts.

— Maintenant ! ordonna Marcel, sa magie entourant les vampires non appariés.

Ils disparurent immédiatement.

Tout autour de la pièce, les sorciers firent de même, scintillants lorsque leurs sorts les prirent avec les vampires.

Alain et Sébastien réapparurent immédiatement sur le quai. Alain rechercha Thierry et Orlando. Il ressentit un bref instant de panique quand il ne les vit pas tout de suite. Puis ils se matérialisèrent à ses côtés. Apercevant les sorciers, Thierry en indiqua un sur la droite. Alain hocha la tête puis Orlando et lui se focalisèrent sur celui de gauche. Alain secoua la tête quand il eut un bon aperçu de leur proie. Le sorcier, qu'il ne reconnut pas, semblait à peine assez vieux pour se battre et il avait choisi Serrier. Alain ne pouvait pas s'empêcher de se demander quel mensonge ou quelle promesse Serrier avait utilisé pour attirer quelqu'un de si jeune dans son monde infâme. Il se demanda aussi s'il y avait un moyen de convertir ce jeune homme pour lui faire rejoindre leur camp.

— Lâche ta baguette, cria Alain, attirant l'attention du jeune sorcier.

Partout dans la station, il entendit d'autres crier la même chose.

Le sorcier noir se tourna et jeta immédiatement un sort à Alain. Il tissa un contre-sort avec la facilité d'une longue pratique, ajoutant une torsion qui embrouilla le jeune homme. Dès qu'Orlando entendit Alain commencer son sort, il passa à l'action, attrapant la baguette du sorcier et la jetant de côté. Il sentit la magie d'Alain glisser sur lui alors qu'il liait les mains du sorcier.

Sachant que leur part de la bataille s'était déroulée incroyablement vite, Alain regarda autour de lui, essayant de voir s'il pouvait aider quelqu'un d'autre. Les sorciers, cependant, étaient trop dispersés. Tout sort qu'il lancerait de l'endroit où il était risquerait de s'égarer et il ne pouvait pas sauter à l'endroit où se trouvait tous les autres parce qu'il refusait de laisser Orlando sans protection.

Raymond suivit les ordres, transportant le vampire que Thierry lui avait indiqué. Dès qu'il eut atteint le quai, il trouva sa proie. Inutile de s'ennuyer avec un avertissement, il envoya le premier sort au sorcier, pas sûr de pouvoir l'atteindre sous cet angle. Le sorcier le détecta et fila, contrant le sort juste avant qu'il le frappe. Raymond le maudit dans sa barbe. Il n'était pas vraiment un duelliste, préférant faire tomber sa cible dès le premier assaut plutôt que de s'engager dans une longue bataille, mais Lionel Desurmont, qu'il reconnut quand il se retourna, était un expert. Raymond esquiva un sort qu'il n'était pas assez rapide pour contrer. Un mouvement à sa droite distrait Desurmont et Raymond profita de cette ouverture, envoyant un sort Abbatoire du côté de Desurmont, ce qui le mit à terre. Il n'attendit pas de voir qui regardait Desurmont parce que chaque hésitation aurait donné à l'autre sorcier l'opportunité d'une attaque. Que ce soit Bellaiche ou un innocent banlieusard assez malchanceux pour traverser le quai à ce moment précis, Raymond ne laisserait pas une autre personne mourir parce qu'il n'avait pas agi. Il y avait quelques sorciers qu'il avait connus de son temps dans les légions de Serrier auxquels il ne voulait pas faire face dans la bataille parce qu'il n'était pas sûr de ses propres réactions, mais la plupart d'entre eux, comme Desurmont étaient pourris jusque dans l'âme et il n'avait aucun scrupule à les voir humiliés. En dépit de ce qu'Alain et Thierry semblaient penser la plupart du temps, Raymond voulait vraiment voir Serrier vaincu et il avait l'intention de faire sa part. Peut-être qu'un jour, il en ferait suffisamment pour vraiment convaincre les autres qu'il avait conscience de l'erreur de ses choix passés.

Jean venait à l'aide de Raymond quand il vit leur cible s'effondrer. Confus, il se tourna vers son compagnon. Ce n'était pas de cette façon que c'était censé se passer. Ils étaient censés travailler ensemble. Il fronça les sourcils quand il comprit que Raymond n'avait même pas attendu son arrivée pour tuer le sorcier. Ce n'était pas le moment, mais Raymond et lui avaient clairement besoin de définir certains paramètres de leur partenariat ou ils ne seraient jamais capables de travailler ensemble.

— Garde-m'en un peu la prochaine fois ? plaisanta-t-il sarcastiquement alors qu'il se tenait au-dessus du corps du sorcier mort.

— Je pensais qu'il allait attaquer, répondit Raymond sur la défensive. Vous ne pouvez pas contrer ses sorts mortels de la façon dont je peux le faire et je ne peux les contrer que s'ils me visent.

Mireille sentit la magie du sorcier s'envelopper autour d'elle et puis elle fut sur le quai, clignant des yeux dans la confusion. Cela prendrait du temps, semblait-il pour s'habituer à s'associer avec les sorciers. Puis Caroline apparut à ses côtés.

— Là, murmura-t-elle, montrant un homme tenant une baguette. Voilà notre cible.

Mireille hocha nerveusement la tête en signe d'approbation. Elle n'était pas habituée à soumettre sa proie. Elle avait toujours préféré les séduire, mais c'était différent. Si ses victimes habituelles la rejetaient, elle allait simplement voir ailleurs. Cette victime, cependant, la tuerait s'il en avait la possibilité. Ou tuerait Caroline, ce qui était presque aussi mauvais. Mireille ne savait pas exactement ce que la magie pouvait faire à la chair humaine, mais elle était tout à fait certaine de ne pas vouloir le savoir. Elle attendit Caroline pour engager le combat avec le sorcier afin qu'elle puisse aussi attaquer.

Le premier sort de Caroline frappa le pilier derrière la tête du sorcier. C'était suffisant pour le faire se retourner, baguette à la main, à la recherche de son agresseur. Caroline s'avança hardiment, attirant le regard de l'autre sorcier. C'était un geste téméraire, qui la laissait complètement vulnérable, mais elle avait confiance en Mireille, bien qu'elle ne puisse pas dire pourquoi. Elle bloqua le sort du sorcier, mais seulement partiellement. Un fragment de la malédiction la frappa à l'épaule, laissant son bras engourdi. Elle changea sa baguette de main et se prépara à lancer un nouveau sort quand elle vit Mireille attaquer. Au lieu de lancer le sort qu'elle lui destinait, Caroline jeta un sort de désarmement, espérant aider Mireille de cette façon. Distrait par le vampire, le sorcier ne la contra pas et sa baguette alla voler au loin, le laissant physiquement aux prises avec Mireille, une cause perdue contre la force surnaturelle du vampire.

— Jetez vos baguettes ordonna Thierry en criant.

Il vit le sorcier se retourner et reconnut Robert Pacotte, un des principaux lieutenants de Serrier. Thierry sourit sauvagement. Il allait apprécier de croiser le fer avec le sorcier. Il avait un compte à régler avec Serrier et ses acolytes et faire tomber l'un des sbires les plus fiables de Serrier était un bon moyen de commencer.

Sébastien regarda et attendit que les sorts rapides et furieux aient fini de voler entre le sorcier et le sorcier. Il savait que la magie de Thierry ne le blesserait pas, mais celle de l'autre sorcier était une autre affaire. Il n'avait aucun désir d'être frappé par un des sorts du sorcier noir, il attendit donc le moment opportun. La bataille ne faisait qu'accroitre son admiration pour le sorcier auquel il était lié.

Comme Thierry s'y attendait, Pacotte contra son premier sort et en envoya un autre en retour. Thierry le bloqua facilement, le renvoyant inoffensif dans un pilier à proximité. Il entendit des cris derrière lui et les hurlements des banlieusards matinaux alors qu'ils tentaient d'échapper à la bataille, mais il ne se laissa pas distraire. Toute distraction signifierait la mort parce que Pacotte ne lui jetait pas de sort contraignant. Pacotte essayait de le tuer. Il s'inclina lentement essayant de positionner son adversaire pour que son dos soit devant Sébastien, espérant donner une ouverture à son partenaire.

Dès qu'il comprit le plan de Thierry, Sébastien commença à se diriger derrière le sorcier noir. Quand il fut en dehors de la vision périphérique de l'homme, il frappa, sauta en avant pour lutter avec le sorcier, essayant de lui faire lâcher sa baguette. Il lui fallut un moment, mais l'emprise du sorcier sur sa baguette céda devant sa force supérieure et elle tomba. L'homme continua à lutter, mais le tir de barrage de magie avait cessé. Le battement de pulsations magiques autour de lui s'arrêta, ainsi que les luttes.

Voyant que Sébastien avait Pacotte sous contrôle, Thierry inspecta la station, vérifiant l'état de ses camarades. Sans surprise, Alain et Orlando, les plus proches de lui, avaient complètement neutralisé leur sorcier. Un par un, il vérifia les autres. Quinze sorciers capturés et cinq tués. Tous les vingt avaient été maîtrisés. Thierry hocha la tête avec satisfaction. Aucun d'eux n'irait rendre des comptes à Serrier aujourd'hui.

— Ramenez-les dans la salle d'attente, ordonna Thierry.

Puis il chercha Marcel. Le sorcier apparut à ses côtés comme s'il l'avait appelé.

— Que faisons-nous des morts ? demanda-t-il.

— Je serais ravi de les renvoyer à Serrier, répondit Marcel. Mais malheureusement, je ne sais pas où le trouver.

D'un geste de la main, il envoya les corps dans un hôpital local.

— Ils s'occuperont d'eux là-bas. Maintenant, voyons ce que nos prisonniers ont à dire pour eux-mêmes.

De l'autre côté de la gare, Jean regardait les sorciers et les vampires entasser les prisonniers dans la salle d'attente, un sentiment de satisfaction l'imprégnant en dépit de ses propres préoccupations concernant son partenaire. L'alliance naissante avait résisté à sa première bataille avec succès, un bon présage. Ils avaient encore du travail à faire pour cimenter les liens qui les unissaient – son propre partenaire en premier – mais, il en venait à croire que cela pourrait fonctionner. Et quand cela serait le cas, son peuple serait enfin libéré de millénaires de persécution. Souriant de plus en plus, il suivit les autres à l'intérieur, prêt à entreprendre tout ce qui viendrait ensuite.

Tournez la page pour un aperçu exclusif.

THIERRY ET Marcel rejoignirent les autres dans la salle d'attente. Les sorciers de la Milice et les vampires accompagnaient les sorciers qu'ils avaient capturés, un de chaque côté afin de s'assurer qu'ils ne s'évadent pas. Marcel inspecta les prisonniers, notant la moindre agitation alors que les moins expérimentés cherchaient une consolation auprès des plus anciens. Il reconnut certains d'entre eux, quant aux autres, il ne les avait jamais vus auparavant. Cela l'inquiétait un peu que Serrier recrute ses sorciers ailleurs, mais il ne pouvait rien faire à ce sujet pour le moment. Certainement pas sans de plus amples informations. Il se demanda si l'Alliance pourrait tirer quelque chose de pertinent de ces prisonniers.

D'un geste de la main, il enveloppa les quinze sorciers dans des sorts qui les rendirent aveugles et sourds à tout ce qui les entourait.

— Maintenant, nous pouvons parler sans avoir à nous soucier de ce qu'ils pourraient entendre, déclara le Général. Je ne sais pas combien de temps cela prendra avant que Serrier vienne les chercher, mais nous ne voulons certainement pas être là quand il le fera. Nous devons les ramener à la base où nous pourrons les interroger proprement.

Alors qu'il parlait, un frisson distinct parcourut la pièce et les vampires commencèrent à reculer vers le mur du fond.

— Qu'est-ce... ? commença Thierry, ne sachant pas pourquoi son partenaire ainsi que les autres vampires s'étaient retirés.

Le soleil se levait et aucun des vampires – ou peut-être seulement Orlando – ne s'était suffisamment nourri pour survivre à la lumière du jour. Il regarda autour de lui, dans la salle d'attente. Dans son état actuel, il n'y avait aucun endroit privé où les paires pourraient se nourrir et Thierry suspecta qu'à cause des commentaires antérieurs de Bellaiche, aucun des vampires ne voudrait se nourrir dans une pièce ouverte.

Orlando sentit le malaise que le lever du jour apportait toujours, mais il rejeta sa première impulsion de se blottir contre le mur du fond. La grande fenêtre faisait face au nord, donc la lumière du soleil n'arriverait pas dans la pièce avant plusieurs heures. Mais même si c'était le cas, Orlando savait qu'il n'avait rien à craindre d'elle. Il pouvait toujours sentir la magie d'Alain chanter à travers son corps, l'entourant et le protégeant. Il se retourna vers les autres vampires.

— Regardez, dit-il, en se dirigeant vers la porte, sa confiance dans la magie d'Alain étant totale

Alain combattit son envie d'éloigner Orlando de la porte. Il s'était écoulé plusieurs heures depuis la dernière fois qu'il s'était nourri et il n'avait aucune idée sur le temps que la protection durerait. Il savait cependant qu'il ne devait pas arrêter le vampire. Son amant était très indépendant et Alain savait qu'il devait croire qu'Orlando était conscient de ce qu'il faisait. S'il sentait toujours la protection l'entourer, alors Alain devait accepter que ce soit vrai, sans avoir à se soucier que cela puisse être faux. Il le regarda avec appréhension, son estomac se nouant, alors qu'Orlando passait la porte et se dirigeait vers le quai, droit vers une flaque de lumière. Il se tint là, avec un large sourire, pendant quelques minutes. Le soleil hivernal était chaud sur son visage, même avec la brise qui soufflait. Il inclina la tête en arrière, se réjouissant d'être dans la lumière du jour. Il avait également tenté de sortir la veille, mais l'expérience était suffisamment nouvelle pour qu'il en savoure le parfum. Enfin, il revint à l'intérieur. Le but était de montrer aux autres qu'il n'y avait rien à craindre une fois qu'ils s'étaient nourris.

Alain le rejoignit à la porte, ses yeux scrutant le visage et les mains d'Orlando, cherchant la moindre altération de couleur qui aurait viré au gris cendre, rappelant sa surexposition de la dernière fois. Il voulut attirer son amant contre lui et lui ordonner de cesser de commettre de telles imprudences, mais ce n'était pas l'image que les autres paires avaient besoin de voir concernant le fonctionnement de l'Alliance. Ni la dynamique qu'il voulait instituer entre Orlando et lui.

Orlando avait été abusé, contrôlé et dominé trop souvent par le passé. Alain ne lui ferait pas cet affront, qu'importe à quel point il voulait le protéger.

Les vampires, même Jean qui s'était tenu au soleil la veille, examinèrent Orlando d'aussi près qu'Alain l'avait fait, pour des raisons différentes cependant.

— Cela va-t-il vraiment fonctionner pour nous tous ? demanda Jude. Ce n'est pas simplement dû à l'Aveu de Sang ?

— Cela a fonctionné pour moi, répondit Jean, et je n'ai aucun Avoué.

Alors qu'il parlait, son regard affronta celui de Noyer. Sébastien regarda en arrière, impassible, refusant de reconnaître l'accusation silencieuse de Jean, ne détournant même pas son regard.

Thierry était au courant de l'inimitié entre les deux vampires, mais il n'avait aucune idée de ce qui causait cette tension entre eux. Il demanderait à Sébastien plus tard. Ils ne pouvaient pas se permettre que des conflits subsistent au sein de l'Alliance. Ils devaient être capables de pouvoir compter les uns sur les autres, aussi bien au sein des couples qu'entre les échanges avec les autres paires.

Une fois qu'il se fut assuré qu'Orlando n'était pas blessé suite à son exposition au soleil, Alain se retourna pour regarder la salle d'attente. Avec les souvenirs de sa propre expérience encore frais dans son esprit, il vit immédiatement le problème qu'une pièce ouverte poserait.

Il traversa la salle en direction de Marcel et murmura :

— Nous ne pouvons pas faire cela ici. C'est trop personnel et cette pièce est trop ouverte.

— Et pourtant ils ne peuvent pas partir, répondit Marcel tout doucement.

Il regarda autour de lui. Les chaises pouvaient être transformées pour créer des barrières physiques et la magie pourrait rendre chaque son silencieux, créant au moins une intimité minimale.

— Je m'en occupe, dit Marcel. Thierry et toi, tâchez de découvrir auprès de qui nous pourrons tirer quelques informations et vite. Je ne sais pas combien de temps cela leur prendra pour se nourrir, mais Serrier ne va pas nous accorder toute la journée.

Alain hocha la tête et retraversa la pièce vers l'endroit où Thierry se tenait toujours.

— Marcel veut que nous commencions l'interrogatoire pendant que les vampires se nourrissent. Cela ne sert à rien de commencer par Pacotte. Il est sans aucun doute le chef et il ne nous dira rien.

Sébastien toussa, mal à l'aise, lorsqu'il entendit Alain parler avec tant de désinvolture de se nourrir. Il regarda autour de la large pièce. Cela n'offrirait même pas l'illusion d'une certaine intimité. Alors qu'il réalisait cela, les chaises commencèrent à changer, se métamorphosant en murs de la taille d'un homme.

Thierry leva les yeux et suivit le regard de Sébastien.

— Intimité, dit-il avec un sourire. Ce n'est pas ce que nous aurions pu espérer, mais nous ne sommes pas complètement incultes.

Sébastien rit sous cape.

— Tout le monde n'est pas au courant de nos sensibilités et compte tenu de la façon dont nous nous sommes rencontrés...

— Nous apprenons, lui assura Alain, aussi rapidement que nous le pouvons. N'hésitez pas cependant, à nous dire s'il y a quelque chose que nous avons besoin de savoir. Comme Thierry le disait, ce n'est pas parfait, mais avec la magie de Marcel ajoutée à l'écran, ce sera aussi privé que s'ils étaient dans des pièces séparées. Cela n'empêchera pas tout le monde de savoir ce qui se passe, mais cela signifie que personne ne verra ni n'entendra quoi que ce soit.

Il risqua un regard vers Orlando et vit la faim dans ses yeux, une faim qu'il sentit se répercuter dans son propre estomac. Le vampire n'avait pas vraiment besoin de se nourrir, mais le souvenir se reflétait dans ses yeux et dans son cœur. Alain savait que cela allait être une longue journée, très active, mais il espérait pouvoir avoir quelques minutes seul avec lui, même si c'était juste pour un baiser et un câlin.

Jean vit lui aussi ce que Marcel avait fait et apprécia le geste. C'était un exemple supplémentaire du respect du Général pour les us et coutumes des vampires, et une raison de plus pour le respecter. Trois cabines se tenaient là, à différents endroits de la pièce, fournissant aux vampires un lieu pour se nourrir, loin des regards indiscrets. Maintenant, il lui incombait de s'assurer qu'elles seraient utilisées. Après la démonstration d'Orlando, Jean savait que celui-ci n'avait pas besoin de se nourrir, tout comme il savait qu'il ne pouvait pas compter sur lui pour donner l'exemple. Il devait être celui qui passerait en premier. Il grimaça à la pensée de goûter à nouveau la peur de Raymond, mais il n'avait vraiment pas d'autre choix. Le soleil était levé et il ne pouvait pas rester dans la pièce toute la journée. Serrier avait découvert, en quelque sorte, leur réunion et s'attendait au retour de ses soldats. Lorsqu'ils ne rentreraient pas, il viendrait sans doute les chercher. Partir était la seule option sûre et cela signifiait se nourrir sur Raymond. Il marcha vers lui, alors qu'il montait toujours la garde auprès des sorciers.

— Viens, ordonna-t-il, montrant une des cabines.

Raymond leva les yeux vers Jean et recula instinctivement, puis il le suivit à contrecœur. Ce n'était pas comme s'il avait le choix. Toute résistance serait perçue comme un signe de trahison.

— Devons-nous le faire ? demanda Sébastien en regardant Thierry.

— Ouais, répondit Thierry. Je reviens dans quelques minutes, dit-il à Alain, et nous verrons à ce moment-là qui questionner.

Alain hocha la tête et regarda le duo partir vers la seconde cabine.

— Je suis nerveux, admit Thierry alors qu'ils atteignaient l'entrée. Je ne sais pas vraiment à quoi m'attendre.

— J'irai doucement avec toi, plaisanta Sébastien.

Puis son visage redevint sérieux.

— Je t'ai fait confiance pour me protéger sur le quai, fais-moi confiance à présent quand je te dis que je prendrai soin de toi.

— Je peux le faire, répondit Thierry et ils savaient qu'il disait la vérité.

Sébastien et lui avaient magnifiquement travaillé ensemble, anticipant les mouvements de l'autre. Il voulait croire en son vampire pour l'aider à traverser cette nouvelle expérience.

Ils passèrent derrière l'écran et, comme le reste du monde semblait s'être retiré au loin grâce au vide du silence magique créé par Marcel, Thierry comprit la préférence des vampires pour l'intimité lors d'un tel acte. Lever son poignet, offrir son bras à Sébastien était aussi chargé de tension et d'émotions que son premier baiser avec Aleth. Son esprit se révolta à la comparaison. Il avait fait la paix avec les exigences de l'Alliance et il n'aurait pas pu être plus ravi de son partenaire. La manière dont Sébastien et lui travaillaient ensemble rivalisait avec l'entente sur le terrain qu'il avait avec Alain. Ce n'était pas le partenariat qui l'effrayait. Ce n'était pas la douleur d'être mordu. Il avait déjà été mordu assez de fois pour passer par-dessus tout ça. Ce qui l'effrayait, c'était l'intimité que cela requérait et à laquelle son esprit ne pouvait faire face. Il avait vu la connexion presque instantanée entre Orlando et Alain et il avait peur. Il n'avait perdu sa femme que deux jours plus tôt, bon sang ! Il ne pouvait pas simplement l'oublier en sautant à pieds joints dans une nouvelle relation, avec la première personne qui se présentait. Peu importe que leur relation fût partie en lambeaux depuis longtemps et que tout fût fini entre eux. La fin de leur histoire avait été douloureuse et était encore cause de chagrin, mais Thierry ne voulait pas déshonorer la mémoire d'Aleth en passant si vite à quelqu'un d'autre.

Sébastien prit la main que Thierry offrait et la retourna, examinant le poignet.

— Cela va faire mal si je te mords ici, dit Sébastien, montrant la peau déjà perforée.

— Ce n'est que de la douleur, répliqua Thierry, sa main toujours dans celle du vampire.

Sébastien pensa une nouvelle à quel point leurs tempéraments étaient parfaitement assortis. Il aurait trouvé cela fort déplaisant de devoir travailler avec quelqu'un qui se plaignait constamment.

— Peut-être, reconnut-il, mais il n'y a aucune raison d'empirer les choses. Puis-je ?

Il fit un geste vers sa manche.

Au lieu de répondre, Thierry remonta la manche de son pull lui-même. Il ne pensait pas pouvoir supporter que ce soit Sébastien qui le fasse. Il ferma les yeux quand il sentit ses lèvres douces et sa langue sur son bras. Le vampire ne faisait rien pour intensifier la sensation, rien pour rendre l'acte ouvertement érotique, mais rien ne pouvait changer le fait que les lèvres et les crocs de Sébastien se déplaçaient sur sa peau comme seuls les amants le faisaient.

Sébastien pouvait sentir la tension du sorcier et il savait instinctivement qu'attendre pour le mordre n'aiderait pas, donc il laissa ses crocs glisser sur la peau de Thierry et la perforer, sentant le sang chaud couler dans sa bouche. Il avait déjà goûté au sorcier avant, mais c'était sa première véritable chance d'en apprécier la saveur.

Une fois de plus, la force et la détermination de Thierry inondèrent les sens de Sébastien, montrant au vampire toute la profondeur de son engagement. Au-delà de ça, il y avait une douleur, si forte qu'elle submergeait tout le reste. Sébastien se nourrit longuement, laissant le sang endurcir son corps et la magie l'envelopper, couche après couche, jusqu'à se sentir complètement entouré. Et à chaque gorgée, la détermination de Sébastien grandissait car Jean ne voudrait peut-être pas de lui ici. Jean préférerait rôtir en enfer au lieu de l'accepter, mais il combattrait aux côtés de Thierry, aussi longtemps qu'ils auraient des ennemis à abattre. Pendant un court instant, il connut une communion parfaite avec une autre âme.

Finalement, il releva la tête et offrit sa propre main pour que Thierry la prenne. Quand le sorcier agrippa fermement son bras, Sébastien le secoua pour sceller leur entente tacite.

— Merci mon ami, dit-il.

— Ami ?

Thierry pourrait vivre avec ça.

— Toujours, répondit-il, voyant qu'une nouvelle paire attendait leur tour pour entrer dans la cabine.

— Attends, dit Sébastien. Qui as-tu perdu pour que ton chagrin soit si fort ?

— Ma femme a été tuée dans la bataille il y a deux jours, répondit platement Thierry.

Sébastien tressaillit. Pas étonnant que la peine soit si forte.

— Je suis désolé. Je sais combien il est difficile de perdre quelqu'un qu'on aime.

Thierry hocha simplement la tête, entendant l'écho de sa propre peine dans la voix de Sébastien, mais il n'était pas encore prêt à en parler et ils quittèrent la cabine. Sébastien le suivit, résolu à respecter le chagrin de Thierry. Il ne voulait offrir que son amitié au sorcier, rien de plus. Ce n'était pas juste d'offrir quelque chose sachant que l'autre homme ne pourrait pas l'accepter.

Ariel Tachna vit dans la banlieue de Houston avec son mari, sa fille et son fils, et leurs deux chiens. Avant de s'installer là-bas, elle a voyagé partout dans le monde, tombant amoureuse de la France, où elle a rencontré son mari, et de l'Inde, où elle rêve de prendre un jour sa retraite. Elle est parfaitement bilingue et a des connaissances dans quatre autres langues à son actif, et elle est aussi amoureuse des langues qu'elle ne l'est de l'écriture.

Visitez le site Web d'Ariel: http://www.arieltachna.com
ou par courrier électronique: arieltachna@gmail.com.

Pour les meilleures
histoires d'amour
entre hommes, visitez

Dreamspinner Press

www.dreamspinner-fr.com